O que você NUNCA deve perguntar a um americano

Livros do autor publicados pela L&PM EDITORES:

Canibais – paixão e morte na Rua do Arvoredo (2004)
Mulheres! (2005)
Jogo de damas (2007)
Pistoleiros também mandam flores (2007)
Cris, a fera (2008)
Meu guri (2008)
A cantada infalível (2009)
A história dos Grenais – com Nico Noronha, Mário Marcos de Souza e Carlos André Moreira (2009)
Jô na estrada – com ilustrações de Gilmar Fraga (2010)
Um trem para a Suíça (2011)
Uma história do mundo (2012)
As velhinhas de Copacabana (2013)
A graça de falar do PT e outras histórias (2015)
O que você nunca deve perguntar a um americano (2017)

DAVID COIMBRA

O que você NUNCA deve perguntar a um americano

Texto de acordo com a nova ortografia.

As crônicas deste volume foram anteriormente publicadas no jornal *Zero Hora* entre outubro de 2015 e abril de 2017.

Capa: Ivan Pinheiro Machado. *Ilustração*: iStock
Preparação: Marianne Scholze
Revisão: L&PM Editores

CIP-Brasil. Catalogação na publicação
Sindicato Nacional dos Editores de Livros, RJ

C633q

Coimbra, David, 1962-
    O que você nunca deve perguntar a um americano / David Coimbra. – 1. ed. – Porto Alegre, RS: L&PM, 2017.
    296 p. ; 21 cm.

ISBN: 978-85-254-3556-9

1. Crônica brasileira. I. Título.

17-41382   CDD: 869.8
                                CDU: 821.134.3(81)-8

© David Coimbra, 2017

Todos os direitos desta edição reservados a L&PM Editores
Rua Comendador Coruja, 314, loja 9 – Floresta – 90.220-180
Porto Alegre – RS – Brasil / Fone: 51.3225.5777 – Fax: 51.3221.5380

Pedidos & Depto. Comercial: vendas@lpm.com.br
Fale conosco: info@lpm.com.br
www.lpm.com.br

Impresso no Brasil
Inverno de 2017

Sumário

A força dos dias iguais 9
Pessoas que importam 11
A melhor carne do mundo 14
O homem transformado em verme 17
A minha tabacaria 21
Vegetarianas unidas jamais serão vencidas..................24
Os meninos de Chapecó 28
Muito longe, muito além...30
A foto da Sabrina Sato espantou as japonesas..............33
Lembre-se desta obra-prima 35
O soco que não dei..37
Salvei o Brasil. Obrigado...39
A grande dor das coisas que passaram.........................41
O que é mais importante do que votar 45
Eu vi os Beatles..48
Vinte amigos em um ônibus 50
O pecado do século..56
Por que precisamos de heróis.......................................59
Está chovendo na roseira 66
Por que o medo..68
Uma história de amor 71
Como fazer algo para sempre..73
Quando surgem os grandes...76
Do que o mundo precisa 78
Como é o Brasil..80
A visão de Van Gogh..82
O mundo é bonito 84

Um homem amado	86
A praga das baratas	88
Vitória ou morte!	90
As penas amassadas do ganso	92
Átila, o sedutor	94
O que você nunca deve perguntar a um americano	97
Hoje a festa é sua, hoje a festa é nossa	99
Muito obrigado	101
A nossa sorte	103
Tenho de fazer	106
Um cara na estação	108
O maior defeito dos Estados Unidos	110
Por que o cachorro vira a cabeça	112
Ter câncer	114
Coração selvagem	116
Tu e você	118
O militante é chato	120
O amor à linguiça	122
O robozinho	124
Espaguete com almôndegas não é italiano	126
Mando boa notícia para o verão	128
A pomadinha cambojana	131
A vista da janela	133
Descubra se o Inter cairá para a segunda divisão	135
A democracia não funciona no Brasil	140
Desventuras do professor Ruy	142
Por que a eleição de Trump foi justa	145
O Brasil odeia o capitalismo	148
Como ficar milionário comendo bem	151
Hoje é o mesmo dia	154
A vizinha nua	156
Vida de desempregado	161
Para quem está sempre comigo	165

Você é de direita ou de esquerda? 167
O livro dos grandes cornos 169
As cinco coisas mais brasileiras do Brasil 171
A carne de panela com aipim do Wianey 174
A paquita nua 177
"Eles não eram ninguém no ano mil" 180
Correção 182
Será Humberto, Roberto ou Florisberto? 184
A unha do dedo minguinho 187
Nada de esculhambar Porto Alegre 189
Aquela foto sua que você odeia 193
Vá lavar uma louça 195
Como fazer sucesso intelectual 198
Como funciona o churrasco americano 201
O que trará o inverno 206
O cronista do passarinho na janela 209
A amiga que chorava... 211
Os joelhos de Natalie 214
Uma delícia de seminário 217
Como tornar o texto interessante 220
Queria um cachorro 222
Como conquistar um coração 224
Viciado em xadrez 226
A moça da Palestina 229
O tempero do bife 231
O Ken humano 233
De que cor é o presidente? 235
Isso vai mudar 244
A neve é bonita 246
Informação demais 248
O mal da liberdade 251
Mande em mim! 254
Precisa tanto dinheiro? 257

O amor por Gabriela...260
O vestido de Charlize...262
Mistério na Beals Street 264
Um herói de quem ninguém se lembra 269
Os ovos cozidos do príncipe..272
A senha perfeita..275
O dia em que tudo mudou 278
Nunca houve tanta igualdade no mundo 280
O João Carlos 283
Odeio a classe executiva..285
Darwin e as minhocas..288
Meus dias no inferno 290

A força dos dias iguais

Diana Darke é uma escritora britânica que morava na Síria. Ela tinha uma casa em Damasco. Ou tem ainda, não estou certo. Com a guerra, Diana voltou para a Inglaterra e deixou a casa aos cuidados de um advogado. Mas descobriu que ele estava tramando para lhe tomar a propriedade e, assim, viu-se obrigada a ir a Damasco a fim de resolver a situação. Viajou apreensiva, esperando encontrar a cidade devastada e as pessoas desesperadas.

Mas, ao chegar lá, reviu os amigos que um dia deixara a chorar de alegria, e constatou que eles continuavam vivendo suas vidas normalmente, indo ao trabalho, frequentando restaurantes, comprando comida em feiras bem abastecidas e, às vezes, se divertindo em festas animadas.

Testemunhei algo parecido quando subi os Andes da Colômbia para entrevistar guerrilheiros das Farc, em 2001. Um dos povoados pelos quais passei havia sido abandonado por quase toda a população, devido à guerra. Restavam 12 famílias e as freiras de uma igreja, não mais do que 80 pessoas. Não havia traço do governo da Colômbia, nem de organização policial, jurídica ou política. Mas as 12 famílias viviam como se estivessem residindo em qualquer outra comunidade rural do mundo. Os homens acordavam de manhã, tomavam café e iam trabalhar em suas plantações, as crianças estudavam na igreja, as mulheres arrumavam as casas e preparavam o almoço. Havia um armazém onde às vezes eles se reuniam e bebiam a aguardente branca típica do local, e, aos domingos, todos assistiam à missa.

Nem a guerra consegue vencer a rotina. As atividades comezinhas da existência impõem-se sobre tudo. Você pode sofrer os maiores traumas ou ser protagonista das maiores façanhas, não faz diferença: todos os dias você terá de comer, dormir, fazer suas atividades fisiológicas, ocupar-se da higiene pessoal, agasalhar-se se estiver frio, refrescar-se se estiver calor. Você pode ter sido eleito presidente ou estar às franjas da morte, e a natureza seguirá seu rumo e a noite sucederá ao dia, absolutamente indiferente ao que você pensa ou sente.

As coisas pequenas são mais importantes do que as grandes. Isso se aplica tanto à sua vida quanto à trajetória de uma nação inteira. No Brasil, que há dois anos experimenta uma fieira de acontecimentos estrondosos, o que realmente interessa é o que não aparece, é o sentimento do homem comum, que bate ponto na firma a cada manhã e senta-se diante da TV a cada noite. Esse homem, que toca o país, não dá facilmente a sua opinião. Mas ele a tem.

Na sua vida, a mesma coisa. O dia de amanhã cuidará de si mesmo, dizia Jesus. E é assim.

Vou aqui me ocupar de viver bem o dia. A grande vitória virá. Será saber, lá adiante, que vivi bem vários dias bons e iguais. E que, à noite, deitei-me em paz.

Janeiro de 2017

Pessoas que importam

Quatro Réveillons atrás, minha situação era precária. Ou mais que isso.

Naquele fim de ano, eram consideráveis as chances de que eu não contemplaria o Réveillon seguinte. O câncer que descobrira meses antes havia se espalhado e sentia dores em várias partes do corpo.

Era ruim, e pior ficava devido à incerteza. Consultei mais de um médico, a fim de tomar uma decisão, e eles davam prognósticos diferentes.

O que devia fazer?

Estava na casa dos meus amigos Admar e Neca Barreto, em Santa Catarina. No fim do dia em que tudo parecia mais sombrio, eu, eles e mais a minha mulher, a Marcinha, saímos para jantar.

Não gosto muito de expor essas questões pessoais. Não por vergonha ou pudor, mas para não ficar incomodando os outros com meus problemas. Lembro de quando meu avô morreu. Ele estava com enfisema pulmonar. Em seus últimos dias, sofria com dores atrozes e não tinha disposição para se levantar ou falar. Logo ele, que havia trabalhado toda a vida, e com gosto.

Na véspera da sua morte, sentei-me à beira da cama e, para distraí-lo, tentei conversar sobre um assunto qualquer, acho que era futebol. Ele disse:

– Como vou pensar nisso agora?

Fiquei refletindo sobre aquilo. Pensei que meu avô sabia que morreria em breve, e não há evento mais importante na vida de uma pessoa do que a hora da sua morte. Mas ele sabia também que, ainda assim, em pouco tempo, mesmo as pessoas que mais o amavam, como eu, logo estariam falando de futebol, de política, do clima, das coisas comezinhas dos dias, que acabam sempre se sobrepondo às mais importantes, inclusive à mais importante delas.

A morte de todos nós, portanto, é inevitavelmente solitária. É chato transformá-la em um estorvo para os outros, que não têm nada a ver com isso.

Nossas dores e nossos problemas são só nossos, de mais ninguém. Não é por acaso que os psicanalistas são ricos – eles ganham dinheiro para ouvir os problemas alheios, algo muito valorizado. Se existissem ouvintes gratuitos à disposição, os psicanalistas morreriam à míngua.

Mas, naquele dia, falei sobre meu problema, mesmo com o risco de provocar aborrecimento ao próximo. A Marcinha, é claro, já sabia o que estava acontecendo. O Admar e a Neca, ao ouvirem, ficaram me olhando com apreensão. Disseram algumas frases de consolo, não recordo exatamente quais foram, o que recordo é a forma como me olhavam. Percebi, e creio que não me enganei, que estavam realmente preocupados, estavam realmente se sentindo tristes, estavam realmente querendo me ajudar.

Eles se importavam.

Naquela noite, depois de sair do restaurante, lembrei outra vez do meu avô. E pensei que, se era verdade que depois da morte dele meus interesses mundanos retornaram, era verdade também que eu me importei, e muito, com o que se passava com ele. Senti sua morte, e ainda sinto. Então, pensei no Admar e na Neca e nos meus tantos outros amigos e na minha família, na minha mulher, no meu filho, e concluí, pretensiosamente, que algumas pessoas no mundo se importavam comigo. Talvez até algumas pessoas que eu não conhecesse se importassem também.

Aquela ideia me animou. No dia seguinte, estava de queixo erguido. Vou fazer o melhor que puder, pensei, porque não estou sozinho. E fiz. E, por enquanto, está dando tudo certo. Sinto-me bem e feliz, neste Réveillon, embora esteja longe da maioria das pessoas que amo, entre eles o velho Admar e a jovem Neca. Tudo certo. Sei que todos eles, de alguma forma, estarão sempre comigo.

Dezembro de 2016

A melhor carne do mundo

Passei uma semana em Chicago, no feriado de Natal. Aí está uma cidade que você tem de conhecer. Chicago é 200 anos mais nova do que Boston, mas tem muita personalidade. Situa-se mais ou menos na mesma latitude, no extremo Norte, à franja do Lago Michigan. Do outro lado, estende-se o Canadá branco e gelado.

Quando a Maju fala em "frente fria que vem da Argentina", você estremece, não é? Bem. As frentes frias que acometem essa faixa dos Estados Unidos vêm galopando do Polo Norte. No caso de Chicago, elas raspam as águas do lago Michigan, que, no inverno, muitas vezes fica com a superfície congelada. Chicago é chamada de Windy City, a cidade dos ventos. Calcule, agora, a sensação térmica que esses ventos produzem quando encanam pelas avenidas retas como corredores de apartamento.

O frio de Chicago é coisa séria. Ainda assim, vale a pena caminhar pela cidade e contemplar sua arquitetura de ficção científica. Dizem que a palavra "arranha-céu", do inglês "skyscraper", surgiu em Chicago, porque um dos elevadíssimos prédios da cidade foi construído em forma de vela de navio. As pessoas olhavam para o prédio e imaginavam que, se o barco navegasse, arranharia o céu, de tão alto. Donde...

Em Illinois, estado do qual Chicago é a cidade mais importante, não há tantos brasileiros como em Massachusetts, estado do qual Boston é capital. Algumas localidades que cercam Boston, como Somerville, Framingham e Everett, são tomadas por brasileiros. Em Somerville, a proporção de brasileiros na população é a mais alta do mundo em cidades estrangeiras: 12%. Às vezes vou lá, quando sinto saudades do pudim de leite condensado. Chega a ser estranho. Nos restaurantes, só se fala português. Nas ruas, há tantas bandeiras do Brasil que parece jogo da Seleção.

Em Chicago não é assim. Não existem localidades brasileiras. Você se sente mais longe do Brasil. E está.

Fui a muitos lugares bonitos, mas o que mais gostei foi de um restaurante chamado Gibsons. Amigos que moram em Chicago disseram-me que jamais haviam provado carne igual à servida lá, egressa de meigas vacas criadas em fazendas do Minnesota. Sentei-me e o garçom, no primeiro minuto do primeiro tempo, já perguntou se eu queria carne. Lembrei-me do velho Kit Carson, companheiro de Tex Willer, e disse que queria um bife de quatro dedos de altura. O garçom sorriu, deslizou até a cozinha e de lá voltou com uma tábua em que se equilibravam três grandes pedaços de carne fresca feito a primavera.

– O senhor prefere sabor ou maciez? – perguntou.

– Sabor, man! Sou gaúcho! Lá de onde venho, há quem aprecie mais gordura e osso do que carne, exatamente por causa do sabor.

– Sem dúvida, o melhor sabor está perto do osso.

Depois desse elucidativo diálogo, ele seguiu fazendo sugestões com a autoridade de quem conhece seu ofício, como um garçom uruguaio. Garçons uruguaios têm firmeza e opinião. E jamais, eu disse JAMAIS! anotam. Aquele garçom tampouco anotava.

A carne que nos serviu foi, de fato, deliciosa, mas não a melhor que já provei (sou gaúcho!). De qualquer forma, comemos muito bem. Na saída, não saímos. Ficamos no bar, na parte da frente do restaurante, onde um pianista fazia alegria sem fazer barulho. Sentamos em bancos altos e pedi um Martini seco como uma paixão extinta, com duas azeitonas dentro.

Dois elegantes negros de smoking, categoria Obama, entraram, acompanhados de mulheres vestindo longos. Cumprimentaram o pianista com intimidade e deixaram, cada um, uma nota de 20 dólares dentro do pote de vidro que estava sobre o piano.

O pianista tocava e cantava com graça. Percebeu que a nossa mesa estava mais empolgada e perguntou de onde éramos.

– Brazil!

Ele sorriu e atacou de Tom Jobim, colhendo nossos aplausos entusiasmados. Seguiu numa enfiada de Bossa Nova, enquanto eu pedia mais um Martini – as azeitonas estavam ótimas. Quando chegou à "Aquarela do Brasil", confesso que me deu certa emoção, até porque combinei a música com o terceiro Martini. Antes de sairmos, o pianista foi falar conosco, agradecido. Agradecemos também. Coloquei dois dólares no pote em cima do piano. Não ia dar 20. Sou brasileiro, poxa.

Janeiro de 2017

O homem transformado em verme

Bem na minha frente, no café, havia um casal misto. Misto, que digo, é a composição formada por um americano e uma latina. Como sei quem era o quê? Fácil: ele falava um espanhol vacilante e um inglês confiante, ela falava um inglês vacilante e um espanhol confiante.

Comunicavam-se assim mesmo, misturando idiomas, num esforço de compreensão que deve ter marcado o namoro. Dizem que a melhor forma de aprender uma língua nova é entre lençóis. Não sei. Suponho que, dependendo da professora, deva ser pelo menos a forma mais agradável.

Pensando nisso, ocorre-me que gostaria de aprender russo.

Mas, voltando ao casal no café, conto que o biótipo dela também era característico da América Espanhola. Uma morena-jambo de boca de bergamota poncã; esguia, mas voluptuosa; uma beleza rústica, de mulher acostumada a sentir o vento nos cabelos e o sol no dorso.

Já o americano, não. O americano nada tinha de americano clássico. Não era nem loiro, nem tinha olhos azuis e tampouco podia ser considerado alto. Talvez até fosse mais baixo do que ela. E usava óculos. E seu cabelo seria classificado pela minha avó como "ruim". Era o que ela me dizia:

– David, tu tens cabelo ruim.

Não estava feliz, aquele americano. Ao contrário, qualquer um que os observasse perceberia a aflição dele. Mas acho que só eu observava, brasileiro enxerido que sou. Os outros clientes do café estavam absortos em suas atividades. Aliás, esses cafés americanos são intrigantes. Todos têm wi-fi liberado.

Então, o sujeito entra com sua pasta e seu laptop, pede um café, acomoda-se a uma mesa e permanece a tarde inteira lá, trabalhando ou estudando. O cara gasta três dólares e ocupa uma mesa por quatro horas. Tem gente que faz reunião de trabalho no café, por Deus. E ninguém reclama. Mas, se você está jantando num restaurante, pronto para despender 120 dólares, mais a gorjeta, assim que a refeição termina o garçom chega e coloca a conta na mesa.

Vá entender...

Então, neste café, cada um se ocupava dos seus assuntos. Uma moça passava o indicador no celular, outra digitava num laptop, outro rapaz lia um livro, um velho folheava o jornal, o casal misto discutia a relação e eu olhava para eles.

Ele chegava perto do desespero e ela se situava em algum lugar vago entre a indiferença e o desprezo.

Eu pegava pedaços de frases no ar e as regava com meu cappuccino como se fossem donuts.

Ele implorava, ele era um verme. Nós, homens, se contraímos essa doença, que é a paixão, nós homens nos transformamos em vermes. A mulher pressente essa mutação e aí, para ela, é a glória. Ela sente prazer em fincar o salto 15 do scarpin no seu coração, ela quer amassá-lo, humilhá-lo, espezinhá-lo. Ah, ela adora isso!

E você também.

Como bom verme que é, você quer rastejar aos pés dela. Se você for promovido e se transformar em vira-lata, você quer arfar e balançar o rabinho cada vez que ela afagar a sua cabeça oca.

Era nessa situação humilhante que se encontrava aquele americano quando ela disse o que disse, e jamais esquecerei, porque foi uma frase forte.

✲ ✲ ✲

O que aquela morena disse para aquele americano tem-me feito pensar. Fará o mesmo a você.

Como contei, tratava-se de morena longilínea, porém quase opulenta. O americano não passava de um rato, com a aparência de um rato, comportando-se como um rato. Ela o ouvia com imenso fastio, os olhos semicerrados, do peito às vezes saindo um suspiro de resignação.

Eu, na mesa ao lado, no café, acompanhava o diálogo como podia. Não conseguia entender tudo, eles falavam meio que para dentro, ele mais gemia do que falava, ela mais grunhia do que respondia.

Ele implorava.

Tenho certeza de que implorava.

Até que ela falou aquela frase. Tão poderosa, tão contundente, que, mesmo tendo sido ouvida apenas por mim e pelo infeliz americano, o tempo se cristalizou ao redor, tudo ficou parado e quieto, apenas as máquinas de café continuavam chiando baixinho, como uma bomba de pavio prestes a explodir.

Ela disse o seguinte (rufar de tambores):

"Você nunca mais vai me ver nua".

Por Deus que ela disse. Agora, em retrospecto, não lembro mais se disse em inglês, em espanhol ou em spanglish, só sei que disse, e o impacto da frase me roubou a respiração e o raciocínio por segundos.

Até aquele instante, eu havia desprezado o americano. A forma como ele se humilhava expunha as nossas fragilidades masculinas e me lembrava momentos em que também fui vil e torpe. Agora, não. Agora eu sentia compaixão.

Schopenhauer dizia que o sentimento da compaixão é que nos humaniza e, de fato, naquele momento tive vontade de colocar meu cappuccino na mesa, levantar-me e abraçá-lo, sussurrando:

– Venha cá, irmão...

Ele, não diria que ele ficou perplexo. Ficou mais é chocado. Não falou nada, não respondeu. Mas, também, responder o quê?

Não era uma ameaça da morena, não era uma promessa, não era um blefe. Pela maneira como ela falou, compreendi, e o americano compreendeu, que era até menos do que um aviso: era uma informação. A seguinte: não havia nada a ser feito, não havia nada mais a ser dito, não havia razão para eles estarem ali, se o que ele queria era vê-la nua de novo. Ele nunca mais a veria nua.

Nunca mais.

Ele não falou mais nada. Nem ela. Depois de algum tempo, levantaram-se e saíram. Ela, ereta, pisando firme, dona do mundo. Ele, hesitante, aos pedaços, tive a impressão até de que tropeçou ao abrir a porta.

Continuei observando-os pela porta envidraçada, enquanto se afastavam. Lá se ia um homem que não seria mais o mesmo na vida. Nunca mais.

Dezembro de 2016

A minha tabacaria

Queria ter uma tabacaria. Uma daquelas clássicas, que não vendesse só os produtos do tabaco, mas também jogos e, principalmente, gibis.

Não se diz mais gibi, bem sei. Agora é Agá Quê.

Deve ser legal viver rodeado de HQs. Todas aquelas histórias. Quando eu era guri, tinha uma grande coleção de gibis. Oito ou nove caixas de papelão, ou até mais, que acomodava debaixo da cama e nos cantos do quarto.

Como me arrependo de não ter guardado aquelas revistinhas. Quando me mudei para Santa Catarina, elas sumiram. Mãe, o que é que tu fez com os meus gibis???

Por Deus que lembro de algumas tramas. Havia uma do Homem-Aranha que era espetacular, como sói acontecer com o Homem-Aranha. Um bandido encontrou um meteoro caído e, ao tocá-lo, foi impregnado por poderes extraordinários. Era uma narrativa meio noir. Já procurei essa historinha nos desvãos da internet e em sebos. Tristemente, em vão.

As histórias em quadrinhos foram inventadas pelos americanos, mas algumas das minhas preferidas não são americanas. Asterix e Obelix é dos franceses Uderzo e Goscinny, Mônica e Cebolinha é do nosso Mauricio de Sousa, e Tex Willer é do italiano Gian Luigi Bonelli.

Nos Estados Unidos, há vastas e bem fornidas lojas de gibis, que eles chamam de "comic store". Em nenhuma delas jamais encontrei algum desses autores que citei. Tudo bem, Asterix e Mônica até entendo, mas o Tex... As histórias do Tex se passam no faroeste americano! Alguns dos personagens existiram na vida real, como o mítico Kit Carson, o "Cabelos de Prata", melhor amigo de Tex.

O Kit Carson de carne e osso era capaz de realizar as façanhas do Kit Carson de papel e tinta. Foi um dos desbravadores do Oeste. Era aventureiro, guia de caravanas, caçador, lutou em guerras e foi amigo dos índios, com exceção dos navajos, que forçou a empreender a dolorosa Grande Caminhada, para longe de suas terras originais. Mas não pense que Carson foi como o general Sheridan, que dizia que índio bom é índio morto. Não. Carson integrou-se ao mundo dos índios norte-americanos, casou-se com duas índias (uma de cada vez) e era chamado, por algumas tribos, como os apaches, de "Pai Kit". Os navajos, belicosos e indomáveis, é que tiveram problemas com ele. Do que se aproveitaram as tribos amigas de Carson e inimigas dos navajos, que os atacaram e quase os dizimaram. Há livros que debatem a atuação de Carson nesse triste episódio navajo.

Ou seja: os gibis de Tex e Kit deviam ser conhecidos e apreciados pelos americanos.

Mas não são.

Talvez os americanos estejam empanzinados de heróis com superpoderes, o que lhes traria dificuldades para admirar um herói demasiado humano.

Pode ser.

De qualquer forma, deve ser agradável viver em meio a revistas e gibis, especialmente os antigos – minha tabacaria teria de ser um sebo.

Você folheia uma velha revista e é como voltar ao passado. Tenho toda a coleção de *Realidade* e já tive a da revista *Placar*, que doei para a Editoria de Esportes de *Zero Hora*.

Seria sobre glórias e dramas pretéritos que conversaria, na minha tabacaria. Os amigos chegariam para tomar um mate comigo, ou um café, ou quem sabe até um chopinho na happy hour, e eu pegaria uma Placar da estante do fundo:

– Te lembra do Osni, o menor ponta do Brasil?

– Claro, jogava no Bahia. O centroavante era o Mickey.

Ou então travaríamos algum debate de relevância psicológica, como escolher um só tipo de superpoder – não sei se você sabe, mas o superpoder que você prefere diz muito sobre a sua personalidade e o seu caráter.

Assim passaria meus dias. Na companhia de grandes heróis. Com a lembrança de grandes façanhas. E até cercado por alguns vilões terríveis, como o Doutor Octopus, o Pinguim, o Lex Luthor e o Darth Vader, que, por mais terríveis que sejam, não são piores que os que respiram e, em vez de capa, usam gravata. Desses, tenho medo.

Dezembro de 2016

Vegetarianas unidas jamais serão vencidas

Uma vez, ocorreu uma manifestação de vegetarianas contra mim. Foi durante a sessão de autógrafos de um livro que lancei, acho que era o *Jogo de damas*.
    Sério. Vegetarianas.
    Eu estava no mezanino da livraria, assinando um livro, e, de repente, as vegetarianas pularam de detrás de algum pé de alface, puxaram faixas e cartazes de protesto e gritaram algo como "abaixo" ou "fora" ou qualquer coisa do gênero. Eram umas 20 ou 30, talvez, não lembro bem.
    Fiquei surpreso e admirado. Sempre brinquei com as vegetarianas, e não por ser um adepto de bifes, mas por achar engraçada a devoção delas ao, digamos, "movimento". Só não esperava que fossem assim tão devotas. É como se, sei lá, alguém escrevesse que não gosta de amarelo e os amantes do amarelo saíssem à rua em protesto contra a desfeita.
    Verdade que não foi minha única quizila culinária. Certo dia, escrevi sobre um caso que me aconteceu em 1990. Eu cobria a campanha eleitoral para o governo do Estado. O então candidato Nelson Marchezan, pai do prefeito eleito de Porto Alegre, foi a São Lourenço em uma data festiva da cidade e lá ficou para o almoço, que seria realizado em um ginásio. O prato que seria servido era uma especialidade local chamada "Caldo Lourenciano". Fui ver do que se tratava. Encontrei uns homens mexendo em dois ou três tonéis quase da minha altura.
    – Esse é o famoso Caldo Lourenciano! – me disse um deles.
    Espiei o conteúdo do tonel.

Uma pasta verde fervia furiosamente.
– O que tem aí? – perguntei.
E eles, rindo:
– Tudo!
Na hora do almoço, preferi me abster do Caldo Lourenciano. Aprecio aventuras gastronômicas, mas estava trabalhando, não ia voltar para casa antes do dia seguinte, qualquer intempérie estomacal poderia prejudicar a cobertura jornalística. Marchezan, no entanto, enfrentou o Caldo Lourenciano com invejável brio. Devorou três pratos cheios com muita convicção.

Foi isso que contei, colorindo um pouco a história, reconheço, e foi isso que provocou a ira dos habitantes da bela e pacífica São Lourenço do Sul. Eles escreveram cartas furiosas para o jornal, ligaram, reclamaram pungentemente e alguns até disseram que eu era persona non grata na cidade.

Aquilo me deixou perplexo. Havia falado de um caldo lourenciano, imagine se tivesse sido uma pessoa lourenciana?

É por isso que, agora, pretendo deixar bem claro: logo que chegar ao Brasil, tudo que quero é me repimpar com pratos e mais pratos fumegantes do delicioso e inefável e saudável Caldo Lourenciano.

Sou suscetível a protestantes. Mas não ao ponto de me tornar vegetariano.

Sim. Gosto de comer vacas mortas.

Outro dia, disse isso ao meu filho, durante o jantar. Ele perguntou de onde vinha o bife e informei:
– É um pedaço de uma vaca morta.
Ele, boquiaberto:
– Não!
– É.
– Não!
– Estou dizendo...
Ele pensou por um segundo. E continuou a comer sua vaca morta. Sorri. Essa é a atitude, meu filho.

Mas estou contando tudo isso para falar de uma mulher pequena e bela e suavemente matinal.

✳ ✳ ✳

Queria era falar de Natalie Portman. Natalie Portman é pequena e bela como um haicai. Tem um metro e sessenta de altura, é esguia e traz nos olhos suavemente oblíquos uma certa aragem de tristeza resignada que sempre me comove.

O pai de Natalie é médico. Quando ela tinha oito anos de idade, ele a levou para assistir a uma experiência científica. A fim de demonstrar uma nova técnica cirúrgica, o velho Portman operou uma galinha diante dos olhos arregalados da filha. A pequena Natalie, em vez de se encantar com os prodígios da medicina, como talvez esperasse o pai, se horrorizou com o que foi feito com a galinha. E decidiu que não comeria mais carne de bicho algum. É o que tem feito, desde então, e já se vão lá quase 30 anos.

Natalie, pois, é vegetariana, e eu gosto dela. Suponho que isso me renda pontos com as vegetarianas, embora deva levar em consideração que nunca trinchei uma picanha na frente de Natalie. Vá que ela se aborreça com isso e me reprima. Então, gostarei menos dela. E as vegetarianas, inconstantes que são, gostarão menos de mim.

De qualquer forma, não estou contando todas essas histórias gastronômico-medicinais para me reconciliar com as vegetarianas. Estou contando para dizer que a presença de Natalie foi uma das razões que me fizeram ir ao cinema para assistir ao filme *Jackie*, no qual ela interpreta Jacqueline Kennedy.

O filme é interessante por tomar um caminho lateral de um tema central da história do mundo, o assassinato de JFK. Em certos momentos, Jackie recorda as cenas do crime. É de uma dramaticidade atordoante. Como todos sabem, Jackie e JFK estavam no banco de trás de um carro conversível, desfilando pelas ruas de Dallas. Ele acenava para um lado, ela sorria para o outro. Quando o primeiro tiro o atingiu, ela não compreendeu de imediato o que acontecera. Abraçou-o, preocupada, e aparentemente perguntou o que havia. Então, o segundo tiro despedaçou-lhe o tampo da cabeça.

O que se deu em seguida é assombroso. Jacqueline Kennedy, a primeira-dama dos Estados Unidos, a flor mais requintada da elite de New England, salta sobre o banco e, arrastando-se de quatro, avança pelo capô do carro em busca de um naco do cérebro do marido, que fora jogado longe pelo impacto da bala.

Foi um gesto instintivo, animalesco, mas profundamente revelador. Ela não pensou em se proteger. Ela tentou recuperar uma parte do corpo do marido na intenção de ajudá-lo. Nesse movimento, Jackie foi contida pelo agente da segurança, que a empurrou de volta para o banco. As cenas seguintes são dela segurando a cabeça ensanguentada de Kennedy, tapando com a mão o buraco que o tiro lhe abrira na cabeça, enquanto o carro rodava velozmente rumo ao hospital.

No filme, após a morte de Kennedy, Natalie surge diante do espelho, chorando e esfregando com um pano o sangue que lhe mancha o rosto, o pescoço, os braços.

Saí do cinema pensando naquele ato de Jacqueline, de esquecer-se de si mesma para colher uma parte do cérebro do marido. Não foi um ato de coragem: foi de entrega. Um homem, mesmo o mais bravo dos homens, teria idêntica reação? Duvido. Um homem poderia pensar em reagir, em se proteger e até em defender o corpo da vítima com o próprio corpo, mas sair a catar um pedaço da outra pessoa, só uma mulher. Uma mulher que sentia, pelo seu homem, um amor de mãe.

Dezembro de 2016

Os meninos de Chapecó

Conheci muitos mundos, na profissão. São mundos isolados, mas que, às vezes, se interpenetram por conta da atuação múltipla de seus personagens.

Há o mundo violento e masculino da polícia. Há o mundo esquivo e insincero da política. O mundo da cultura é o da vaidade. O do jornalismo é o da ilusão do poder. O do esporte é o da disciplina e da juventude.

E há o mundo do futebol.

O mundo do futebol é apartado até do mundo dos demais esportes, o que fica evidente durante uma olimpíada. Muita gente diz que esse mundo é um lugar sujo, habitado por pessoas maliciosas. Decerto que às vezes é assim, como às vezes assim é em todos os outros. Mas tenho de dizer que algumas das melhores pessoas que conheci na vida pertencem ao mundo do futebol.

Porque, se o futebol é um negócio em que se ganha muito dinheiro, é, antes disso, um jogo, uma brincadeira, uma atividade que é exercida por amor. As pessoas amam o futebol. Mesmo os dirigentes, chamados pejorativamente de "cartolas", mesmo eles são, mais do que qualquer coisa, torcedores. São amadores no bom sentido, no sentido de quem faz algo por paixão. Então, dirigentes, técnicos, jogadores e jornalistas atuam no futebol porque gostam. Por prazer. E o que é feito por prazer gera bons resultados. E, se é feito por pessoas boas, gera resultados ainda melhores.

A tragédia da Chapecoense é a maior já ocorrida nesse mundo, desde que o avião que levava o time do Torino se espatifou na torre da igreja de Superga, em 1949.

As pessoas que estavam no avião que caiu na Colômbia amavam o futebol. Amavam um jogo, uma brincadeira, uma atividade que se pratica de calção e camiseta, homens correndo atrás de uma bola, feito crianças.

O futebol, afinal, é isso: é coisa de criança. Que significado tem o ato de levantar uma taça e gritar de emoção e pular quando se faz um gol, além de retomar a alegria da brincadeira que se fazia aos 12 anos de idade?

Meninos. O futebol é exercido por meninos. Tanto os que jogam quanto os que treinam, dirigem ou escrevem a respeito do futebol são nada mais do que meninos. Pode haver algo mais belo?

Foram meninos que morreram na selva da Colômbia. Foram meninos que perdemos. Fiquem em paz, meninos.

Novembro de 2016

Muito longe, muito além

A minha madrinha Sônia tocava gaita para mim. Não harmônica; gaita de botão e teclado, que, no Nordeste, vira sanfona.

A Madrinha, assim a chamo desde pequeno, Madrinha, pois a Madrinha me levava aos filmes dos Beatles e da Rita Pavone.

Eu era apaixonado pela Rita Pavone. Ela era magra e pequena, aquela italianinha, e tinha dentes de coelho e usava cabelo curto, com uma franja redonda tapando toda a testa. Não se pode dizer que fosse um modelo de beleza, mas havia um ar selvagem nela quando cantava "Datemi un martello".

Lembro de um filme em que a Rita Pavone fazia uma pistoleira do Velho Oeste americano. Os italianos são fascinados pelo Velho Oeste americano, vide os filmes imortais de Sergio Leone. Você já assistiu a *Era uma vez no oeste* e *O bom, o mau e o feio?* Não? Então já tem programa para o fim de semana. Sinto inveja de você, que assistirá a essas obras-primas pela primeira vez.

Mas eu contava que a Madrinha tocava gaita para mim. A Madrinha sempre fez todas as minhas vontades, mas, por algum motivo, ela tocava com certa relutância, quando eu pedia. Eu tinha de insistir, "toca, Madrinha, toca, toca, tocatocatoca", até que, respirando fundo, ela pegava da gaita, passava as alças nos ombros, sentava-se no sofá da sala da casa do meu avô, no bairro Navegantes, e começava a tocar. Era lindo.

Não sei por que, ela, que tocava tão bem, um dia resolveu parar.

— Não toco mais – anunciou.

E vendeu a gaita. E nunca mais tocou. Sempre pergunto por que, e ela muda de assunto. Um mistério.

Havia uma música em especial que eu pedia sempre: "Al di la", do filme *O candelabro italiano*. Gostava tanto da música que, anos depois, já adulto, aluguei o filme e, numa noite de sábado, o assisti, sorvendo um tinto da Toscana.

Não recordo de muita coisa da trama, mas da cena em que "Al di la" é cantada, sim. O casal de mocinhos americanos está num bar da Itália. Os homens usam gravatas e cabelos bem aparados. Todos fumam nas mesas em volta. Os dois americanos, não. Eles são bem jovens, as peles frescas, os olhares ingênuos. Estão sentados lado a lado, de mãos dadas. O cantor entoa os primeiros versos e eles se entreolham, o amor escorrendo feito melaço. Ela pergunta o que significa al di la. Ele responde que é difícil de traduzir para o inglês e, em seguida, tenta:

– É algo que está muito, muito longe, muito, muito além deste mundo. É assim que o autor da canção ama essa mulher.

Ela suspira. Ele suspira.

Eu suspirei, vendo a cena.

Al di la. Muito, muito longe, muito, muito além deste mundo.

Eu, que estou muito, muito longe do Brasil e da Itália, peguei o Bernardo na escola, dias atrás, e fomos comer uma focaccia na cantina toscana do meu amigo Andrea. Muitos italianos frequentam o lugar e um deles, ao se despedir do Andrea, saiu cantarolando baixinho exatamente essa música. Não foi nem um cantar, foi mais um murmurar dito para si mesmo, como alguém que está num momento suave e distraído do dia, mas identifiquei com nitidez quando ele repetiu:

– Ci sei tu... ci sei tu...

Olhei para o Bernardo e disse:

– Quando eu tinha a tua idade, minha madrinha tocava essa música para mim na gaita.

— Que música? — ele quis saber, já que não havia prestado atenção ao italiano que, àquela altura, estava cantarolando na outra calçada.

Então, contei sobre aquela música e sobre aquele filme tão antigos. Ele pediu para ouvi-la. E ali mesmo, à mesa da cantina do Andrea, saudei a tecnologia e busquei a gravação no YouTube. Encontrei exatamente a cena de que me lembrava, os mocinhos americanos no bar enfumaçado, enlevados pela canção. Ele ouviu em silêncio. Depois sorriu:

— Que bonito...

Uma música feita antes de eu nascer, antes dos celulares com internet que nos permitem voltar ao passado, uma música de tanto tempo atrás, de um mundo que não existe mais, tinha o poder de encantar um menino do século XXI. A força da arte. A beleza da arte. Que faz com que nada esteja muito, muito longe, nem muito, muito além.

Novembro de 2016

A foto da Sabrina Sato espantou as japonesas

Uma das maiores surpresas que tive ao vir morar nos Estados Unidos foi descobrir a homogeneidade do Brasil.

Nós, brasileiros, somos muito mais parecidos uns com os outros do que pensamos. Gaúchos não são tão diferentes dos acrianos, paulistas não são tão diferentes dos baianos. Nós até tentamos cultivar certas idiossincrasias, mas elas são irrelevantes, se você comparar com um país tão diverso como os Estados Unidos.

Os Estados Unidos são, realmente, vários estados que se uniram. Há profundas diferenças de estado para estado, e não apenas na legislação, mas na cultura e na forma de viver. Mais: os Estados Unidos estão em constante mudança, porque o fluxo imigratório não cessa. No Brasil, a última leva significativa de imigrantes, de japoneses, chegou há quase cem anos. De lá para cá, o, digamos, "tipo" brasileiro foi se consolidando e se cristalizando.

Verdade: um brasileiro pode se parecer com um alemão, com um japonês ou com um africano, mas ele terá sempre certa marca brasileira que o distinguirá dos alemães, dos japoneses e dos africanos.

O que é essa marca? Ainda não consegui identificar intelectualmente, mas eu a percebo, quando vejo. Olho uma pessoa lá do outro lado da rua, nunca a vi antes e adivinho: é brasileiro. Aí vou até lá, me aproximo e ouço-a falando português. Sempre funciona.

Esses dias estava conversando com três japonesas que conheço. Falávamos sobre isso, sobre a diversidade étnica do povo brasileiro. Falei que há muitos descendentes de japoneses no Brasil e, para ilustrar, busquei no celular algumas fotos da Sabrina Sato. Mostrei para elas e elas:

– Oooooooh... Mas as japonesas não são assim. Essa é uma japonesa brasileira.

Analisei de novo as fotos da Sabrina, algumas bem interessantes, e tive de admitir que nunca vi uma japonesa-japonesa assim.

O Brasil, realmente, é dos brasileiros. Não há muitos estrangeiros vivendo no Brasil – não na proporção que há nos Estados Unidos.

Essa convivência com pessoas de procedências e culturas tão diversas torna o americano espantosamente tolerante com estrangeiros. Digo espantosamente porque isso também me surpreendeu ao vir para cá. Achava que o americano era mais suspicaz com quem vinha de fora, sobretudo com quem vinha de fora para ficar. Mas não. Os americanos são gentis, educados e muito compreensivos com os forasteiros.

Por isso, o fenômeno Trump não pode ser explicado apenas por um eventual sentimento xenofóbico dos americanos. Esse sentimento xenofóbico, em geral, não existe e, quando existe no particular, é menor do que o dos europeus e até do que se percebe entre os brasileiros.

O crescimento de Trump faz parte de uma onda maior, que assoma sobre todo o Ocidente. De uma forma rasteira, pode-se dizer que é uma reação ao politicamente correto, mas é mais profundo do que isso. É mais uma reação à vigilância comportamental exercida por parte da sociedade.

A grosseria de Trump se transforma em ousadia para as pessoas que não suportam mais serem julgadas pelo que pensam. Trump não cresceu por suas propostas, até porque elas são folclóricas. Trump cresceu porque afronta o padrão de comportamento do Ocidente moderno. Cada vez que Trump recebia uma crítica de natureza moral ele ganhava um punhado de votos. O problema é que, eleito presidente, o que menos faz diferença a ele é qualquer coisa de natureza moral.

Novembro de 2016

Lembre-se desta obra-prima

O Capita exalava liderança. Conheci-o superficialmente, nas coberturas da Seleção. Nas poucas vezes em que conversamos, tive de me conter para não bater continência. Bastava ele me olhar e eu sentia vontade de recuar para a marcação e dividir a bola com algum italiano. Não sem motivo: imagine, o homem comandou Pelé e Gérson. Era a fera entre as feras, craque entre os maiores craques do maior time que já cravou as travas da chuteira em um gramado de futebol em todos os tempos, amém.

Nome: Carlos Alberto Torres. Sobrenome: Capita.

O poder que o Capita exercia vinha-lhe tanto da personalidade que demonstrava quanto da bola que jogava. A prova cabal de sua técnica é último gol da Copa de 70, uma obra-prima de construção coletiva e habilidade individual combinadas. Você já viu, há de ter visto, haverá de se lembrar.

O lance começa destruindo o mito da ofensividade irresponsável dos grandes times, porque o jogador que recupera a bola para o Brasil, quase em cima da linha lateral esquerda, é o que atuava, supostamente, como centroavante. É Tostão quem pressiona os italianos, auxiliado por Everaldo, que dá um carrinho tipicamente gaúcho, obrigando o adversário a desistir da jogada.

Falei com o próprio Tostão sobre este episódio, e com Zagallo também. Ambos recordaram que Tostão era o único do time que não tinha obrigação de ficar atrás da linha da bola quando a Seleção era atacada. Todos os demais, inclusive Pelé, recuavam para atrapalhar o adversário.

Mesmo assim, Tostão foi lá marcar e de lá saiu com a bola. A partir daí, os brasileiros passam a fazer o que mais sabem: a troca de passes. Ela roda e roda e roda até os pés de Clodoaldo, que aplica uma sequência de dribles rara para um volante, enganando quatro marcadores e tirando um ó da torcida.

De Clodoaldo para Rivellino, o Patada Atômica.

Rivellino, como soía acontecer, alonga até Jairzinho, o Furacão.

Jair está na ponta-esquerda.

Perceba nesse ponto como aquele time podia ser tudo, menos ortodoxo: Rivellino, em tese ponta-esquerda, está lá atrás, de volante, e Jair, em tese ponta-direita, está na esquerda. Aquele time era um grande meio-campo, sete dos 10 jogadores de linha eram meio-campistas. Zagallo foi o responsável por isso. Como Espinosa, ele tem essa crença de que você pode ensinar um jogador técnico a destruir, mas não pode ensinar um jogador que só destrói a jogar com técnica.

Jairzinho, portanto, deriva da ponta-esquerda para dentro, em paralelo à risca da grande área. Então, rola para o Rei. E o Rei, com toda a sua majestade, age com a naturalidade de quem está caminhando de mão no bolso no pátio de casa. Sem ver o jogador que vem detrás, mas sabendo que ele vem detrás, Pelé desliza um passe macio para que ele, Carlos Alberto Torres, o Capita, surja voando e bata de três dedos, certeiro e seco, na diagonal. Gol do Brasil. Um dos mais belos gols de uma das mais belas Copas.

Esse gol se tornou marca registrada de Carlos Alberto Torres, que morreu em 2016 aos 72 anos. É como o *Moisés* de Michelangelo, como *Crime e castigo*, de Dostoiévski, como a "Quinta Sinfonia" de Beethoven, só que feito de couro e grama.

Carlos Alberto Torres foi o maior lateral direito do futebol mundial. E o maior capitão do futebol brasileiro. Um homem que era capitão até no nome.

Outubro de 2016

O soco que não dei

Já deixei de dar um soco bem no meio da cara de certos seres humanos, e ninguém nunca me cumprimentou por isso.

Não que seja a favor da violência, de jeito nenhum, sou muito contra, mas, em algumas oportunidades, tendo sido irritado ao extremo, pensei: "Vou dar um soco bem no meio da cara deste ser humano". Cheguei a fechar a mão, rilhei os dentes, senti a energia da fúria correr-me pelo braço... e me contive. Reprimi o desejo. Depois, congratulei-me em silêncio pela decisão sábia. Tivesse tomado aquela atitude, teria sido horrível, teria me incomodado demais.

Quem é que ficou sabendo que fui tão cordato, paciente e civilizado? Ninguém. As pessoas podiam me admirar por essa façanha, mas elas só olham para os meus defeitos. Só veem os erros que cometi, jamais os que NÃO cometi.

Há várias outras coisas medonhas que não fiz ou que evitei que tivessem sido feitas e pelas quais não levo mérito algum. Tais como:

Salvei crianças de queimaduras terríveis ao não colocar a chaleira de água fervente na boca da frente do fogão.

Salvei pessoas da morte quando não acelerei demais meu carro nas estradas.

Uma vez, impedi que uma pessoa cortasse fundo a carne do seu pé ao tirar um caco de vidro da areia da praia e jogá-lo no lixo.

Sou praticamente um herói anônimo.

Mas sei que não sou o único. Os fiscais das prefeituras, por exemplo. Eis homens admiráveis. Quando eles cassam o alvará de um estabelecimento que não cumpriu as normas de segurança contra incêndio, quando eles fecham um restaurante que não preza a higiene em sua cozinha, quando eles isolam uma calçada porque pode haver desabamento de uma marquise, quantas vidas eles preservaram? Dezenas? Centenas? Milhares? Alguém agradece a eles por isso? Algum vereador já instituiu o Dia do Fiscal de Prefeitura? Existe o Santo Protetor dos Fiscais?

Não!

Os fiscais de prefeitura são desprezados, e até insultados, durante sua jornada diária em defesa da vida humana. Da SUA vida, querido leitor.

A verdade é que remediar vale aplauso, prevenir vale indiferença. Todo mundo festeja o centroavante goleador, mas e o goleiro? Todo mundo se emociona com o bombeiro, mas e o eletricista, que montou a fiação que não sofre curto-circuito?

O que é mais caro? A prevenção e o planejamento ou a correção e o socorro?

Rede elétrica subterrânea custa mais do que postes e fios a céu aberto. Mas quanto a comunidade gasta com as quedas de energia, que, numa cidade como Porto Alegre, ocorrem de 15 em 15 dias?

Dia desses, ouvi o prefeito de Tubarão falar do temporal que se abateu sobre o Sul do Brasil, matando uma menina de sete anos. A certa altura, o prefeito lamentou:

– Nós não sabíamos que isso ia acontecer!

Não sabiam... Não houve estação meteorológica capaz de prever a intempérie. Quanto custa uma estação meteorológica? Decerto, bem menos do que a vida de uma menina de sete anos.

Se você planeja, não precisa socorrer. Se você tem cautela, não precisará de solidariedade. Heróis anônimos dispensam super-heróis.

Outubro de 2016

Salvei o Brasil. Obrigado

Vou agora fazer um favor a 204 milhões de seres humanos: vou salvar o Brasil.

Todos sabemos que o caminho mais curto e reto para a salvação é a Educação, certo?

Certo.

Pois sei exatamente o que faria com a Educação no Brasil: estatizaria e privatizaria tudo. Seria liberal e socialista. Uma miscigenação de Thatcher com Fidel.

Já explico.

É que o governo, ao contrário do degas aqui, não sabe o que fazer com a Educação. O governo acredita que mudar o currículo fará alguma diferença. Uma tolice. Pode tirar aula de artes, pode tirar aula de filosofia, pode tirar até português e matemática, não tem nenhuma importância.

Educação se faz com bons professores trabalhando em boas escolas. Professores remunerados com decência, com tempo para se preparar e preparar as aulas.

E cobrados por seu desempenho, fundamental sublinhar.

O ato de acrescentar uma disciplina ao currículo não faz com que ela seja bem ensinada ou bem aprendida. Se você tiver um ótimo professor de OSPB (Organização Social e Política Brasileira), provavelmente vai adorar OSPB; se tiver um péssimo professor de português, provavelmente vai detestar português.

Mas como tornar competentes os professores e agradáveis as escolas?

Vou dizer agora.

Anote, presidente.

Anote, governador.

São duas medidas básicas:
1. Tornaria proibidas as escolas privadas em todo o país.
2. Tornaria proibidas as universidades públicas em todo o país.

Sei que você está esbravejando, homem de pouca fé. Mas pense: se todas as escolas de ensino básico e fundamental forem públicas, o rico e o remediado, que hoje botam seus filhos em escolas particulares, se ocupariam da escola do estado, se empenhariam para torná-la boa, prestariam atenção às condições dos professores. Quanto você gasta com a escola particular do seu filho? Quanto disso estaria disposto a reverter para uma escola pública, se seu filho estivesse nela? Abra a possibilidade de interação da sociedade e de doação de pessoas físicas e jurídicas, faça a escola participar diretamente da comunidade, e vice-versa, e você verá que em cinco anos teremos as melhores escolas da América Latina. Não deixo por menos: as melhores. Com ricos, pobres, negros, brancos, todos estudando juntos. É com essa faixa da população que o Estado mais tem de se preocupar: com as crianças. Com a escola.

Quanto à universidade, o rico que a pague com sonante, o pobre que a pague com trabalho. Para que o Mais Médicos, por exemplo, se há dezenas de milhares de estudantes de medicina que podem financiar seus cursos trabalhando para o Estado, depois de formados?

Assim, o Estado compraria bolsas de estudo nas universidades privadas para repassá-las a alunos de todas as áreas. Depois de formados, os estudantes pagariam o curso trabalhando por algum tempo no funcionalismo público. O Estado teria à sua disposição engenheiros, advogados, jornalistas, arquitetos, até sociólogos, se descobrisse o que fazer com eles.

Presto! Em um texto de 40 linhas está resolvido o problema da Educação e do serviço público ao mesmo tempo, e com isso o problema da segurança, das finanças et cetera, et cetera.

Estou pronto para salvar o Brasil. Só falta, agora, o Brasil querer ser salvo por mim.

Outubro de 2016

A grande dor das coisas que passaram

Uma das mais belas frases da língua portuguesa foi escrita há cinco séculos pelo caolho Camões. Tão linda que, mais de 400 anos depois, Drummond reciclou-a e a engastou em um poema. É uma oração simples, incompleta, até, considerando-se a ortodoxia gramatical. Mas é tocante. Essa:
"A grande dor das coisas que passaram".
Aí está algo que qualquer ser humano entende sem nem precisar de verbo. Porque basta estar vivo para sentir a grande dor das coisas que passaram. Você olha para trás e vê momentos da sua vida que não se repetirão, vê pessoas com quem jamais estará outra vez e, principalmente, vê quem você nunca mais será, e sofre. Senão a Grande Dor, alguma dor.
Mas existe analgésico para esse padecimento.
É o tempo presente.
Ontem mesmo, via a reprise de um comovente filme americano, *As vantagens de ser invisível*. Na cena final, que dá sentido à trama, o protagonista fala sobre estar vivendo "agora".
– Isso está acontecendo neste momento – ele diz.
E começa a rodar um clássico de David Bowie, "Heroes", em que o meu xará britânico canta:
"Nós podemos ser heróis
Nem que seja por um só dia".
Então, tudo se amarra: você está vivendo aquele dia, aquele exato instante, e está sorvendo o máximo que aquele segundo pode lhe dar. Significa que você está sendo herói da sua própria vida naquele pedaço de tempo e que, por ter sido tão marcante, ele será lembrado mais tarde, talvez com doçura, talvez com dor, ou até com a grande dor das coisas que passaram.

Você dirá que estou tentando poetar numa terça-feira, o que é inconveniente. Não se trata disso. Trata-se de algo concreto, tão concreto que se expressa em pedra e cimento: a cidade.

✹ ✹ ✹

Sou porto-alegrense da Zona Norte profunda. Em meus pulmões, se não há fumaça de cigarro, que nunca fumei, há do escapamento dos carros da Assis Brasil, a avenida mais comprida e mais cinzenta da cidade. Admito que aquelas paragens não são exatamente bucólicas, mas você pode descobrir muito canto aprazível entre os prédios desbotados do pequeno comércio que abastece as famílias de trabalhadores do lugar.

Eu e meus amigos de infância crescemos vagabundeando por aquelas ruas. Sabemos do que existe de bom debaixo de cada toldo de armazém, sabemos onde morava cada flor do subúrbio. Muito daquele tempo ainda resiste.

Até hoje, o Ivan Pinheiro Machado, que não é do IAPI, é da Santa Cecília, pois o Ivan, quando quer trinchar uma picanha honesta e repimpar-se com uma das melhores saladas de batata do Hemisfério, onde ele vai?

No Espeto de Ouro, bem ali, dobrando a Volta do Guerino.

Diz o Ivan que o velho garçom Marquinhos sempre pergunta por mim. Não por acaso – eu ia sempre ao Espeto de Ouro. Era vizinho. Morei perto, num minúsculo JK, entre o antigo Hospital Lazzarotto e o estádio do Zequinha, clube do qual meu avô era orgulhoso sócio-proprietário e onde marquei apenas dois gols, mas dei 55 lançamentos precisos, estilo Roberto Rivellino, no pé do Jorge Barnabé, o que não é rima, é fato.

Vou contar como era aquele apartamento.

✹ ✹ ✹

Por que o apartamento pequeno, de, basicamente, duas peças, se chama JK? Teria algo a ver com o presidente Juscelino Kubitscheck? Ou o K é de kitchen, quer dizer, cozinha, e o J é alguma outra coisa em inglês?

Isso me intriga agora, quando relembro o JK em que morei, no bairro Passo d'Areia. Era mínimo, mas gostava dele. Usei um roupeiro de três portas para dividir o espaço e criar dois ambientes. No lado para o qual elas se abriam ficava minha cama, que não era cama, era só o colchão no parquê nu, tendo na frente dele uma cadeira em que se encarapitava a TV. Era uma TV com seletor de canais, algo que você não sabe o que é, se tiver menos de 40 anos.

No lado de lá estavam o meu três em um, que você, jovenzinho, também não deve saber o que é. E meus discos, meus livros e nada mais. Havia ainda a cozinha, aberta para a sala, e o banheiro.

O aluguel era baixo, evidentemente, mas o meu salário também. Assim, às vezes tinha de atrasar o pagamento do condomínio, o que enfurecia a síndica.

Aquela síndica. Ela era meio gorda e usava um vestido floreado. Esperava na porta do edifício para me cobrar. Não sei como adivinhava a hora em que eu ia sair, mas nunca errava. Eu descia as escadas já com medo, esgueirava-me pelos corredores e, quando botava a mão na maçaneta para fugir do prédio, ela saltava do escuro, com o boleto na mão.

Era horrível.

Às vezes, mesmo quando voltava para casa tarde da noite, avistava, à distância, aquele vestido floreado me esperando na calçada. Uma mulher malvada.

Ela ficava repetindo que eu estava devendo, que tinha de pagar, que seria despejado. No dia seguinte, certamente em maligna combinação com a síndica, a imobiliária me mandava cartas ameaçadoras. Os juros do condomínio elevavam a dívida a cada semana, aquilo me deixava em pânico. Eu ia à imobiliária negociar, mas não havia argumento que comovesse os advogados. Foi um tempo duro.

Até hoje tenho pesadelos com o vestido floreado da síndica, por Deus.

Mesmo assim, quando passo pela Volta do Guerino e imediações, sempre me acomete certa nostalgia. Não chega a ser a grande dor das coisas que passaram, talvez nem dor seja, estar lá só me encomprida o olhar e um ou dois suspiros. É que um pouco de mim ficou naquele lugar.

Aí está. Há vários pedaços de Porto Alegre em que estão escritos capítulos da minha história e da sua também, se você for da cidade.

Uma cidade pode contar histórias. Mas, para isso, ela tem de valorizar as esquinas, praças e ruas que serviram de páginas importantes na vida de seus personagens.

Pense em alguns dos personagens de Porto Alegre que mereciam ter suas histórias contadas e ouvidas por outras pessoas. Você conhece a casa de Elis Regina no IAPI? Em que café Getúlio Vargas conspirava com João Neves da Fontoura e Osvaldo Aranha para dar o golpe em 1930? Qual era o restaurante preferido de Erico Verissimo? Qual foi o trajeto feito por Naziazeno Barbosa na Rua da Praia, em busca de dinheiro para pagar o leiteiro? E o açougue macabro da Rua do Arvoredo, onde fica mesmo?

Porto Alegre não conta suas histórias. Em tempo de eleição municipal, queria ouvir considerações sobre esse mutismo. Não, não se trata de amenidade. Trata-se da própria alma da cidade.

Outubro de 2016

O que é mais importante do que votar

Estava assistindo, ainda que de forma meio distraída, é verdade, aos capítulos derradeiros dessa novela das 9. O vilão é tomado por súbito ataque de bom-caratismo, arrepende-se, martiriza-se, até a peruca ele tira, e a professorinha humilde, mas com sensibilidade, coragem e consciência social, se elege prefeita e salva a comunidade.

É mais ou menos essa a ideia que impregna os processos eleitorais brasileiros, como o que ocorre hoje. Se você vota "direito", os "bons" são eleitos e praticam o "Bem", e o som dos violinos sobe e todos vivem felizes para sempre.

Segundo essa crença, o exercício da democracia ensina o povo a votar. Quanto mais eleições se sucedem, melhor a qualidade do voto.

Que bobagem.

Pegue o país que tem maior experiência nessa área, os Estados Unidos. Existe a chance de Trump ser eleito presidente em novembro. Antes dele, não faz muito, Bush elegeu-se duas vezes.

Certo.

Agora procure correlatos no Brasil. Trump é um falastrão muito parecido com Collor de Mello e Bush... Se você acha Bush ruim, lembre-se que o Brasil elegeu Dilma DUAS VEZES.

Não. Não se "aprende" a votar. O voto é emocional, e a maioria das pessoas, em qualquer país do mundo, pouco se informa sobre os candidatos ou sobre a realidade política. A maioria das pessoas simplesmente "não liga".

A diferença entre as democracias brasileira e americana não é a qualidade do voto.

Ontem mesmo, na rua, esbarrei, ou quase esbarrei com uma ilustração viva da diferença entre as duas democracias. Eu caminhava depressa, estava apressado, porque tinha de pegar meu filho em algum lugar e havia me atrasado. Na minha frente ia uma moça. Havia espaço na calçada para nós dois, eu só precisava fazer um desvio para ultrapassá-la e seguir em frente. Mas ela, meio que espiando por cima do ombro, percebeu que eu vinha rápido e queria passar. Então ela parou, saiu da frente, sorriu e disse:

– Sorry.

Pediu desculpas.

Era eu quem tinha de correr, eu quem tinha de pedir licença, desculpa e ir embora. Ela, porém, lamentou por estar, de alguma forma, atrapalhando a minha vida e fez questão de dar lugar.

Isso vive acontecendo por aqui. No supermercado, se você entra com o carrinho em um corredor e alguém está obstruindo o caminho, agachado, escolhendo entre as latas de azeite de oliva, é bem provável que essa pessoa, ao perceber que você parou, se levante de um pulo e quase implore:

– Sorry! Sorry!

Isso significa que o americano é mais bondoso do que o brasileiro?

Não.

Significa, exatamente, que a compreensão sobre democracia é outra. Porque democracia não é só ir à seção eleitoral, digitar o número do candidato na urna eletrônica e voltar para o churrasco que o seu cunhado está assando. A democracia, muito além do voto, é o entendimento de que todos têm compromissos com a vida em comunidade, responsabilidades e deveres.

E um dos deveres é o da civilidade.

Já contei que o lema da escola do meu filho é "work hard, be kind and help others", trabalhe duro, seja gentil e ajude os outros. É um resumo da democracia americana.

Quer dizer que todos os americanos são assim?
Não.
Quer dizer que todos os americanos sabem que deveriam ser assim. Ou que é o que se espera deles.

É dessa comunidade composta por cidadãos que se guiam pela cultura de trabalhar duro, ser gentil e ajudar os outros que saem os políticos que pedirão voto um dia. E, assim, a política fica mais reta, mesmo que haja riscos de Bushes e Trumps.

Os americanos não são melhores do que os brasileiros. Os Estados Unidos não são melhores do que o Brasil. Mas a noção de democracia que existe nos Estados Unidos é muitíssimo superior à do Brasil.

Numa verdadeira democracia, o voto é importante, mas o respeito é fundamental.

Outubro de 2016

Eu vi os Beatles

"Eu vi os Beatles", disse-me ela.

Era uma senhora magra, de sorriso faiscante, poucos anos mais velha do que eu. Estava na longa fila do cinema, que esticava o corpo de sucuri pela calçada, deixando o rabo dobrar indolentemente a esquina. Comigo, meu filho Bernardo. Tínhamos nas mãos ingressos para assistir "Eight Days a Week", filme sobre as turnês dos Beatles nos anos 60.

"Eu vi os Beatles", foi a frase dela, e isso fez com que eu a olhasse com mais respeito. Perguntei onde foi, como foi, conversamos rapidamente, até entrarmos na sala.

Calculei que vários dos que estavam lá deviam ter visto os Beatles. Estavam todos entusiasmados. Depois do filme, enquanto rolavam os créditos, ao som, óbvio, da música dos Beatles, eles continuaram sentados nas poltronas, cantando e batendo palmas. Ninguém saiu. Por Deus: ninguém. Eu e meu filho nos entreolhávamos e ríamos, achando divertido. Até que ele cansou e pediu:

– Vamos?

– Vamos.

Fomos.

Saímos sem que nenhum dos outros tivesse feito menção de se erguer da cadeira.

"Eu vi os Beatles."

Naquele público, poder dizer essa frase era como levar uma condecoração no peito.

Não só naquele público, é evidente. Anos atrás, quando Paul McCartney foi a Porto Alegre, ele era só 25% dos Beatles e já nos emocionou. Foi o maior show da minha vida e da vida de muitos que foram ao estádio, tenho certeza. Saímos pela rua como que flutuando, olhávamos uns para os outros e trocávamos sorrisos de satisfação mútua.

Por quê? Porque vimos UM beatle. Vimos uma fatia da História. Participar de algo grandioso, mesmo que apenas como assistente, é provar que se está vivo.

As pessoas passam a vida tentando dar sentido à vida. É a lógica maior do casamento. Você casa e tem filhos para ter testemunhas de que existiu. Você esteve em Paris e não contou para ninguém, não tirou fotos, não escreveu a respeito: você não esteve em Paris. Mas ir a Paris e registrar que esteve é levar junto um pedaço de Paris. E ter visto os Beatles é um pouco beatle.

"Eu vi Pelé jogar." Digo isso quando quero me exibir e ser um pouco Pelé. Na verdade, não é verdade: estava no estádio em que Pelé jogou, mas não lembro dele em ação dentro do uniforme branco do Santos, a bola colada à chuteira preta. Fui levado ao velho Olímpico pela mão do meu avô, era muito pequeno, da experiência restaram-me apenas as cores do estádio – o verde da grama perfeita, o branco da luz dos refletores, o azul ondulante da torcida... e o sabor dos três cachorros-quentes que comi. Isso e uma previsão do meu avô:

– Um dia, tu vais poder dizer que viu o Pelé jogar.

Pois digo. Vi.

Pode ficar admirado.

Vim e vi. Ele venceu.

Ou empatou. Ou perdeu. Não lembro.

Não importa. Importa é ter visto. É ter sido testemunha. Somos testemunhas de um tempo importante, um tempo de mudança do Brasil. E para melhor, tenho certeza. Daqui a alguns anos, quando fizerem filmes do que estamos vivendo hoje, poderemos dizer: "Eu vi o Brasil mudar". Os outros vão nos olhar com respeito. Vão perguntar como foi. E nós seremos condescendentes. Vamos sorrir misteriosamente, olhar para o horizonte como que recordando algo. E suspirar:

– Não foi fácil... não foi fácil...

Setembro de 2016

Vinte amigos em um ônibus

Tem uma coisa que quero fazer. Baseio-me, na verdade, em algo que já fiz. É que, muito tempo atrás, fui escalado para cobrir uma missão empresarial de Santa Catarina em viagem pela Itália. Naquela época não havia celular nem laptop. O jeito foi carregar a tiracolo meia resma de papel e minha Olivetti Lettera 35, de metal, não de plástico, pesando o que me parecia uns 150 quilos.

Eram mais de 20 empresários pequenos, médios e grandes, e eu o único jornalista. Na saída, percebi que eles estavam meio desconfiados com minha presença, mas logo os fiz ver que não estava lá para desenterrar denúncias – a pauta era positiva. Quando chegamos à Europa, já éramos amigos de infância.

Foram semanas rodando em um ônibus pelo Norte da Itália. Passamos por Milão, Veneza, Florença, Pádua, Verona e várias outras cidades. Houve trabalho, claro, mas a necessidade de cumprir agenda tornava a viagem ainda mais divertida, porque as personalidades e as idiossincrasias se revelam, realmente, quando há tarefas a cumprir.

Queria fazer algo parecido com aquela viagem. Queria alugar um ônibus e colocar dentro 20 amigos. Durante duas ou três semanas, nós rodaríamos pelo Brasil, tendo compromissos marcados em cada parada. Mas, em vez de compromissos comerciais, teríamos obrigações gastronômicas. Obrigação mesmo, todos teriam de fazer. Estabeleci até um roteiro preliminar:

1. Saindo de Porto Alegre de manhã cedo, a primeira parada seria no Hotel Becker, em Araranguá, para o bife a

cavalo. Há poucos bifes a cavalo iguais no Brasil, o que significa que há poucos bifes a cavalo iguais no planeta Terra.

2. O jantar seria no Antônio's, em Cachoeira do Bom Jesus, em Florianópolis. O prato, claro, é camarão na abóbora. O camarão na abóbora do Antônio's você come com lágrimas nos olhos e suspiro no peito.

Ficaríamos na ilha por mais dois dias, porque teríamos de passar uma tarde inteira no Beira D'Água, em Sambaqui, traçando ostras frescas. Essas ostras eles criam ali no bar mesmo, que se equilibra sobre as ondas do mar. O garçom puxa as ostras por uma corda, diretamente da água. Elas vêm vivinhas dentro de um cesto. Se você tiver muita sorte, poderá encontrar uma pérola em uma delas. Se não tiver tanta sorte assim, poderá temperá-las com limão. Você verá a ostra se encolher toda ao contato com o sumo do limão e, depois, a levará aos dentes e a sorverá de uma vez só. Ela descerá gritando pela sua garganta. Aquele grito baixinho de ostra, evidentemente.

3. Rodando Brasil acima, chegaríamos a Curitiba. Não sei o que tem de bom para comer em Curitiba. Se não tiver nada de especial, tomaríamos café com o Sérgio Moro. Ele deve ter fofocas interessantes para contar.

4. Mais um dia e estaríamos em São Paulo. Há muitos restaurantes ótimos em São Paulo, mas nós começaríamos fazendo o desjejum em uma daquelas padarias do Jardins. A torrada americana das padarias de São Paulo é imbatível. Nos Estados Unidos não existe torrada americana como a de São Paulo.

Uma vez, o meu amigo Alexandre Barreto, que é meio que um paulista adotivo, disse que lá funcionam 6 mil pizzarias e que mais de 40 milhões de pizzas são consumidas por mês na cidade. Se você empilhar as pizzas comidas pelos paulistas em 30 dias, ultrapassará o Empire State e poderá fazer o trocadilho com a Torre de Pizza. Ou seja: precisamos ir a uma pizzaria paulistana. No Brás, de preferência.

Sei que poderíamos ficar um mês nos repimpando em São Paulo, mas os chopes do Rio nos esperam. Teremos de seguir em frente. Além disso, o espaço da coluna acabou. Vou continuar fazendo o meu roteiro.

✶ ✶ ✶

Lá vamos nós, Brasil acima e afora e adentro. Havia interrompido o relato da viagem que estou planejando, vinte amigos em um ônibus, varando o país em um roteiro gastronômico-sentimental, mas os leitores se animaram, lotaram minha caixa de e-mails com sugestões e, assim, animaram-me também.

Animado sigo. Alguns leitores querem ir junto, talvez tenhamos que alugar outro ônibus, talvez tenhamos de nos deter um pouco mais na Região Sul, estou começando a ficar aflito com a quantidade de opções. Em todo caso, mantenho meu rascunho. Falarei do Rio de Janeiro.

É que descobri uma feijoadinha mais do que cumpridora no Rio de Janeiro. Sobre isso, preciso contar um caso. Certo sábado de sol, estávamos em alegre bando gaúcho no Rio. Dourávamos nossos bíceps e tríceps nas areias da praia, quando me bateu uma fome ancestral. Então, sugeri:

– Que tal uma feijoadinha no Tio Sam?

Já conhecia a feijoadinha do Tio Sam, sabia de seus predicados. Donde a sugestão. Mas entre nós estava o Admar Barreto, grande amigo, um dos que irrecorrivelmente estará no ônibus. Acontece que o Admar é homem de hábitos arraigados. Também sou, confesso, e pela mesma razão dele, que pode ser resumida em uma pergunta filosófica: se algo deu certo, por que se aventurar em novidades?

O Admar, assim, torceu o nariz. Disse que preferia continuar estendido na praia, fritando lentamente, feito uma salsicha. Mas, como velho repórter que sou, sei que certas coisas só são alcançadas sendo chato. E fui. Fiquei repetindo, sem parar:

– Feijoadinha! Feijoadinha! Feijoadinha! Feijoadinha!
Até que ele não aguentou mais e suspirou:
– OK, você venceu: feijoadinha.
Fomos para o Tio Sam, que fica no Leblon, de onde, aliás, o Admar se recusa a sair, quando vai ao Rio.
O Tio Sam era o bar do João Ubaldo Ribeiro.
João Ubaldo Ribeiro se celebrizou pelo livro *Viva o povo brasileiro*, mas tenho cá para mim que *Sargento Getúlio* é melhor.
Não lembro de um sábado que tenha ido ao Tio Sam que não tenha visto o João Ubaldo Ribeiro lá. Ele tinha o seu próprio copo no bar, um que só ele usava. Um dia, quebrou o copo. O João Ubaldo comprou um igual e levou para o Tio Sam. Era um copo alto, disso me recordo. O João Ubaldo o enchia com uísque. Depois, os médicos mandaram que ele parasse de beber, então o enchia de guaraná diet, que tem a mesma cor.
"O João Ubaldo não bebe mais", era o que todo mundo dizia e o próprio afiançava ser verdade. Pouco antes de ele morrer, porém, o avistei no Tio Sam com o mesmo copo na mão, só que preenchido com chope, em vez de uísque ou guaraná. Concluí que a idade conduziu João Ubaldo à sabedoria de Aristóteles, que ensinava: "A virtude está no meio-termo".
Neste sábado, enquanto eu saboreava a feijoadinha do Tio Sam, ouvi João Ubaldo contando piadas de pé, na calçada. Depois, ele entregou o copo ao garçom e se foi, arrastando os chinelos, de bermuda, bem devagarinho, até seu apartamento, que ficava ali perto. Nunca mais o vi.
Não era feijoadinha que o João Ubaldo comia no Tio Sam. Era um filé malpassado que até leva seu nome. A feijoadinha, comemos nós, o Admar inclusive, e aprovou. Agora, a feijoadinha do Tio Sam foi incluída entre os hábitos arraigados do Admar. Ponto para o Tio Sam.
Nossa viagem terá de passar pelo Rio em um sábado, portanto, para irmos ao Tio Sam, provar da feijoadinha. Então,

levantaremos os nossos copos e brindaremos ao João Ubaldo. E à amizade, claro. Bons amigos têm de brindar à amizade.

✳ ✳ ✳

Haveremos de ir ao restaurante Antiquarius, no Leblon.

Nós, que digo, somos os vinte amigos em álacre viagem de ônibus pelo Brasil, esse projeto que colocarei em prática logo logo, você verá.

O Antiquarius é um dos dois restaurantes preferidos do João Gilberto, mas ele nunca vai lá – ele pede comida por telefone. O Antiquarius é restaurante fino, não faz tele-entrega diretamente, mas abre uma exceção para o João Gilberto.

Uma, não: várias.

A primeira delas é que o João Gilberto só aceita ser atendido pelo mesmo garçom. Compreensível, porque o garçom precisa ter funda paciência para cumprir essa tarefa de aparência singela, só que não: o João Gilberto fica 40 minutos ao telefone, antes de escolher o jantar. Pergunta sobre cada ingrediente dos pratos, descreve comidas que provou em alguma viagem, tece considerações e acaba pedindo sempre a mesma coisa.

O entregador também tem de ser sempre o mesmo, e na embalagem não pode aparecer a identificação do restaurante. O rapaz chega, sobe até o andar em que mora João Gilberto e deixa a comida na porta. João Gilberto não gosta de estranhos em casa, nem entregadores nem eletricistas nem hidráulicos nem faxineiras, nada. Isso fez com que o lugar se deteriorasse. Tempos atrás, a filha de João Gilberto praticamente o obrigou a passar uma temporada no Copacabana Palace, a fim de limpar e reformar o apartamento.

Às vezes, o João Gilberto sente vontade de jantar com um amigo. Então, liga para o restaurante e pede comida para dois, em pacotes separados. Um, manda entregar em sua casa; outro, na casa do amigo. Aí ele liga para o amigo e eles ficam jantando e conversando horas ao telefone.

Isso é sensacional. Diz muito sobre a condição humana. Porque João Gilberto, ao ser reconhecido como gênio da música, sentiu-se livre para fazer apenas o que quer. Na cabeça dele, estava realizada a sua missão debaixo do sol. A partir de agora, o mundo que se danasse e tratasse de servi-lo. João Gilberto, assim, como que voltou à primeira infância, quando a pessoa faz exatamente isso: o que bem entende, sem concessões a quem quer que seja. É a liberdade quase que total. A liberdade do bicho.

Mas chega de elucubrar. Pensemos no nosso jantar no Antiquarius. Eu, como apreciador inamovível da comida portuguesa, sei o que pedirei: Moqueca de Bacalhau Fresco com Camarão. Ou quem sabe a famosa Perna de Cordeiro à Moda de Braga? Ou a Cavaquinha Grelhada com Molho de Manteiga de Ervas? Oh, dúvida! João Gilberto, só você pode me ajudar a decidir.

Setembro de 2016

O pecado do século

Toda nudez será castigada é o título genialmente insinuante de uma peça que Nelson Rodrigues escreveu meio século atrás. É genial na insinuação porque basta o título para você ficar cismando. A nudez castigada, decerto a nudez feminina castigada, que homem pelado não tem graça nenhuma, sugere o sabor picante do pecado cristão.

Em 1967, dois anos depois de Nelson escrever a peça, duas jovens entraram em suas minissaias e foram passear pelo Centro de Porto Alegre. Naquele tempo, a Rua da Praia era o fiapo de cidade mais importante do Rio Grande do Sul. Era lá que a juventude dourada porto-alegrense expunha sua fremência hormonal, mais ainda do que na Padre Chagas de hoje.

Bem. Quando as moças chegaram à Rua da Praia, foi como se um alarme de perigo começasse a soar nos cérebros dos transeuntes. Pernas de tal modo descobertas não eram comuns, no Sul do mundo. No Norte, sim: em 1964, a inventora da minissaia, Mary Quant, fora condecorada pela rainha da Inglaterra, e compareceu à cerimônia a caráter: de mínima minissaia.

Mas a Rua da Praia não estava preparada para tanta perna de mulher ao ar livre. Em um minuto, homens, mulheres e crianças começaram a seguir as duas. Em dez minutos, uma multidão as acossava. Uns gritavam ofensas, outros assobiavam, um tumulto. As duas acabaram presas por perturbação da ordem pública.

A seminudez foi castigada na Porto Alegre de 1967. Hoje, vez em quando uma mulher sai nua pelas ruas da cidade, e ninguém pensa em castigá-la, no máximo a filmam com o celular. Hoje, não há nada que esteja proibido às mulheres das democracias capitalistas ocidentais, no terreno escorregadio do que era chamado "moral e bons costumes".

A democracia aliada ao capitalismo, por essa união estar centrada nos direitos do indivíduo, libertou a mulher ocidental.

Ao derivar para o Leste, no entanto, a situação muda. Um dia, num curso que fazia aqui em Boston, o professor fez uma pergunta aos alunos:

– Se você pudesse nascer de novo, o que você queria ser?

Uns disseram "rico", como era de se esperar, outros queriam ser atores ou cantores. Uma japonesa sussurrou:

– Queria ter nascido homem.

Perguntei a razão. Ela:

– Porque o homem, no Japão, pode fazer tudo.

Ou seja: no Japão, a mulher não pode fazer tudo.

Já em alguns países muçulmanos, a mulher não pode fazer nada. Nem dirigir, nem sair à rua desacompanhada, nem mostrar os cabelos, nem se vestir como quiser.

Aqui, nos Estados Unidos, vejo todos os dias mulheres muçulmanas trajadas de preto dos pés à cabeça, e isso me gera péssima sensação. Mas, se você for falar com elas, muitas lhe dirão que QUEREM vestir-se assim.

Você não muda uma cultura só com argumentos. É preciso que o ambiente leve à mudança. No caso de Porto Alegre, por exemplo, não houve nenhuma campanha para que a minissaia fosse aceita, nenhum protesto, nenhuma indignação. Aconteceu naturalmente, porque o mundo ao qual Porto Alegre pertence aceitou. Porto Alegre não ficaria de fora.

Agora, na França, as mulheres muçulmanas estão sendo proibidas de ir à praia vestidas com a burca estilizada, o "burquíni", que lhes tapa o corpo e só deixa o rosto livre. Todo excesso de roupas será castigado. Não se trata de algum interdito sexual, da delícia proibida, do pecado moral, que obcecava Nelson Rodrigues. É o pecado ideológico, duro, cinzento e mal-humorado. Nem pecar tem mais graça. O século XXI é o século dos chatos.

Agosto de 2016

Por que precisamos de heróis

Tinha um desenho antigo na TV que se chamava *Viagem ao centro da Terra*. Era baseado num livro de Julio Verne. Um professor, um casal de alunos e um auxiliar fortão, mais uma pata simpática de nome Gertrude, haviam descoberto uma caverna que dava acesso às entranhas do planeta. No mundo subterrâneo havia de um tudo: mares procelosos e rios compridos, cidades egípcias perdidas, insetos gigantes, todo gênero de perigos.

Quando eu era guri, aquela história me deixava assuntando. Perguntava-me: o que realmente existiria abaixo da superfície? Hoje sei que ninguém sabe. Se você pegar uma boa pá, tiver músculos de Maciste e tempo livre para cavar até o ponto central do planeta, fará um buraco de 6.370 quilômetros. Nem é tanto assim, se você pensar que a distância de Porto Alegre a Boston é dois mil quilômetros maior. O problema é que só Maciste tem músculos de Maciste e não há tempo que chegue e pá boa o suficiente para a tarefa.

As minas mais profundas chegam a três quilômetros. Os cientistas já tentaram ferir o solo usando os métodos mais perfurantes da ciência, mas só conseguiram chegar a coisa de 12 quilômetros. Ou seja: nem arranharam a epiderme da Terra.

Baseados nesses estudos e na análise de terremotos, geólogos concluíram que existe a crosta terrestre e abaixo dela um manto de pedra derretida e abaixo dele um núcleo duro de ferro e abaixo dele outro ainda mais duro, mas que, de tão quente, pode se tornar magma, e outro ainda, possivelmente sólido, mas que pode ser metal e rocha liquefeitos e fogo eterno e talvez lá estejam ardendo as almas dos bilhões de pecadores cumprindo pena no inferno desde que Noé salvou a raça do Dilúvio.

Talvez. Porque certeza, certeza, ninguém tem. Ninguém sabe o que acontece bem debaixo dos nossos pés.

É por isso que precisamos de heróis.

Não sabemos o que se dá acima ou abaixo de nós, não sabemos o que havia antes ou o que haverá depois do nosso tempo nesse Vale de Lágrimas, somos pequenos, irrisórios, insignificantes, somos afligidos por todo tipo de doenças e perigos, células rebeldes podem se multiplicar irresponsavelmente dentro do nosso organismo e levá-lo à falência ou minúsculas bactérias podem nos comer vivos ou vírus insensíveis podem nos transformar em postas de carne putrefata ou pianos podem cair do oitavo andar direto na nossa cabeça ou crocodilos podem saltar de um lago artificial da Disney e nos arrastar para uma toca submersa ou algum de nossos semelhantes decide que precisa de nossos celulares e, para tirá-lo de nós, pode nos dar um tiro entre as orelhas ou podemos simplesmente escorregar no piso molhado do banheiro e bater com a fronte na pia e morrer. Meu Deus!

É por isso, repito, que precisamos de heróis.

Para acreditar que a existência haverá de ser nobre e que a vida, afinal, vale a pena. Fernando Pessoa estava certo: se a alma não é pequena, a vida vale a pena. Mas nem todas as almas são grandes. Quero falar das que são.

✳ ✳ ✳

Tenho em casa 10 alentados volumes encadernados em couro contando a história da Segunda Guerra Mundial. Autoria: Winston S. Churchill.

Churchill assinava seus livros com o S de Spencer porque havia então outro escritor com o mesmo nome, um romancista americano, que, na época, era bem conhecido.

O Churchill britânico não era ficcionista, mas escrevia melhor do que seu homônimo.

Churchill ganhou o Prêmio Nobel de Literatura por sua obra. Mas isso até foi pouco: ele salvou a Europa com seu texto. Sim, porque foram os discursos de Churchill que inspiraram o povo inglês e o tornaram resiliente o suficiente para resistir ao muito mais poderoso exército do Terceiro Reich. Quando Churchill jurou: "We shall never surrender!", nós nunca nos renderemos!, começou a ganhar a guerra.

Mas o melhor de Churchill é que ele fez o que fez devido ao poder do seu texto. Ouça seus discursos, há vários no YouTube. Ele fala mal. Não chega a ser uma Dilma, mas não tem impostação alguma, enrola-se nas palavras e, o pior, falta-lhe interpretação.

Hitler era muito melhor orador. Não havia comparação entre um e outro na declamação. Hitler era histriônico, dramático, você o assiste discursando e fica hipnotizado. Alguns oradores têm essa capacidade. Se ele estivesse lendo a lista do súper seria capaz de empolgar as multidões. Churchill, se você parar para ouvi-lo, é capaz de pegar no sono.

Mas também não havia comparação entre um e outro no texto. Li o infame best-seller de Hitler, *Mein Kampf*. É mal escrito, confuso, ruim na forma e no conteúdo.

Churchill, ao contrário, era dono de um texto elegante e capaz de criar frases imortais, como a famosa "nunca tantos deveram tanto a tão poucos", a respeito da atuação da Real Força Aérea na Batalha da Grã-Bretanha, ou de tiradas devastadoras, como aquela na discussão com uma deputada no parlamento inglês. Ela, que o odiava, rosnou:

– Se eu fosse sua mulher, derramaria veneno no seu café.

Churchill, impávido, retorquiu:

– Se a senhora fosse minha mulher, eu beberia.

Churchill enfrentou o nazismo com a força da palavra escrita. E venceu.

É um herói. É desses que tornam especial a breve existência do ser humano debaixo do sol.

Era um craque. A vida precisa de craques.

Tenho outros, cá para mim, na minha lista de craques da Humanidade.

Nelson Mandela.

Estive frente a frente com Mandela, olhei-o nos olhos. Contei essa história, aconteceu em 1991, não vou contar de novo. Podia ter aproveitado melhor o encontro e tirado dele algum ensinamento, mas pelo menos tenho a lembrança particular daquele homem alto, sorridente, de aparência serena.

Mandela, na juventude, foi lutador de boxe e guerrilheiro, manejou bombas, planejou atentados, pregava a violência. Então, foi preso pelo regime racista da África do Sul.

Esse episódio, na história de Mandela, é que o torna um gigante. Ao prender Mandela a fim de se preservar, o regime do Apartheid encontrou seu fim. Na prisão, Mandela se libertou. Viu-se livre de muitas coisas, ao ser preso, mas o principal foi ter compreendido que as pessoas são iguais nos sentimentos. Mandela entendeu que o branco opressor também sentia medo e que a única maneira de derrotá-lo era não lutar contra ele.

Um gênio da política.

Não estou exagerando. Estive na África do Sul e vi. Vi a obra de Mandela. Vi como negros e brancos convenceram-se intelectualmente de que tinham de conviver em harmonia, vi que viram como necessitavam um do outro.

Mandela fez como Churchill: com o poder do verbo, mobilizou multidões.

O Brasil dividido de hoje bem poderia haurir do exemplo de Mandela e da África do Sul. Mas ainda não cheguei aonde queria chegar. Prossigo.

✳ ✳ ✳

Cá estou, fazendo minha lista de craques da Humanidade, que sou fazedor de listas. Já citei dois: Mandela e Churchill.

Citarei mais oito, para fechar em número redondo como a vida não é.

O terceiro: Martin Luther King, que, como Mandela e Churchill, venceu pela palavra.

"Eu tenho um sonho", discursou Luther King, e, de certa forma, seu sonho se realizou.

Depois, Freud, que explicou previamente por que Mandela, Churchill e King venceriam pela palavra. Freud demonstrou como a palavra pode explicar ao homem quem o homem é.

Mais um: Kant, que foi o precursor de Freud ao mostrar que existe uma inteligência antes da inteligência.

Michelangelo também não pode faltar. Ele criava vida a partir do mármore.

E, agora, quatro genialidades musicais, porque a música não é palpável, como uma escultura de Michelangelo, nem pode ser verbalizada, como as palavras de Churchill, Mandela, King, Kant e Freud, mas a música igualmente fala, estabelece comunicação direta com a alma e desperta sentimentos nos seres vivos.

Digo "seres vivos" porque os bichos também se deixam enlevar pela música. É célebre a história que contava Schopenhauer sobre um violinista da sua cidade que, uma noite, tendo se regalado em demasia com a boa cerveja alemã, virou valente, como viram alguns bêbados. Então, fez uma aposta temerária: entraria no pátio de uma empresa que era guardada por cães ferozes.

Entrou mesmo, pulou a cerca e, nem bem chegou ao chão, viu-se cercado dos cachorros com os dentes à mostra, prontos para reduzi-lo a carne de cheeseburger. Não é preciso dizer que o porre passou na hora. Tanto que ele teve presença de espírito suficiente para sacar do violino e tocar a música mais encantadora e suave que conhecia. Deu certo. Os bichos se acalmaram e, antes que ele pudesse dizer ufa, jaziam aos seus pés, mansos como bons maridos.

Outro que bem poderia estar nessa lista, Darwin, tocava piano para as minhocas. Ele tinha um viveiro de minhocas e estudava as reações que a música produzia nelas.

Portanto, se até minhocas se emocionam com a música, os craques dessa atividade também merecem estar na minha lista. Aí vão eles:

Beethoven, Mozart e Bach.

E os Beatles.

Considero os Beatles um único exemplo de craqueza, embora fossem quatro.

E então penso nele, George Best, "o quinto Beatle". Que craque, Best.

Com o que ingresso no mundo do futebol.

Depois de tanto falar em homens especiais da Humanidade, parece vulgaridade descer ao degrau do futebol. Errado. O futebol é o esporte mais popular do planeta porque reproduz a vida. Então, há que reverenciar ingleses como Best ou Stanley Matthews, franceses como Zidane ou Platini, alemães como Beckenbauer ou Schuster, argentinos como Messi, Di Stéfano ou Maradona e brasileiros como Pelé, Garrincha, Rivellino, Zico, Renato, Falcão, Ronaldo, Ronaldinho, Romário... são tantos os brasileiros...

Ou eram.

Por isso o meu lamento. Falta-nos o craque. Nosso último foi Ronaldinho. Neymar é subcraque, não tem grandeza de bola e de alma para ser o centro da Seleção Brasileira.

Você pode achar pouco esse drama, enquanto o país se consome na tragédia política. Não é. O futebol faz parte da nossa identidade e, pela primeira vez em mais de cem anos, não temos um craque sequer. Luan? Gabriel Jesus? Alguém pode se tornar craque, entre os jovens jogadores do Brasil? Um craque pode ser construído aos poucos, a cada rodada, um tijolinho de talento depois do outro?

Não sei. Precisamos de um craque. Se nunca fizemos um Beethoven, um Freud ou um Luther King, é certo que sabíamos fazer pelo menos um Rivaldo, um Edmundo, um Jairzinho. Temos de fazer outra vez. Para podermos sonhar, em meio à realidade áspera. Para acreditar que estar por aqui, afinal, vale a pena.

Junho de 2016

Está chovendo na roseira

Os filmes de Sergio Leone não são filmes, são óperas. Assista a *Era uma vez no Oeste* ou *Era uma vez na América* ou *O bom, o mau e o feio* e você perceberá que a música também conta as histórias que Leone quer contar.

O autor desses temas é o maestro Ennio Morricone, que ganhou o Oscar pela música de *Os oito odiados*, de Tarantino.

Esse filme, *Os oito odiados*, é uma homenagem de Tarantino a Leone e Morricone. Tarantino bebe da obra de Leone até se fartar.

O Augusto da Silveira é como Leone, Tarantino e Morricone.

O Augusto da Silveira faz a operação de áudio do programa *Timeline*, da Rádio Gaúcha. E, exatamente como Leone, Tarantino e Morricone, conta histórias sem falar. Fica atento a cada segundo do programa e, manejando seus botões com a velocidade e a precisão de um Messi, ilustra o que está sendo dito ou pontua o clima da nossa conversa.

Vez em quando, se o assunto é ameno como esses dias de fim de primavera no Norte, o Augusto bota para rodar o instrumental de "Chovendo na roseira", de Tom Jobim.

É um momento especial.

A melodia de "Chovendo na roseira", por si, já faz o ouvinte se sentir com os pés na areia quente da praia, de frente para o mar que rumoreja e vai e vem e vai e vem...

Afinal, assim é a Bossa Nova.

Mas a letra de "Chovendo na roseira" tem uma mágica suavemente genial, que é a mágica da simplicidade. Em meio ao poema, Tom conta que um tico-tico, que mora ao lado da roseira, adivinhou a primavera ao passear no molhado da chuva.

Passarinhos têm essa propriedade de antever a mudança dos dias.

Agora, o melhor da canção é o mote da canção. Tom diz: "Olha: está chovendo na roseira".

Ele estava chamando a atenção de alguém para algo que julgou importante, ou não chamaria a atenção. Todas as vezes que chovia devia chover na roseira, algum outro poderia considerar a cena um evento comezinho, coisa banal, para a qual não se olha duas vezes. Mas não Tom. Tom se maravilhava ao ver os pingos de chuva reluzindo nas pétalas das rosas, aquilo devia extasiá-lo de tal maneira que era preciso dividir a experiência. Então, ele apontou para um canto do quintal e avisou:

– Olha, está chovendo na roseira.

E a outra pessoa, o amigo de Tom, ou sua namorada, ou sua mulher, ou um vizinho, sabe-se lá, a outra pessoa provavelmente deve ter obedecido. Olhou para onde Tom apontava, e lá estava a roseira molhada da chuva. Algo tão comum, algo que se repete tanto e tanto, mas quem há de fazer igual? E a outra pessoa decerto sorriu, sim, é claro que sorriu. Porque, se é encantador quando chove na roseira, mais ainda o é quando um homem se deixa encantar porque está chovendo na roseira.

Junho de 2016

Por que o medo

Martin Luther King é herói, para o meu filho. Na escola, King é dos personagens mais estudados pelas crianças. Ele morou aqui, graduou-se em teologia pela Boston University e, entre os bostonianos, talvez só perca em prestígio para Kennedy. Chamam-no de "doctor King".

Como não quero que meu guri deixe de ser brasileiro, ensino-lhe os contrapontos do lado de baixo do Equador. Então, comecei a contar-lhe sobre Zumbi dos Palmares, e, em meio à narrativa, encantei-me com o encantamento dele.

– É mesmo? – perguntava-me, boquiaberto. – É mesmo? Que coisa. Que coisa!

Aí me empolguei e colori ainda mais a história e já estava emocionado quando entendi o motivo de todo aquele entusiasmo: meu filho tinha achado sensacional um dos heróis da história brasileira ser um morto-vivo comedor de cérebros.

Mais um capítulo do conflito de gerações.

✷ ✷ ✷

Por algum motivo, zumbis gozam de grande popularidade, entre as crianças de hoje e mais ainda entre os adolescentes.

Por aqui, eles fazem sessões de cinema a partir da meia-noite de sexta-feira, as chamadas "Midnites", apenas com filmes de terror, assistidos apenas por adolescentes.

Não vou.
Não gosto.
Por dois motivos.

Uma época, depois dos anos 80, os filmes de terror se brutalizaram. Era sangue espirrando e vísceras expostas. Péssimo gosto. Evitava esse tipo de filme.

Agora os filmes de terror retomaram o tema da ação das forças do Mal no mundo dos vivos, tipo clássicos como *O exorcista* e *O bebê de Rosemary*. Aí não assisto por uma razão que considero perturbadora: tenho medo!

Isso me deixa realmente chateado. Porque, se não sou materialista nem cartesiano no sentido pejorativo que a palavra ganhou modernamente, sou racional. Ou, pelo menos, tento ser. Tento refletir sobre as coisas do mundo, como diria o Paulinho da Viola, e compreendê-las.

Então, como é que um simples filme, que sei como foi feito, que sei que é ficção, que sei que é bobagem, então como é que um filme me faz sentir medo? Medo de quê? De fantasmas? Do diabo? Das forças malignas? Do sobrenatural? Como posso sentir medo de algo que SEI que não existe?

Aí está um verbo que repeti bastante: saber. O que SEI às vezes não corresponde ao que SINTO.

É uma terrível fraqueza, e é muito irritante. É o meu subconsciente derrotando o consciente.

Esse subconsciente, personagem do qual primeiro tratou Kant, depois Schopenhauer e depois Freud, esse subconsciente não devia ser tão poderoso. Ele devia continuar se refocilando nos subterrâneos da alma, emergindo só durante o sonho, e olhe lá.

De onde vem essa força? Não é mágica. Não é transcendental.

Sei o que é. Kant, Schopenhauer e Freud já me contaram. É fruto de percepção. Quer dizer: de inteligência fina. Baseado em experiências e conhecimentos de que talvez nem me lembre (conscientemente), meu subconsciente capta sinais e emite alertas.

O que querem dizer? O que significam?

É difícil saber.

E, se você não consegue decifrar nem uma camada inferior de si mesmo, você é o verdadeiro morto-vivo.

Vai ver é essa a origem da fascinação dos adolescentes por zumbis. Eles olham para aquelas figuras em busca de cérebros e se identificam. E eu com eles. Cérebros, cérebros. Precisamos de cérebros.

Maio de 2016

Uma história de amor

Pois pedi. E Sônia me liberou para contar a história com nomes e sobrenomes por inteiro, mas, pensando bem, melhor não. Há outros envolvidos que talvez não gostem de ser identificados, então vou revelar-lhes apenas os prenomes.

Deu-se na Liverpool do Rio Grande: o IAPI.

Sônia teve a sorte de para lá se mudar quando estreava nos tempos hormonais da adolescência. Em poucos meses, conheceu um guapo vizinho chamado Alfredo, e por ele se apaixonou. Apaixonaram-se, na verdade, que Sônia era correspondida.

O namoro, com seus altos e baixos, mais altos do que baixos, estendeu-se por 10 anos.

Neste ponto, estamos em 1976. Geisel era o presidente da República, o Inter seria bicampeão brasileiro com o maior time da sua história e, na Irlanda, a banda U2 começava a ser montada. Não existia internet ou telefone celular. A maioria dos moradores do IAPI não contava nem com telefone fixo em casa, e nessa categoria se enquadravam Sônia, Alfredo e o degas aqui.

Foi exatamente neste ano, enquanto eu dava lançamentos precisos de 57,5 metros no campo do Alim Pedro, namorava a Alice, a morena mais bonita do bairro, e estudava no Amstad, que ficava entre o Postão e o cemitério, foi exatamente neste ano que a irmã do Alfredo chamou Sônia e lhe disse algo terrível: Alfredo havia se repoltreado no pecado com uma vizinha sinuosa e a dita cuja estava grávida.

Sônia quedou-se mais destruída do que os pontas que enfrentavam Cabral, o lateral direito do Canarinho. Amava Alfredo, mas não perdoaria a traição. Não o recebeu mais.

Alfredo batia à porta de seu apartamento, e ela não atendia. Alfredo tentou duas vezes, três, dez, vinte, tentou por meses de angústia e Sônia, orgulhosa, não atendeu. Num tempo em que a comunicação se fazia pessoalmente, olho no olho, uma porta fechada era intransponível.

Sônia e Alfredo se separaram em definitivo. O tempo, que apaga ardores e alivia dores, fez o seu trabalho, e cada um tomou um rumo diferente na vida.

Só que, duas décadas depois, em 1996, quando Fernando Henrique era o presidente da República, o Grêmio conquistava o bicampeonato brasileiro e os Mamonas Assassinas morriam num acidente aéreo, naquele ano Sônia descobriu que a irmã de Alfredo havia inventado a história do caso dele com a vizinha.

Por que ela havia feito isso? Talvez porque não aprovasse o relacionamento, talvez porque não gostasse de Sônia, talvez por maldade. Seja. O fato é que deu certo.

Sônia agora, em 2016, 40 anos depois de tudo ocorrido, quando Temer substituirá Dilma na presidência da República, Grêmio e Inter não são campeões brasileiros e a MPB acabou, agora Sônia me envia um e-mail relatando essa triste história e conclui, confessando:

"Alfredo continua sendo, e sempre será, o amor da minha vida".

Bonito. E triste. Aconteceu no IAPI, a Liverpool do Rio Grande.

Maio de 2016

Como fazer algo para sempre

Tinha um bar, ali no bairro Floresta, que diziam que era um bar do Lupicínio.

Não sei se era mesmo dele, nem lembro bem onde ficava, já passei por tantos bares na vida.

O certo é que era numa daquelas ruas bonitas e desvalorizadas da região.

Se Porto Alegre fosse uma cidade com melhor planejamento urbanístico, a Floresta se tornaria um dos lugares mais aprazíveis do Sul do mundo. Aquele belo casario, aquelas ruas arborizadas, o pequeno comércio do entorno, tudo poderia ser mais bucólico.

Foi lá que surgiu a Sociedade Floresta Aurora, clube que conta parte da história do Brasil.

O Floresta Aurora foi fundado por escravos antes da Abolição. O objetivo inicial era auxiliar as famílias de cativos e alforriados quando algum parente morria, mas a sociedade ganhou força e logo se transformou em referência para a comunidade negra. Lá aconteciam os "bailes dos morenos", como se dizia.

O Floresta Aurora era o contraponto afro das sociedades germânicas que se multiplicaram pela cidade no fim do século XIX e no começo do XX. Isso de se reunir em clubes era coisa de alemão. A Sogipa, o Juvenil e o próprio Grêmio foram criados por inspiração de descendentes de alemães.

A Floresta também era um bairro germânico, e a casa em que funcionava o tal bar havia sido moradia de uma família de alemães. Mas, como já disse, não recordo a localização exata.

O que a minha memória traz gravado daquele bar foi algo que lá se passou comigo e com dois de meus amigos.

Era uma noite em que tínhamos muito pouco dinheiro.

Está certo: isso não era novidade, nós nunca tínhamos muito dinheiro. Mas naquela noite em especial tínhamos ainda menos do que o normal.

No bolso direito das minhas calças US Top havia uma nota solitária, e eu precisava de troco para tomar o Linha 20 de volta para casa. Os outros dois amigos juntaram os seus caraminguás, umas notas amarfanhadas que na época chamávamos de PTBs. Contamos e concluímos que dava só para um único prato de feijão mexido e duas Malzbier, que era mais barata.

Dizia-se, então, que Malzbier era boa para mulheres em fase de amamentação. Dava leite. De onde será que tiraram aquilo? Alguém acredita que uma cerveja preta pode dar leite?

Em todo caso, sempre gostei de Malzbier, só que não dá para tomar mais do que uma: doce demais.

Nós sentíamos grande fome, naquela noite, e alguma sede. Pedimos o prato solitário de feijão mexido e as duas Malzbier. O garçom estranhou:

– Só um feijão?

Suspirei:

– É... Não estamos com muita fome...

Ele sorriu e foi para a cozinha.

Enquanto esperávamos que voltasse, debatemos rapidamente se não seria melhor ter comprado uns dois cachorros-quentes com nosso dinheiro. Mas foi uma dúvida fugaz. Queríamos ouvir os músicos do bar cantando Lupicínio.

"Nunca, nem que o mundo caia sobre mim, nem se Deus mandar, nem mesmo assim, as pazes contigo eu farei."

Não sei se o garçom ouviu aquela conversa. O que sei é que, quando ele chegou, fez aterrissar na mesa não um, mas três pratos de feijão mexido.

Olhei para ele:

– Nós pedimos só um...

Em resposta, ele ergueu da bandeja outra travessa e botou na minha frente:

– Pedi uma saladinha de alface e tomate pra vocês.

E saiu, sem esperar por agradecimento.

Ficamos olhando para nossos pratos. Um animado morro de feijão mexido fumegante, encimado por dois ovos fritos luminosos.

Ainda hoje posso sentir o que senti: o prazer de misturar tudo da forma como minha mãe sempre criticou quando estávamos à mesa:

– Parece um estivador!

Eu era um estivador, sim, senhor. Piquei o tomate bem picadinho, e a alface também, e espetei com a ponta do garfo a gema do ovo, deixando que o creme amarelo escorresse pelo negro do feijão. E então reuni parte da mescla no garfo e... ah... que delícia aquele primeiro bocado.

Eram talvez duas horas da madrugada, estávamos tão somente com o dinheiro das passagens garantido, mas nos sentíamos bem. Ao microfone, alguém cantava que a saudade dissesse àquela moça, por favor, como fora sincero o seu amor. E sobre a mesa tínhamos uma cervejinha preta, um feijão mexido com ovo frito e uma boa conversa de amigos do peito. Num canto, o garçom nos observava detrás de um sorriso. Estava satisfeito porque nos fizera felizes naquela noite.

Já disse e repeti: não me recordo de muita coisa do bar. Mas recordo a generosidade daquele homem. Um gesto de bondade numa noite perdida. E continua comigo. Comigo continuará para sempre.

Abril de 2016

Quando surgem os grandes

Você conhece o episódio mezzo lendário, mezzo verídico de Alexandre e o nó górdio? Ainda que conheça, contarei, porque os bidus do MEC estão tentando acabar com o ensino da História Antiga, então não custa repisar fatos que têm a ver conosco, antes que os esqueçamos.

A expressão "desatar um nó górdio" é usada quando você resolve, de forma prática e veloz, uma questão complicada. Você já sabia. O MEC, não.

Ocorre que, centenas de anos antes de Cristo, na Frígia, reino da Ásia Menor que não desperta o menor interesse nos sábios do MEC, ocorre que essa Frígia estava sem rei. Aflitos, os frígios foram consultar o Oráculo para saber quem seria seu próximo soberano. Esperavam, talvez, que seu novo governante fosse a viv'alma mais honesta do país. O Oráculo respondeu que seria um homem que entraria na cidade num carro puxado por bois. Eis que, de uma hora para outra, uma carroça puxada por bois apareceu, e ela era conduzida por um sortudo chamado Górdias.

Esse Górdias virou rei e, em homenagem ao carro que lhe rendeu a coroa, amarrou-o no templo de Zeus com um nó tão bem feito que era impossível de desamarrar. O reinado de Górdias foi bom, sem haver qualquer envolvimento escuso com empreiteiras. Seu filho e sucessor não era um político insignificante, sem experiência alguma, que falava disparates. Ele jamais faria, por exemplo, um discurso de ode a, sei lá, pense em algum absurdo, como uma planta tuberosa, digamos, a mandioca. Pois ele jamais faria isso. Ele não era outro senão o famoso Rei Midas, tão bem sucedido que originou a lenda de transformar em ouro tudo o que tocasse com sua mão santa.

Midas, porém, não teve filhos e, assim, os frígios ficaram de novo sem rei. Voltaram ao Oráculo, e a resposta foi que o conquistador de toda a Ásia Menor seria aquele que conseguisse desatar o nó de Górdias.

Muito tempo se passou, e ninguém conseguia desamarrar o tal nó. Um dia, Alexandre Magno, rei dos macedônios, que também não interessam ao MEC, resolveu enfrentar o desafio. Foi à Frígia, onde lhe apresentaram o nó górdio. Alexandre olhou de um lado, olhou de outro, olhou de cima, ponderou e, em um átimo, sacou da espada afiada e, com um único golpe, cortou o nó górdio ao meio.

Como todos sabem, menos o pessoal do MEC, Alexandre tornou-se rei de toda a Ásia Menor.

Uma decisão dessas, sábia e impetuosa ao mesmo tempo, só quem tem autoridade, ousadia e inteligência é capaz de tomar. Na solução dos grandes impasses é que nascem os grandes. Não é por acaso que ele era "Magno". Isto é: Alexandre, o Grande.

Alexandre foi centroavante na vida. Admiro os centroavantes, homens que, em meio às explosões do front que é a grande área, cercados de inimigos ferozes, tendo apenas uma fração de segundo para tomar uma decisão, tomam-na, e a tomam corretamente. O centroavante é dotado de calma e agressividade ao mesmo tempo, o centroavante sabe o que faz e o faz no momento exato, nunca antes, nunca depois. Quem, na vida, é centroavante, é vencedor.

Digo tudo isso em homenagem a Romário, que completou 50 anos em 2016. Vi Romário jogar dezenas de vezes, e cada vez foi uma lição. De paciência. De serenidade. E de ação fulminante no momento da definição. Romário. Rei dos centroavantes. Um homem que sabia o que fazer diante de qualquer nó górdio.

Janeiro de 2016

Do que o mundo precisa

Dona Ethel morreu. Dona Ethel tinha 103 anos de idade. Faria 104 em agosto. Dona Ethel era dona de uma pequena loja na Harvard Street. Não se podia dizer que fosse uma tabacaria, porque cigarros não vendia. Talvez um "armarinho", na definição de seus tempos de mocinha. Lá havia cartões, brinquedos, quinquilharias do tipo que via na minha infância num lugar perto da casa do meu avô, uma lojinha com um nome que me fazia cismar: "Ao Carancho".

Dona Ethel era judia-polonesa. Fugiu da guerra em 1939, homiziou-se nos Estados Unidos e por aqui ficou. Casou-se no mesmo ano e, no mesmo ano, abriu a loja com o marido. Nunca deixou de trabalhar, e o fazia com alegria. Dona Ethel atendia com um pequeno cartaz colado ao peito, onde se lia, escrito à mão: "Eu amo os meus clientes".

Os clientes também a amavam. Sua morte, se não causou choque, espalhou consternação pela comunidade. Muitos desconhecidos mandaram flores para a família. As pessoas passam na frente do armarinho e ficam olhando tristemente através das vitrines, como que esperando vê-la lá dentro.

Eu às vezes ia à lojinha de Dona Ethel e comprava qualquer coisa de que não precisava só para conversar um pouco com ela. Comprei um carrinho com a tinta descascada para o meu filho. Comprei pistolas de plástico que disparam bolinhas de borracha. Comprei um baralho com fotos da Segunda Guerra Mundial. Dona Ethel sempre me recebeu com afeto.

Soube ontem de sua morte. Fiquei triste. Mais pelo mundo, que está menos agradável sem ela; menos por ela, que viveu uma vida agradável, além de longa.

Aliás, sobre pessoas agradáveis: agora mesmo, quando estava no Brasil, li uma das seções de que mais gosto em *Zero Hora*, o Obituário, e lá deparei com a resumida história de outra senhora. Chamava-se Maria José de Bittencourt Alcalde, era dona de casa e morreu aos 84 anos. O texto breve contava que Dona Maria José foi casada durante meio século com o Seu Hildelbrando, a quem conheceu num bonde de Porto Alegre. E que ela era "uma cozinheira de mão cheia". Fazia doce de abóbora, pudim de coco, ambrosia e musse de maracujá, o preferido do velho companheiro. Uma neta lembrou que ela adorava "tomar seu famoso traguinho de Underberg com cachaça" e que, num momento de dificuldade na vida, ajudou a família vendendo sonhos que ela mesma preparava.

A história de Dona Maria José fez-me sentir uma macia melancolia. Deitei o jornal nos joelhos e olhei para o mar. Quase pude vê-la na cozinha, tirando da forma o pudim de coco. Sorri e suspirei. Deve ter sido bom ser neto de Dona Maria José.

Dona Maria José decerto era uma pessoa agradável, como Dona Ethel foi. E o mundo não precisa de muito mais do que isso. As pessoas não precisam lutar pela justiça, as pessoas não precisam vencer, as pessoas não precisam nem estar certas. Basta que sejam agradáveis, e já farão diferença. Os brados dos heróis, a grandeza dos defensores de causas, tudo isso observo à distância. Perto de mim quero a brandura. Quero mais donas Ethel e Maria José. Que falta elas farão. Que falta faz ao mundo um pouco mais de suavidade.

Janeiro de 2016

Como é o Brasil

Tocou "Wave", de Tom, no rádio do café, e a americana me olhou e sorriu e disse:
— Brãzill...
A Bossa Nova é a única música brasileira que se ouve aqui, nessa esquina tão americana de Massachusetts, e "Wave" é a mais carioca, mais praiana, mais ondulante, mais suave, mais preguiçosamente deliciosa música da Bossa Nova de todo o mundo em todos os tempos.

"Vou te contar...
Os olhos já não podem ver...
Coisas que só o coração pode entender..."

Uma música que se canta aos suspiros, olhando para as ondas do mar que rumorejam enquanto se põe o sol.
— O Brasil é assim – disse para ela, e ela sorriu ainda mais de contentamento, imaginando o mar, o sol e o céu azul dos trópicos hospitaleiros.
Traduzi uma parte da letra para ela. Pedi que reparasse na poesia profunda, que diz:

"Agora eu já sei...
Da onda que se ergueu no mar".

São músicas feitas em mesa de bar, contei. Os amigos reunidos, sorrindo, bebendo um chopinho gelado e falando de coisas boas. Um troça com o outro, tudo é leve, e eles sentem nos ombros o calor da tarde e a brisa fresca que vem da praia. De repente, passa aquela linda mulher que veste um biquíni pequeno e um grande chapéu. Poderia ser você, só que você estaria um pouco mais dourada.

Sim, seria uma mulher dourada que passaria pelos amigos, e ela saberia estar sendo observada, e seu passo teria mais jogo e mais malícia e causaria mais daquela angústia doce de quem queria ter, mas fica feliz só de ver.

Quando ela passa, uma rainha indiferente, de pernas longas e queixo erguido, quando ela passa espalhando seu cheiro macio de mil cremes rejuvenescedores dos quais ela não precisa, quando ela passa, a mesa silencia. Eles observam o desfile, reverentes. Depois se entreolham, sorriem uns para os outros e é dali que sai outra música.

"O amor se deixa surpreender
Enquanto a noite vem nos envolver."

Se não sair uma música, sai uma crônica de jornal. Se não sair crônica de jornal, sai um poema, ou uma piada, ou um sonho, ou só um suspiro, que já é o bastante. O que importa é que os amigos estão ali, ouvindo um ao outro, vendo a vida passar, partilhando chopes e alegrias, e talvez até algumas tristezas, mas juntos, fazendo daquele dia um dia bom.

É assim que o Brasil é, disse para ela, e vi que ela ficou ainda mais feliz. Também fiquei feliz, porque, bem, posso ter mentido um pouco, mas, um pouco, disse a verdade.

Novembro de 2015

A visão de Van Gogh

Quando eu era pequeno, caiu-me nas mãos um livro ilustrado sobre Van Gogh. Gostei do que li e vi, mas nada me impressionou tanto quanto um desenho que ele fez a carvão na época em que trabalhava como pastor entre os mineiros da Bélgica.

Van Gogh, é preciso dizer, foi o mais carismático dos grandes pintores. Picasso, o mais bem-sucedido.

Van Gogh foi Garrincha. Picasso, Pelé.

Van Gogh foi Lennon. Pelé, McCartney.

Van Gogh era um homem atormentado, frustrado no amor e com a aceitação da sua arte, sofria acessos de loucura, tentou o suicídio, cortou a própria orelha, esfaqueou um amigo, passou fome e, no fim, matou-se ou se deixou matar.

Picasso desfrutou de uma existência longa e prazerosa, teve todas as mulheres que quis, estava sempre cercado de amigos que o veneravam, sua fama era tal que pagava as contas dos restaurantes com um rabisco no guardanapo, jamais hesitou a respeito do que queria e só fazia o que queria, e fazia tão bem, e tanto, que realizou 60 mil obras de arte, o suficiente para duas vidas centenárias muito produtivas.

Mas Van Gogh tinha algo de mais humano nele, que era a sua dor. Esse pequeno quadro de que falo mostra toda a aflição de uma alma cândida. Porque só um homem que conheceu a dor pode reconhecê-la, quando a vê. Ao conceber esse quadro, Van Gogh provou que a viu.

Ao contrário de suas futuras pinturas coloridas e vibrantes, trata-se de um desenho sombrio. Mostra uma mulher caminhando de costas para o observador, vestida com um manto negro que lhe cobre da cabeça aos pés, percorrendo um caminho sinuoso, entre duas árvores completamente desfolhadas, cujos galhos parecem se retorcer ameaçadoramente em sua direção.

Muito olhei para esse desenho e com meus, sei lá, nove anos de idade, volta e meia sonhava com ela. Via a cena retratada por Van Gogh, via a mulher se movendo entre duas árvores nuas. Ao acordar, pensava no que o pintor sentira ao testemunhar esse breve momento e em como ele fora sensível para retratá-lo. Queria eu saber fazer o mesmo.

Aquelas árvores de aparência seca, apenas galhos e tronco, elas só são possíveis nessas alturas do mundo em que o clima é mais duro. No outono ameno do Brasil, muitas folhas caem, mas outras tantas resistem, como numa afronta ao inverno que vem. Então, a paisagem que impactou Van Gogh é impossível ao sul do Equador.

Mas aqui, no Norte dos Estados Unidos, aqui é possível. Agora mesmo as folhas já cobrem o chão, e as árvores já estão nuas.

Deu-se que, nesta semana, eu andava pela rua no meio de uma tarde nublada e, logo à frente, exatamente entre duas árvores despidas, movia-se, de costas para mim, uma mulher de burca. Estaquei de espanto. Estava ali. Ali! A cena que viu Van Gogh! Um século e meio depois, o mesmo pedaço de segundo se repetia, um instante tão poderoso que mobilizou um artista e fez um menino sonhar, uma réstia de história que implorava para ser contada.

Fiquei pensando em tantas maravilhas que acontecem na vida e que se desmancham no tempo sem ter um Van Gogh para registrar. E então a mulher se foi, e o feitiço se desfez. Suspirei. Como já disse Paulinho da Viola: as coisas estão no mundo, só o que eu preciso é aprender.

Novembro de 2015

O mundo é bonito

Já vi coisas bonitas na vida. Já me emocionei com a beleza do mundo. Lembro de quando me pus diante do Duomo de Milão pela primeira vez. Muito tinha lido sobre essa grande catedral gótica e estava ansioso para conhecê-la. Quando enfim pisei na praça em frente à igreja e levantei os olhos para suas paredes brancas, falhou-me a respiração. Era mais magnífica do que podia ter imaginado. E, como um bobo deslumbrado, senti os olhos umedecidos. Mas me contive. Não chorei. Sou do IAPI, afinal.

Fiquei encantado com a beleza de outras cidades. Roma, por seu significado histórico. Paris, porque Paris é Paris. E a mais bela entre todas as belas: o Rio.

Em meio a 10 arco-íris formados pelas Cataratas do Iguaçu, sentindo no peito o poder da Natureza, gritei de alegria.

E também me enlevei pelo encanto de certas mulheres. Uma mulher que de repente espia o vento lá fora ou que baixa os olhos e perscruta pensativa os nós dos dedos, que observa os homens grandiosos com condescendência suave, que pendura uma vírgula de melancolia na comissura dos lábios, uma mulher assim com uma pequena tristeza dançando numa esquina da alma, essa é uma mulher para quem você olha e não consegue mais deixar de olhar.

A beleza serve para tocar o espírito.

Agora, estou vivendo numa linda região do planeta, esse gelado e luminoso Norte dos Estados Unidos. Outro dia, saí a caminhar e, numa esquina, vi uma arvorezinha. Chamo-a de arvorezinha porque ela é minúscula perto dos carvalhos imponentes da cidade. Essa arvorezinha está plantada no jardim de uma casa sem qualquer requinte, engastada numa ladeira pouco íngreme, bem na esquina de duas ruas onde não passa carro nenhum. O jardim é aberto, não tem cerca. Se você quiser, pode pisar na terra e tocar na arvorezinha. Foi exatamente o que fiz.

    Havia parado a fim de admirar as folhas avermelhadas da arvorezinha. Não sei com certeza se aquilo era vermelho. Talvez fosse rosa ou roxo. Sei que era tão bonito. A copa da arvorezinha não era densa, mas era ampla, como se quisesse dar um abraço.

    Foi sentindo isso, sentindo como se estivesse sendo abraçado, que entrei no jardim, me aproximei da arvorezinha e parei sob sua sombra vermelha. Toquei de leve no tronco fino. Levantei o braço. E acariciei uma folha. Virei-me, então, para continuar a caminhada, e aí vi que alguém me observava. Era uma senhora, decerto a dona da casa, parada de pé, ao lado da escada. Olhei-a, surpreso. Ia me desculpar pela invasão, mas ela falou antes. Disse, sorrindo:

    – O mundo é bonito.

    Concordei:

    – É bonito...

    E fui embora, agradecido e um pouco emocionado. Mas só um pouco. Sou do IAPI, afinal.

Novembro de 2015

Um homem amado

Conheci cachorros chamados Nero. Cachorros antigos. Todos já falecidos, suponho. As pessoas botavam o nome de Nero nos cachorros como espécie de desagravo aos cristãos supliciados por ele. Nero tinha péssima fama entre os cristãos. Tem ainda. Porque o culparam pelo incêndio de Roma e porque, durante seu reinado, foram executados Pedro e Paulo.

Pedro, você sabe, foi a pedra sobre a qual Jesus construiu sua igreja, e Paulo foi arquiteto, engenheiro e decorador da obra. Pedro morreu crucificado de cabeça para baixo, numa cruz em forma de xis. Paulo, decapitado.

Todos os apóstolos, com exceção de João, tiveram fim violento. Uns foram apedrejados, outros acabaram chicoteados, crucificados, apunhalados... Foi por isso que, em certa passagem do Novo Testamento, Jesus disse que não vinha trazer a paz, mas a espada. Ele se referia, exatamente, aos apóstolos. Era para eles que falava, prevendo os sacrifícios que os discípulos passariam por pregar em seu nome. Já li cada interpretação torta acerca desse episódio...

De qualquer maneira, o que dizia é que Nero goza de péssima imagem devido à sua implicância com os cristãos e porque três historiadores se empenharam em difamá-lo: Suetônio, Cássio Dio e Tácito. Muito do que sabemos sobre Nero se deve a eles, só que nem tudo que sabemos é verdade.

Por exemplo: é certo que Nero mandou matar a própria mãe, a pérfida Agripina, mas também é certo que ele NÃO estava tocando cítara no telhado do seu palácio enquanto Roma ardia em chamas.

Nero foi vítima da mídia burguesa. A elite branca não gostava dele. Os pobres, sim. Porque Nero seguia alegremente a política que Juvenal denominou de "panem et circenses", pão e circo. Quando ele morreu, tornou-se o que o rei Dom Sebastião foi para os portugueses. Os romanos suspiravam esperando pelo seu retorno nos braços do povo. Corria uma lenda de que ele continuava vivo e vários Neros se apresentaram como se fossem o imperador. A crença na volta de Nero vicejou pelo menos depois de 20 anos de sua morte. Um dos impostores, um homem chamado Terêncio Máximo, era parecidíssimo com ele. Andava igual, falava igual e até cantava igual, tocando harpa e tudo mais. Terêncio teve a ousadia de reivindicar a coroa, então usada por Tito, chegou a firmar um pacto com os partas, tradicionais inimigos dos romanos, mas foi descoberto e executado.

Veja que estou falando de Nero, uma espécie de Hitler da antiguidade, tão infame que seu nome era posto nos cães como vingança por suas maldades. Nero foi amado, quem diria? E o foi porque dava ao povo o que o povo queria, quer e para sempre quererá. O povo está pouco se importando para governos austeros, para responsabilidade fiscal ou para quem administra pensando no futuro.

Liberdade? É um luxo.

Igualdade? Não precisa tanto.

Precisa é ter comida na mesa, um lugar onde morar e uma cervejinha para beber com os amigos no sábado. A popularidade do governo anda baixa? Basta aquecer a economia. Ninguém tem de ser bom presidente, se tiver um bom ministro da Fazenda.

Outubro de 2015

A praga das baratas

Leitores, sobretudo leitoras, relatam com horror e desespero que os ônibus de Porto Alegre estão infestados de baratas.

Fico pensando na minha irmã Silvia. Ela tem pânico de barata. Se você falar três vezes essa palavra para ela, barata, barata, barata, ela começará a coçar o nariz. É pensar em barata que minha irmã começa a coçar o nariz.

Pior é que parece que as baratas pressentem o medo dela e a procuram. Uma vez, dormíamos os três, eu, ela e meu irmão Régis, numa tarde de domingo. Nossa mãe nos obrigava a fazer a sesta aos domingos, duríssima punição para qualquer criança, mas, para que ela ficasse em paz e pudesse dormir, nós tínhamos de dormir também. Então, nessa tarde, dormíamos nós três e mais a nossa mãe, e fomos acordados por um urro tremendo, um grito desumano, que fez estremecer a quadra inteira. Era a Silvia, que descobrira uma barata preta, gorda, do tamanho de um maço de cigarros Minister, passeando entre seu ombro e seu queixo. Ela saltou do colchão como um cabrito montês, fazendo a barata esgueirar-se por baixo da porta em desabalada carreira, e a minha mãe gritar de pavor, e acabar com a sesta, para alegria minha e do meu irmão. Minha irmã passou dois dias coçando o nariz.

Espero que a Silvia não ande de ônibus em Porto Alegre, nesses dias. O problema é o verão nos trópicos: quente e úmido. Os insetos adoram. As bactérias também. Qual seria a solução? Será que dá para desinsetizar ônibus?

No final dos anos 50, o Mao Tse-tung lançou na China a famosa "Campanha das Quatro Pragas". Todos os chineses tinham obrigação de combater ratos, moscas, mosquitos e pardais. Você deve estar se perguntando: por que os pardais, tão simpáticos? É que o Mao encasquetou que os pardais comiam as sementes dos agricultores e prejudicavam o plantio de grãos.

Certo. Então, os chineses, obedientes que são, passavam o dia com mata-moscas e dando palmada em mosquito e caçando ratos. Quanto aos pardais, eles destruíam os ninhos, ou davam-lhes pedradas, mas o método mais eficiente era muito curioso: os chineses batiam em panelas para não deixar que os pardais pousassem para descansar. Os pardais queriam pousar num galho e lá vinha um chinês gritando e sacudindo os braços ou batendo numa panela, e os pardais tinham de levantar voo outra vez, até que ficavam exaustos e morriam. Resultado: os pardais foram extintos na China.

Só que o ditador não contava com os desígnios secretos da Natureza. Ocorre que os pardais, se comiam algumas sementes, comiam também muito mais insetos predadores. Com o fim dos pardais, o ecossistema chinês ficou desequilibrado, e os insetos passaram a devorar as plantações. Pragas de gafanhotos se espalharam pelo país, eles desciam como nuvens do céu e comiam tudo de verde que houvesse em seu caminho. A chamada Grande Fome, que já era grande devido à má administração de Mao, tornou-se imensa, e milhões de chineses morreram de inanição. Mao tentou trocar o pardal pelo percevejo no índex da sua campanha, mas já era tarde. Os pardais haviam desaparecido.

Para você ver que, mesmo no combate de pragas, é preciso haver precaução e ciência. Calma com as baratas, portanto. Talvez minha irmã tenha de ficar coçando o nariz pelo resto do verão.

Janeiro de 2016

Vitória ou morte!

Fazia... o quê? Três anos que não batia uma bolinha na praia. Aí agora, verão faiscante de 2016, decidi jogar. Estávamos na franja de areia do Atlântico Sul, cometendo sem culpa o pecado que aquele deputado do PT condena: beliscando um camarãozinho e bebendo uma cervejinha, tudo no diminutivo, de tão imensamente bom que é.

Antes havia demonstrado minhas habilidades culinárias preparando um clássico praiano com o qual se repimpou até um gourmet refinado, como o Admar Barreto: massa com salsicha. Sim, o Admar comeu massa com salsicha da minha lavra, e tenho testemunhas para provar.

Mais cedo arrisquei-me na carpeta, e arriscar é o verbo adequado, uma vez que enfrentei o lendário Cabeça, soberano da Canastra, imperador do Pontinho, autor de máximas imortais como:

– O grande jogador não tem pressa para pegar o morto. O grande jogador segura o coringa para usá-lo na hora certa.

Pois o Admar, ainda digerindo a massa com salsicha, e o Cabeça, ainda digerindo as vitórias na canastra, os dois foram jogar comigo contra três guris com um terço das nossas idades provectas.

Preciso dizer que já tive glórias no joguinho de praia. Lembro em especial de um dérbi na Praia Brava, em Floripa. Éramos cinco brasileiros enfrentando cinco argentinos. Defendíamos a honra da pátria e não fizemos feio, como a Seleção na Copa: tocamos 5 a 0 neles. Um canhoto metido a dribladorzinho feito o Ortiz, ponta-esquerda do Grêmio de 76, aquele eu o mandei para a segunda rebentação numa dividida. Ele se levantou quieto, espalhou com a mão a areia da bermuda e, na jogada seguinte, me deu um coice que tirou bife da minha canela, com aquela unha afiada de castelhano que ele tinha no dedão. Tudo bem. Também me levantei e espalmei a areia e lavei o sangue e prossegui em silêncio no jogo, que é assim que se faz. Depois da partida, nos cumprimentamos com respeito, que é assim que se faz também.

Cinco a zero. De nada, Brasil.

Tantos anos, quilos, tragos e risos, tantas lágrimas de tristeza e de alegria, tantos amores, sabores e dissabores, tanto de tudo isso e tanto de tudo mais depois, eis que estamos de pés descalços na areia úmida, três senhores cansados, prontos para se bater contra três adolescentes em plena explosão hormonal, porejando energia, ansiosos para correr, como se fossem cavalos no partidor.

Contemplamos, eu, o Cabeça e o Admar, os intermináveis oito metros que separavam as duas goleirinhas feitas de Havaianas e decidimos:

"Vitória ou morte!".

Bem. O jogo chegou a ficar 2 a 2. Foi quando o Admar sugeriu, bufando, as mãos apoiadas nos joelhos, com a experiência que seus cabelos gris de Richard Gere lhe dão:

– Vamos encerrar o jogo agora, que está bom pra nós.

Mas estufei o peito e rebati:

– Não! Vitória ou morte!

Não morremos. Nem vencemos. Eles fizeram mais dois gols. Nós, nenhum. Sem problemas, corremos os seis para o mar, que aqueles 10 minutos de intensa prática do nobre esporte bretão nos deixaram suados da nuca aos calcanhares. O Cabeça chutou a bola para o alto e o filho dele, o Guti, se jogou numa onda para tentar agarrá-la. Rimos todos, com a água já na cintura. O Pedro, filho do Admar, apontou para uma morena que usava o novo biquíni que empina os glúteos, e rimos outra vez, e me senti de novo com 14 anos de idade, e pensei que um joguinho com bons amigos e uma cervejinha com bons amigos e uma prainha com bons amigos é tudo no diminutivo, de tão imensamente bom que é.

Janeiro de 2016

As penas amassadas do ganso

Tempos atrás, fiz uma descoberta inquietante: a peteca de badminton é montada com as penas da asa esquerda do ganso.

Apenas as da asa esquerda; as da direita, não.

Isso porque o ganso tem o hábito de dormir em cima da asa direita. Assim, as penas dessa asa ficam meio amassadas e tornam-se inapropriadas para uma boa peteca de badminton.

Considero essa informação fascinante. Em primeiro lugar, por ser intrigante o fato de os gansos, todos os gansos do mundo, que, suponho, sejam centenas de milhares, todos eles dormirem sempre, todas as noites, sem exceção, sobre a asa direita. Por que será? Preciso ver, um dia, um ganso dormindo assim, de ladinho.

Outro aspecto que me deixa curioso nessa questão é a respeito dos gansos dos quais foram retiradas as penas para que sejam montadas as petecas de badminton. Será que eles andam por aí, pelo campo, com uma asa pelada e a outra coberta? Era outra coisa que gostaria de ver.

Finalmente, e é por esse motivo que ora escrevo, finalmente, o que de fato me inquieta é isso de que as penas do lado em que o ganso dorme ficam arruinadas para a peteca. É perturbador. Porque significa que faz diferença você dormir para lá ou para cá. Quer dizer: se faz diferença para o ganso, por que não faria para você?

Pois bem. Ocorre que, outro dia, encontrei algo interessante na internet – a internet é repleta de informações interessantes. Por exemplo: você sabia que existe um peixe que dorme durante cinco anos sem comer nada? Que a bioengenharia chinesa está recriando dentes a partir de células extraídas da urina humana? Que camarão recheado com gelatina para dar volume é o novo escândalo alimentar? Que mulheres com nádegas grandes são mais inteligentes e saudáveis do que as com nádegas pequenas?

Pois é.

Mas, desta feita, o que vi na internet foi a confirmação de meus temores: a posição durante o sono pode afetar gravemente a sua saúde. E mais: revela traços importantes da sua personalidade. Não vou descrever o que acontece com quem dorme em cada uma das seis posições listadas no texto. Digo, tão somente, que cada uma tem seu perigo.

O que se deu, depois que li isso?

No escuro do quarto, na hora de dormir, pus-me a pensar. Deitado de lado, fiquei me sentindo um ganso com as penas amassadas, inúteis para petecas. De bruços, lembrava que daquela maneira podia até sufocar, segundo o texto da internet. E, terrível, a altura do travesseiro pode prejudicar a coluna. Assim por diante. Perdi a naturalidade e, com ela, o sono. Então, ali, no leito desarrumado, cheguei à mesma conclusão de Shakespeare: quando mais consciente me torno, mais medo sinto. Ou seja: a ignorância é uma bênção. É o que ensina o Gênesis com a história de Adão e Eva. É o que ensina a mitologia grega com a história do roubo do fogo por Prometeu.

Quando você sabe, você sofre. Eu sei que ainda estamos longe da paz, eu sei que temos muitos problemas e que eles não se resolverão em pouco tempo, eu sei que não adiantará trocar o governo, eu sei que o Brasil vai penar até nossa democracia amadurecer. Eu sei que as coisas podem dar errado até durante o sono. Maldição. É isso. Saber é uma maldição.

Dezembro de 2015

Átila, o sedutor

Átila era retaco e forte feito um urso. Tinha o rosto glabro, adornado apenas por um cavanhaque de penugens. Suas pernas eram arqueadas, como as de todos os hunos. Isso se devia ao hábito dos hunos de viver em cima de seus cavalos pequenos, resistentes e velozes. Viver mesmo. Sobre suas montarias, eles matavam os inimigos com flechadas certeiras, dormiam sonos restauradores e faziam sexo, que fazer amor não era coisa de huno. Átila, quando recebia embaixadores de outras nações, reunia-se com eles sem desmontar. Um dia, durante uma recepção, ofereceram-lhe um banquete. Átila aceitou. Dois guerreiros içaram a mesa de ferro e ele, ainda montado, atacou as vitualhas com fome de bárbaro.

Não se pode dizer que os hunos cultivassem hábitos sofisticados à mesa. Eles gostavam de estocar a carne sob a sela. O suor do cavalo se encarregava de salgar a carne e conservá-la. Assim, quando sentiam fome, bastava esticar o braço e se fartar de charque.

Átila, não raro, matava simplesmente por não conseguir se conter. Por gosto. Mas também por razões políticas – para manter sua fama de mau, e fazer com que ela o precedesse a cada campanha. E para dar o exemplo também, que é como devem proceder os líderes competentes, segundo os conselhos de todos os cursos de MBA, embora seja improvável que Átila tenha feito algum.

Então, Átila passava os inimigos no fio da espada, ou os empalava, ou os crucificava, ou os degolava, o que fosse mais aprazível no momento.

Era o homem mais temido do mundo, no século V. Consideravam-no tão invencível quanto os scythes, guerreiros que desapareceram na história sem jamais experimentar derrota. Uma vez, o chefe de um desses bandos ferozes, Marak, enterrou sua espada no campo de batalha, deixando a ponta fora do solo. Disse que aquela lâmina era o limite para seus soldados. Dali, eles não podiam recuar. Só podiam seguir em frente e estraçalhar o inimigo.

Foi o que fizeram, com júbilo.

Essa espada tornou-se mítica. Algo como seria a Excalibur, do Rei Arthur, séculos mais tarde. Ocorre que, um dia, um pastor de ovelhas encontrou uma espada enterrada perto de seu rebanho. Julgou que era a espada de Marak e apressou-se a levá-la ao único homem que poderia empunhá-la: Átila.

A espada de Marak fez de Átila ainda mais famoso e respeitado naquele mundo antigo. Tanto que Honória, princesa romana, irmã do imperador Valentiniano, se apaixonou por ele. Honória era famosa por sua personalidade e por sua liberalidade. Valentiniano várias vezes a encerrou em mosteiros, tentando contê-la, mas ela se evadia e aprontava das suas. Numa dessas, enviou ao rei do hunos o seu anel, uma proposta de casamento e, como dote, a oferta de metade do império romano. Átila ficou encantado.

Perceba como o poder e a fama são sedutores. Até Átila, um bárbaro cruel e não exatamente atraente, fez cair a seus pés uma princesa refinada de um país inimigo.

Por isso, é compreensível a atitude daquelas moças que foram presas em Curitiba por venderem ingressos falsos para o show de David Gilmour. Elas foram levadas à carceragem da PF e, lá, encontraram Alberto Youssef, Pedro Correa e outros réus da Operação Lava Jato. Ficaram tão emocionadas que chegaram a pedir autógrafos. Saíram dizendo-se felizes de ter compartilhado a prisão com gente tão importante e mostrando para todo mundo as camisetas com dedicatórias dos presos célebres.

Eis a generosidade das mulheres. Você pode ser mau como Átila, o huno; você pode ser corrupto como Alberto Youssef. Não importa. Sempre haverá uma mulher caridosa para sorrir e lhe estender a mão.

Dezembro de 2015

O que você nunca deve perguntar a um americano

Se tem algo que aprendi sobre os americanos, nesse tempo morando no Norte do mundo, é o seguinte:

Nunca, NUNCA!, pergunte a um americano qual é a sua idade.

Eles ficam irritados.

Mas preciso ressaltar que os americanos são extremamente gentis e educados.

Você está no supermercado, empurrando o carrinho. Aí, quando faz a curva para entrar num corredor, lá está um americano agachado, lendo o rótulo das latas de massa de tomate. Você para, esperando que ele saia da frente. Então, ele percebe que você está lá. E se levanta de um salto, consternado, implorando:

– Sorry! Sorry!

É assim o tempo todo. É desculpa, é com licença, é good morning, chego a ficar constrangido com tanta consideração. Hey, my friend, não precisa pedir tanta desculpa, só estou aqui com meu carrinho, não tem estresse de aguardar um pouco, pode pegar tua lata de massa de tomate descansado!

Claro que não digo isso. Devolvo o sorriso, digo no problem e sigo em frente.

Outro detalhe: em nenhum momento fui tratado de forma diferente por ser estrangeiro. Ao contrário: eles são muito solidários e prestativos, tentam fazer com que você se sinta à vontade e se integre à comunidade.

Porém...

Ah, porém...

Nada de se intrometer na vida deles. Qualquer abordagem pessoal pode causar estranheza, quando não uma reação emburrada:

— Isso não é da sua conta.

Não quer dizer que ele vá romper com você, nada disso. Mas os limites estão bem claros.

Os americanos prezam muito a sua privacidade, a sua individualidade. Por isso, respeitam muito a privacidade e a individualidade dos outros.

Percebi isso em grau ainda mais acentuado no Japão. Uma vez, estava numa fila de entrada para algum lugar de Tóquio e vi que uma moça à minha frente deixou cair a echarpe que usava. O japonês atrás dela colheu a echarpe do chão. A moça, no entanto, continuava de costas para ele, e não havia reparado que a echarpe caíra. O japonês ficou com a mão estendida, aflito, esperando que ela se virasse. Não a chamou, não a cutucou, nem sequer avançou um passo para lhe chamar a atenção. Esperou, apenas. Depois de alguns segundos em que eu já me sentia angustiado, ela enfim se virou e ele lhe deu a echarpe.

Um japonês jamais toca em outra pessoa, nem para cumprimentar. Um japonês não fala alto, nem ao celular. Seria uma invasão do espaço alheio.

Lembrei de outro exemplo. Os ingleses. Em Londres, você está de pé, no metrô lotado. Um inglês está parado a um palmo do seu nariz. E ele consegue NÃO OLHAR para você. É como se você não existisse, mas ele provavelmente está sentindo o seu hálito de menta, de tão próximos que vocês estão. É uma técnica que eles têm. Porque até o olhar pode ser invasivo.

Esse respeito à individualidade é uma sofisticada demonstração de consciência democrática. Porque a democracia, em essência, é isso: é o respeito aos direitos do indivíduo. Se o indivíduo está dentro da lei, não há governo ou multidão maior do que ele. Essa é a forma de alcançar liberdade e igualdade. O indivíduo é o rei. E não há súditos, porque todos são livres. E não há corte, porque todos são iguais.

Dezembro de 2015

Hoje a festa é sua, hoje a festa é nossa

Sempre fico tenso com aquela vinheta de fim de ano da Globo, "Hoje a festa é sua, hoje a festa é nossa".

Sei que aquilo é feito para me animar, para lançar meu espírito rumo ao firmamento e fazer-me sonhar docemente com as alvíssaras de um novo dia de um novo tempo.

Mas não consigo.

Olho para as cenas de todos aqueles artistas tão felizes e penso justamente no que não vejo. O Bonner está lá, bem faceiro, que ele é um tipo faceiro. O Jô Soares também, embora seu sorriso ande meio torto. A Carolina Dieckmann, dourada e lânguida, é o próprio verão carioca.

Mas e os que não apareceram?

Imagino aquele ator de, digamos, *Malhação*. Ele vibrou quando foi convocado por e-mail para a gravação. Contou para a mãe, para a namorada, para os amigos:

– Vou aparecer na vinheta de fim de ano da Globo!

Todos aplaudiram, excitados. Urru! E ele passou os dias decorando a letra e a coreografia. Batia com as mãos no peito, estalava os dedos e cantava, contente, acreditando na letra da canção:

– Todos os nossos sonhos serão verdade! O futuro já começou!

No dia aprazado, lá se foi ele, vestido de branco da cabeça aos pés. Antes de sair, a mãe mandou que tirasse a camisa e passou-a a ferro com critério. Não ia deixar o filho aparecer para o Brasil inteiro vestindo aquela camisa que parecia que ele tinha guardado dentro da garrafa.

Foi um longo dia de gravações, da manhã à noite, horas e horas intercaladas por sanduíches vulgares e sucos mornos.

Quando ele voltou para casa, a família o cercou, dardejando-o com perguntas:
— Como foi? Como foi?
— Muito legal. Conheci o Faustão!
Na noite em que a vinheta seria lançada, eles se reuniram em frente à TV. Estavam todos, entre sorridentes e ansiosos: a família orgulhosa, os amigos dando-lhe tapinhas nas costas, a namorada fazendo olhares de promessas, veio até aquele primo-irmão que morava em Bento Gonçalves.
No intervalo do *Jornal Nacional*, a musiquinha explodiu: "Hoje é um novo dia..."
Mas cadê o nosso herói?
— Cadê você? — perguntavam. — Cadê? Cadê?
Maldição! Bem que disseram que ele tinha de ir naquele bolo para abraçar a Regina Duarte. Aqueles é que eram espertos. Cadê? Cadê? De repente, ele apontou para a tela:
— Ali! Ali!
— Onde?
— Ali!
— Com o Galvão Bueno?
— Não! Do lado do Francisco Cuoco!
— Aquele é você?
Era. Mas o *Jornal Nacional* já recomeçou...
Então, o ator de *Malhação* deve ter rilhado os dentes e, pensando em todas as vezes em que deram close no Tony Ramos balançando os braços cabeludos, jurou:
— Ainda vou dar o troco, Tony! Ainda vou!
Lembre-se disso, quando você vir a vinheta da Globo. E entenda como se sente o Michel Temer.

Dezembro de 2015

Muito obrigado

Foram tantas distrações com o Brasil consumido pelas chamas da política que nem falei sobre o feriado do Thanksgiving, o Dia de Ação de Graças.

É uma data pela qual os americanos nutrem muito apreço, desconfio de que mais do que pelo Natal.

Tudo fecha, todo o comércio, o que é significativo, porque aqui o comércio fica aberto sempre, inclusive aos sábados, domingos e feriados.

Acho uma data muito bonita. Um dia para agradecer...

Sem dúvida, uma demonstração de humildade. E uma atitude positiva em relação à vida. Se você agradece pelas coisas que têm, sejam quais forem, você certamente é uma pessoa feliz.

Nas escolas, as crianças são incentivadas a refletir por um momento e a escrever a respeito do que têm a agradecer. Não raro, a composição é lida para a família antes do jantar de Ação de Graças.

Nessa noite, participamos de um típico repasto americano, na casa de amigos. Sobre a mesa, recendia um peru de oito quilos que deve ter sido imponente quando ciscava pela vida. Estava dourado como uma Gisele Bündchen. Sim, era da cor de Gisele, e aquilo me fez feliz.

Diante daquele grande peru, e de nós, adultos, as crianças leram seus textos. Meu filho agradeceu pela existência do jogo X-Box 300, o que considerei compreensível, e pelos coalas australianos, o que me deixou intrigado.

Uma menina pegou do violino e dele tirou uma música doce. Ela está aprendendo a tocar o instrumento na escola, e percebi que havia ensaiado diligentemente para a ocasião.

A singeleza da cerimônia e a quarta taça de tinto italiano me deixaram levemente comovido, e eu também fiz meus agradecimentos.

Lembrei de minhas manhãs.

Acordo sempre muito cedo, escuro ainda, vou até a porta de vidro da sacada e olho para fora e vejo lá longe, na linha do horizonte, a faixa de luz alaranjada que começa a iluminar o céu. As pessoas estão dormindo, a cidade está quieta e o ar é fino. É tão bonito o suave nascer do dia, tão majestosamente silencioso e pacificamente envolvente, que me emociono. É meio piegas isso, sei, mas é verdadeiro: cada novo dia me toca, apenas por ser um novo dia.

Agradeci, pois, pelas manhãs.

Em seguida, olhei para o peru.

Lembrei de Gisele Bündchen.

E, suspirando, agradeci pela Gisele também.

Novembro de 2015

A nossa sorte

Uma montanha pode muito bem explodir. Já aconteceu. Há exatamente 200 anos, um vulcão que até então não era vulcão, apenas um monte inativo de nome Tambora, entrou em violenta erupção, perto da Indonésia. Foi, talvez, o maior evento da história do mundo nos últimos 10 mil anos, e não estou exagerando.

A explosão reuniu o poder de 60 mil bombas atômicas, incinerou quase que de imediato 90 mil pessoas e foi ouvida a mais de dois mil quilômetros de distância. Foi como se tivesse ocorrido na Bahia e fosse ouvida em Porto Alegre. Uma nuvem de cinzas se ergueu a mais de 30 quilômetros de altura e se espalhou pelo mundo, encobrindo o sol. Aqui, na Nova Inglaterra, o ano seguinte ao da erupção, o de 1816, é chamado ainda hoje de "o ano sem verão".

De fato, não houve verão no Hemisfério Norte. As safras goraram, as plantas definharam. Nem o gado e nem as pessoas tinham o que comer, e o gado e as pessoas morreram aos milhares.

Um professor americano, Gillen Wood, escreveu um livro a respeito. Para ele, os mais famosos monstros da história, Drácula e Frankenstein, nasceram da explosão do Tambora. Porque, precisamente naquele verão sombrio, Mary Shelley, seu marido, Percy Shelley, Lord Byron e outros de seus amigos ingleses se reuniram numa casa nas montanhas suíças para passar o fim de semana. Como os dias estavam horrivelmente frios e escuros, eles ficaram o tempo todo bebendo láudano e contando histórias de fantasmas. Byron escreveu poemas tétricos e os primeiros contos de vampiro, que, anos depois, inspirariam Bram Stoker em seu imortal (mesmo) *Drácula*.

Mary tinha apenas 18 anos, mas já alguma história de vida. Era filha de William Godwin, um escritor anarquista, e de Mary Wollstonecraft, uma das primeiras feministas da história, autora da declaração dos direitos da mulher.

Mary, a mãe, morreu devido a complicações do parto, e Mary, a filha, ficou sob a tutela do pai. Aos 16 anos, a menina se apaixonou por Shelley e fugiu de casa para ficar com ele. Shelley já era casado, mas essa formalidade não intimidou Mary, que se manteve alegremente como amante por alguns anos. Depois que a mulher de Shelley convenientemente morreu, eles se casaram e viveram felizes para sempre, até que o próprio Shelley também morreu, por afogamento.

Naquele fim de semana gelado, Byron desafiou Mary a escrever a história mais aterrorizante que conseguisse, e ela concebeu o Frankenstein. Tudo isso graças ao clima soturno propiciado pelas cinzas do vulcão que explodira meses antes, na Ásia distante.

Os cientistas até hoje estudam o Tambora, que ficou reduzido pela metade após a erupção. Não sabem se ele poderá explodir de novo. Na verdade, não sabem se qualquer vulcão, dos 1.500 conhecidos em todo o mundo, poderá entrar em erupção agora mesmo. O Monte Fuji, no Japão, por exemplo, está adormecido há três séculos, mas, no ano passado, começou a roncar de forma ameaçadora. Os japoneses ficaram preocupadíssimos, porque haverá um dia em que o Fuji explodirá e partirá Tóquio ao meio. Quando? É um mistério.

A Terra pode vomitar fogo e lava a qualquer momento, e outro tempo de trevas envolveria o planeta. Um meteoro como o K-T, que afundou a província de Yucatán e extinguiu os dinossauros, pode ser arremessado do espaço até o fim do ano, matando, só no choque, um bilhão de pessoas. Nós, Homo sapiens, podemos simplesmente sumir da face do planeta, como sumiram 99,99% de todas as espécies em 4 bilhões de anos. Drácula e Frankenstein podem se erguer de suas tumbas.

Por que essas coisas não têm acontecido?

Porque temos tido sorte.

Pense nisso, da próxima vez que for reclamar do governo do Brasil: apesar de tudo, temos tido muita sorte.

Novembro de 2015

Tenho de fazer

Tenho que me lembrar de jogar no lixo aquele patê que está há um mês aberto na geladeira. Vai que esteja estragado e vai que meu filho resolva comer pão com patê.

O que me lembra que tenho de me lembrar de reforçar a farmacinha lá de casa. Emergências sempre são possíveis, com criança por perto.

Comprar Merthiolate é prioritário.

Ainda se usa Merthiolate? Espero que sim. A pele de meus joelhos, dilacerada pela sanha dos zagueiros toscos do passado, essa pele só vive, hoje, graças ao poder regenerativo do Merthiolate.

Se bem que as células da pele humana que enxergamos estão mortas, sabia? É terrível pensar, mas é verdade: caminhamos pelo mundo carregando dois quilos de pele morta em volta de nosso corpo cálido. Aquela mulher linda que você quer esquecer, mas não consegue. Da próxima vez que olhar para ela, pense: isso que vejo é tecido morto. Morto!

Falando em morto, termômetro é outra coisa que falta na farmacinha. Preciso comprar um. Relaciono termômetro com morto porque, cada vez que uso termômetro em mim mesmo, parece que morri. Não consigo ver temperatura nenhuma. Dizem que tem um fio de mercúrio ali, e que aquele fio se mexe, mas eu nunca vi.

O que uma farmacinha tem que ter é aspirina. Isso sim. É o melhor remédio do mundo. Cura de dor de cabeça a ataque cardíaco.

Li um livro sobre um chefe de cozinha americano que era viciado em aspirina. Engolia um punhado de cada vez, várias vezes ao dia. Deve fazer mal. "Tudo que é demais, derrama", dizia o meu avô, que era um sábio.

Meu avô tinha um facão que usava para cortar a cana que ele mesmo plantava no quintal da casa dele, lá no bairro Navegantes. Ele atorava a cana, descascava e nos dava para chupar. Uma delícia.

Depois da minha infância, nunca mais chupei cana. Até que, ontem, sabe o que vi num supermercado natureba aqui dos Estados Unidos, o WholeFoods? Exatamente: cana! Comprei, descasquei e dei para o meu filho. Ele adorou.

Pena eu não ter um facão, como o do meu avô. Isso me faz lembrar que tenho de comprar um faqueiro novo, que o meu estragou.

Há coisas estragadas, aqui em casa. Uma tomada importante da sala. Tenho de chamar um homem para consertar.

Considero isso uma humilhação, confesso: chamar "um homem". A Marcinha diz quando algo precisa de conserto: "Temos de chamar um homem".

Ei! Olha aqui! Olha pra mim! O que é que você acha que sou, beibe? Aperte esses bíceps! Que história é essa de "um homem"?

Mas admito que, se for consertar a tomada, morrerei eletrocutado. Portanto, tenho também de lembrar de chamar um homem.

O que mais?

Obviamente, os 1.200 e-mails que aguardam por resposta na minha caixa de entrada. Eles me angustiam. Conseguirei respondê-los? Se gastar um minuto com cada resposta, passarei 20 horas seguidas fazendo isso, sem comer ou ir ao banheiro ou colocar no lixo o maldito patê. E isso que nem cortei o cabelo, nem fui ao mercadinho brasileiro comprar mate, nem li *Ulisses*, do Joyce, nem vi *Game of Thrones*.

São tantas demandas! Como lembrarei de pagar minha dívida histórica por pertencer à elite branca? Lamento. Meus credores terão de esperar um pouco mais.

Novembro de 2015

Um cara na estação

Tinha um cara, na estação do trem, que não parava de olhar o celular. É claro que, tanto dentro dos trens como nas estações, todas as pessoas ficam olhando para seus celulares, mas aquele homem fazia diferente. A cada minuto, ele conferia a telinha e depois olhava em volta, nervoso. Estava esperando a chegada de alguém ou de alguma mensagem de texto. Ou ambos.

Era um jovem. Calculei que fosse estudante de uma dessas dezenas de universidades de Boston. Vestia o usual: tênis, jeans e um casaco acolchoado de esqui, que o inverno vem vindo, e com fúria.

A impaciência dele começou a me angustiar. Ele batia a perna, respirava fundo, suspirava, gemia, cutucava o celular com o indicador, esticava o olhar para ver se distinguia a luz do trem no fundo do túnel... Cristo! O rapaz estava muito aflito. Achei até que, em certo momento, ele elevou o olhar para o alto e implorou:

– God!

Não tenho certeza daquele God. Foi algo mudo. Mas que houve súplica ao Além, houve.

Fiquei compadecido. Ele parecia boa pessoa. Devia estar passando por alguma pesada dificuldade. Pus-me a especular: seria dinheiro ou mulher? São esses, em geral, os motivos dos dramas dos homens. Examinei-o outra vez. Era muito jovem para se debater com problemas de dinheiro. Problemas de dinheiro só surgem quando as necessidades se sofisticam, e um jovem só tem necessidades básicas a serem atendidas: uma cama em algum lugar para repor as energias, uma comida que iluda a fome e cerveja barata, porém gelada, para partilhar com os amigos.

Só podia ser mulher.

No exato segundo em que cheguei a essa conclusão, ele esticou o pescoço, arregalou os olhos, abriu a boca e estendeu os braços para uma mulher que entrava correndo na estação.

"Ah!", disse para mim mesmo, congratulando-me pela minha dedução de Hercule Poirot.

Os olhos dela eram castanhos. Ou negros, não tenho certeza. Cabelo escuro, à altura dos ombros. Morena. Magra. Bonita. Jovem também, mas não tanto quanto ele. Ele tinha uns vinte e poucos; ela, mais de trinta. Trinta e um, arrisquei. Trinta e um, decidi.

Ela estava tão ansiosa quanto ele. Queria lhe dizer algo. E eu queria ouvir. Eu precisava ouvir!

Então, para meu supremo desespero, o trem surgiu lá adiante. As pessoas se moveram na estação, preparando-se para embarcar. O rapaz continuou olhando para ela, só para ela, e ela se aproximava. Estava a uns dez passos dele. O trem parou. As portas se abriram. Os passageiros começaram a entrar.

Ela também parou. Postou-se bem perto dele, os braços ao longo do corpo, olhando-o nos olhos. Dei um passo em direção à porta do trem. Tinha de entrar, ou ia perdê-lo. Avancei olhando para o lado, olhando para o casal. Alcancei a porta, ainda observando-os. O trem já ia partir. Eu via o rosto da morena e a nuca do rapaz. Apoiei o pé direito no degrau da porta do trem. Esperei um segundo. E ouvi, nitidamente, quando ela disse:

– Ele sabe.

Entrei. O trem partiu, deixando-os na estação.

Ele sabe, pensei. Ele sabe. Como descobriu? Quem contou para ele? Ele sabe. Oh, Deus, ele não podia saber!

Novembro de 2015

O maior defeito dos Estados Unidos

Qual é o maior defeito dos Estados Unidos? Os brasileiros vivem me perguntando isso. Qual o defeito? Qual?
Pois digo.
Antes, haveremos de considerar que os Estados Unidos são um país maior territorialmente do que o Brasil, e com quase o dobro da população. Outro dado importante (e surpreendente), algo que só aprendi ao morar aqui, é que os Estados Unidos são mais heterogêneos do que o Brasil. Nós temos o hábito de pensar no Brasil como um continente multifacetado, com grandes diferenças entre as regiões. Ocorre que recebemos nossa última leva significativa de imigrantes no século XIX. No século XX, ainda houve uma vaga de japoneses para São Paulo, e agora uns poucos haitianos e africanos andam se acomodando por aí, mas nada que se compare à Babel borbulhante que são os Estados Unidos. O Brasil vem fermentando a mesma mistura étnica há mais de cem anos. A tal ponto que um estrangeiro residente em Porto Alegre, por exemplo, vira referência, quase atração turística.
Mesmo assim, os americanos conseguem resolver com competência a maioria dos seus problemas. O mais pedregoso deles são as tensões raciais ainda derivadas da escravidão. Esse tem sido difícil de solucionar. Mas trata-se de um problema, não de um defeito.
O defeito mais grave é o seguinte: é o espírito competitivo da sociedade americana.
Algum gaiato vai levantar o dedo e bradar: "Eu disse! São os males da meritocracia!".
Errado, caro gaiato. A meritocracia é boa. Ótima, até. Com a meritocracia, você premia os competentes, incentiva a

iniciativa pessoal e estimula a criatividade. O ruim é quando o instrumento de medição do mérito é a comparação com o desempenho das outras pessoas. É isso que cria distorções.

Pessoas não são cavalos de prado. Ninguém tem de ser melhor do que ninguém. Você pode achar que Dostoiévski foi o melhor escritor de histórias da história. Tudo bem, é problema seu. Mas você não irá ler só Dostoiévski, não é? Haverá, na sua estante, espaço para um Capote, para um Balzac, quem sabe para um João Ubaldo. Há espaço para todos os que forem bons, no mundo.

A cultura americana de eleger o número 1, a rainha do colégio, a líder da torcida, o quarto-zagueiro, o dono das melhores notas, essa cultura é que gera o bullying e os malucos que entram numa escola com uma metralhadora em punho para se vingar dos tempos de humilhação no segundo grau.

Mesmo assim, a cultura da meritocracia compensa. Os americanos são incentivados a fazer beneficência, que é considerada grande mérito. A realização de trabalhos comunitários, inclusive, é um dos critérios para um aluno entrar numa faculdade. Isso desenvolve o espírito solidário e atenua os desvios da competitividade. Menos mal.

Complicado, realmente, é o que às vezes acontece no Brasil, em que temos competição feroz sem valorização do mérito. É o pior de dois mundos. Você se mantém no atraso, sem se esquivar da amargura. E, por favor, chega de atraso, chega de amargura.

Novembro de 2015

Por que o cachorro vira a cabeça

Não tenho a menor dúvida de que a notícia mais interessante publicada nos últimos dias foi a respeito da pesquisa científica que tenta descobrir por que os cachorros viram a cabeça para o lado quando uma pessoa fala com eles. Essa questão não havia me ocorrido, até então. Já tinha reparado que os cães entortam a cabeça de vez em quando, mas achei que, sei lá, fosse só um jeitão deles.

Algumas mulheres, por exemplo, trançam as pernas, em vez de cruzá-las. Assim: além de fazer um xis com os joelhos, elas torcem as pernas de maneira que uma canela encoste na outra panturrilha. Aí elas ficam sentadas de ladinho, e parece bem confortável. Definitivamente, é preciso flexibilidade para se acomodar nessa posição. Por que elas fazem isso? O que significa? Qual é o estado de espírito de uma mulher, quando ela se senta dessa forma?

Essas coisas sempre me intrigaram, além de outros hábitos curiosos das mulheres, como jogar os bracinhos para cima quando dançam. Adoro esse momento. Nenhum cientista jamais tentou descobrir tais mistérios femininos. No entanto, um psicólogo chamado Stanley Coren saiu pelos Estados Unidos entrevistando donos de cachorros para saber por que razão eles (os cachorros, não os donos) giram a cabeça para um lado se um ser humano, por algum motivo, resolve lhes dirigir a palavra.

Esse psicólogo falou com 582 donos de cães acerca deste tema. Não é pouca coisa. Se ele entrevistou dois donos de cachorro por dia, inclusive durante os finais de semana, levou quase um ano na atividade. Mais o tempo para tabular os dados e para colocar no papel, bote aí cerca de ano e meio de trabalho.

Um ano e meio pensando em por que um cachorro vira a cabeça para o lado, quando uma pessoa fala com ele. Um homem afortunado, esse Stanley.

No mundo de Stanley não há políticos que sabotam o país para vencer a próxima eleição, nem governos que se utilizam da máquina pública para se eternizar no poder, ninguém tem medo de ser assaltado na rua ou de ficar desempregado, não há Dilmas, Aécios, Lulas, Willys ou Bolsonaros. No mundo de Stanley, pouco importa a opinião das pessoas nas redes sociais ou nos jornais. A Pugliesi fez uma brincadeira sobre gordas? A Manuela não gostou? E daí? Que diferença faz? No mundo de Stanley, o que interessa é saber por que, afinal, um cachorro entorta a cabeça no momento em que uma pessoa se comunica com ele.

Aliás, por que mesmo? O que concluiu a pesquisa? Stanley não tem certeza. Talvez seja pelo tamanho do focinho, talvez seja para agradar, talvez seja para ouvir melhor, ele não sabe ao certo. Mas isso também não tem importância. O que tem importância é que alguém, finalmente, se preocupou com a virada de cabeça dos cachorros e que a imprensa inteira publicou essa notícia com entusiasmo. Que bom. Que alívio, até. Continuamos ignorantes sobre esse enigma canino, mas descobrimos que o mundo pode ser singelo, afinal.

Novembro de 2015

Ter câncer

Tive câncer. Quando você conta que tem câncer é como se lançasse uma maldição sobre sua própria cabeça. O interlocutor atira de volta um olhar de compaixão, como se lamentasse: "Coitado, está morrendo". E, às vezes, é exatamente o que você sente. Que está morrendo.

Não por acaso. O câncer mata mesmo. É o chamado "Imperador de Todos os Males". Minha avó não pronunciava esse substantivo. Falava "doença ruim". Morreu sem citar o nome do que a matava.

Mas, na verdade, as coisas não funcionam assim. Não mais. A ciência oferece, a cada dia, maiores possibilidades de cura. Só que possibilidades não são certezas e, não raro, você se vê emparedado: parece não haver saída. Parece o fim.

Passei por essa situação. No pior de todos os dias, quando havia recebido uma espécie de sentença de morte, ocorreu algo estranho. Não sabia bem o que pensar. Nem me sentia triste; sentia-me apenas desnorteado. Sozinho na biblioteca de casa, ao entardecer, lembrei que minha mãe, quando enfrentava um momento complicado, pegava da Bíblia que tínhamos e a abria aleatoriamente. O trecho em que seus olhos esbarrassem ela lia, e interpretava como uma mensagem transcendental a respeito daquela sua dificuldade.

Eu, que me orgulho de ser racional, sempre achei esse hábito da minha mãe algo exótico. Mas, naquele fim de tarde, meu olhar, por algum motivo, se fixou sobre uma das Bíblias que guardo na biblioteca. Caminhei até o livro meio sem pensar. Abri-o. E a frase que encheu meus olhos, em negrito, reluzente, era o título do primeiro livro de Reis: "A velhice de David".

Preciso dizer que aquilo chegou a me fazer recuar um passo, com o susto. Causou-me forte impacto. Não, não fiquei achando que teria um tratamento especial de Deus, da vida, da sorte, do que fosse. Não me considero tão importante para mobilizar o Além a meu favor. Mas, de alguma forma, aquele episódio foi um alento. E ajudou a me reerguer outra vez.

O que pretendo dizer é que compreendo o desespero de quem se encontra em situação semelhante. Compreendo que você fica aflito para encontrar uma saída em meio à fumaça do incêndio, e que qualquer luz distante se transforma em esperança de ar fresco. É para lá que você corre.

É o desespero que faz com que as pessoas se atirem em direção a essa fosfoetanolamina, que surgiu nas redes sociais como substância milagrosa que cura todos os cânceres, porque o câncer não é um, são mil. E essas pessoas estão certas. Eu mesmo, se ainda estivesse me sentindo como naquele dia angustiante, talvez também tentasse obter esse medicamento por via judicial.

Mas isso não quer dizer que estaria fazendo o melhor para mim. Ninguém sabe se essa droga funciona, nem como funciona, simplesmente porque ela não foi testada em seres humanos. A ciência ainda não a estudou suficientemente. É a ciência, a racionalidade, a inteligência que diz que usar essa substância, agora, pode ser um risco. É o desespero, o sentimento, a emoção que clama por ela, que quer usá-la mesmo assim.

Bem. Estamos entre o desespero e a racionalidade, pois. A pergunta que me inquieta é a seguinte: como é que um juiz do STF toma sua decisão de liberar a droga baseado no desespero, em vez de se basear na racionalidade?

O caso da fosfoetanolamina é assustador. Nem tanto pelas consequências que a droga pode acarretar, mas pelos critérios que demonstrou ter o mais alto tribunal da nação. O STF fez um julgamento político de uma pendência científica. Não haverá, suponho, de ser científico quando for julgar a política.

Novembro de 2015

Coração selvagem

O Belchior ainda mora em Porto Alegre? Espero que sim. Ontem, a Marcinha estava vendo uma novela da Globo aqui em casa e ouvi que do fundo de alguma cena se evolava "Coração selvagem", clássico imortal de Belchior. Quem cantava era uma mulher de voz grave e macia. Achei que fosse a Zélia Duncan, mas depois descobri que se tratava da Ana Carolina.

Fiquei feliz em saber que Belchior está sendo ouvido hoje, no Brasil. As canções do Belchior me emocionam, e ele também. Ele parece ser um homem puro, sem malícia, quase uma criança. Digo isso a partir de suas entrevistas, não o conheço pessoalmente. Quase o conheci.

Uma vez, há tempo, muito tempo, nós estávamos fazendo uma festa na casa do meu amigo Nei Manique, em Criciúma, quando o Belchior chegou. O Nei, além de ser um dos irmãos que ganhei da vida, é um grande jornalista. Nos anos 80, era também grande festeiro. A casa dele funcionava como espécie de sede social da turma. As festas iam longe e iam animadas. Para a vizinhança pensar que não passava de uma comemoração inocente, de tempos em tempos cantávamos "Parabéns a você". Um dia, cantamos às oito da manhã, enquanto eu preparava Miojo Lámen, "para dar uma rebatida".

Bem. Naquela noite que citei antes, madrugada já, em meio à esbórnia, um Fusca encostou na frente da casa do Nei. Dele saltou uma menina, que anunciou, empolgada, que o Belchior estava acomodado no banco do carona, esperando para entrar na festa. O Nei deu de ombros:

– A festa acabou. Não entra mais ninguém.

E voltou para dentro de casa. Quando ele me contou que havia dispensado o Belchior, dei um tapa na testa:

– Pô! Eu adoro o Belchior! Ia pedir pra ele cantar o "Coração selvagem"!

Foi o "Coração selvagem" que ouvi aqui, no Norte do mundo. Que música linda. Num trecho do poema, que a letra é um poema, ele pede para a amada: "Esconda um beijo pra mim sob as dobras do blusão". Fico imaginando a moça batendo à porta do apartamento dele e, quando ele abre, a vê sorrindo, com as duas mãos segurando as bordas do blusão, onde está escondido o beijo. Bonito.

As letras de Belchior são comoventes. Elis foi a primeira a descobrir isso. Mas é da pessoa que quero falar. Belchior, você sabe, andou sumido, e creio que ainda continua meio fora de circuito. Dá a impressão de ter desistido da vida que levava.

Tenho a pretensão de compreendê-lo.

Esse mundo não é fácil. As pessoas são tudo, menos cristalinas, e, por mais que você tenha certeza do que é o certo, nunca é certo que conseguirá fazê-lo e, se o fizer, não é certo que acertará.

A vida, definitivamente, não segue em linha reta.

A selvageria do coração de Belchior não é a selvageria do tigre e do leão, é a selvageria do cervo e do passarinho, do bicho pacífico e arredio, que não fará mal ao homem, mas não será domesticado. Esse mundo não é para seres humanos como Belchior. Ele não se encaixa nas exigências dessa vida e, assim, afastou-se delas. O coração de Belchior é como vidro, como um beijo de novela. Por isso, por não aguentar, Belchior desistiu.

Pelo menos é o que sinto. Porque, como Belchior, às vezes também tenho vontade de pedir para a vida: "Vida, pisa devagar. Meu coração, cuidado, é frágil".

Novembro de 2015

Tu e você

Fiquei bastante satisfeito ao saber que vocês estão resolvendo esse problema do tu e do você. É algo que me inquieta. Meu filho mesmo, outro dia ele falou você.
— Você sabe que...
Deu-me um arrepio na espinha, uma sensação ruim. Não deixei que ele terminasse a frase. Gritei:
— "Tu", rapaz! "Tu"! Tu é gaúcho! Gaúcho fala tu!
Ele ficou um pouco perplexo. E seguiu em frente com a história usando o tu: "Tu sabe que...".
Depois, me arrependi. Afinal, eu mesmo fico confuso. Em minha defesa, ressalto que gasto certo tempo trabalhando para que meu filho não perca sua identidade de gaúcho e brasileiro, e não está sendo fácil. Esses dias, tentei ensinar-lhe a dança do pezinho, mas ele não se interessou pela coreografia.
Agora, quanto ao tu e ao você, esse é realmente um problema. A verdade é que nós falamos errado, é preciso admitir. Se a Isolda fosse gaúcha, Roberto Carlos cantaria assim aquele lindo clássico, "Outra Vez":
"Tu foi o maior dos meus casos
De todos os abraços, o que eu nunca esqueci
Tu foi, dos amores que eu tive,
O mais complicado e o mais simples pra mim".
Não combina! E, como já disse, trata-se de um erro de concordância. Teria de ser: "Tu foste o maior dos meus casos". Mas aí tiraria a suavidade da canção tão sentimentalmente interpretada pelo rei. Tu foste o maior dos meus casos é frase que diria o meu amigo Amilton Calovi, que é alegretense, para sua chinoca Clarissa.

Os catarinenses fazem um meio-termo, mas erram também. Eles dizem: "Tu fosse". Tu fosse é como policial nas ruas de Porto Alegre: não existe.

Reconheço que o você é mais civilizado e facilita a conjugação – sempre devemos facilitar as conjugações. Numa entrevista, jamais uso o tu. É uma intimidade imperdoável. Com jovens, como jogadores de futebol, vou de você, e, se o entrevistado é mais velho ou é autoridade, chamo-o de senhor. Quando um repórter chama um ministro ou um juiz de tu, desvaloriza a própria entrevista, porque dá a ela um tom de promiscuidade brejeira. Um dia, vi o Collares, então governador do Estado, destruir um repórter que o tratou como tu:

– "Tu", não: "senhor". Eu sou governador do Rio Grande do Sul.

O repórter se desmanchou ali mesmo.

Fez muito bem, o Collares. Usar tamanha intimidade, nesse caso, é um desrespeito não apenas com o homem, mas com o posto que ele ocupa e, por consequência, a população que representa. Quando a Luciana Genro tratava os outros candidatos à presidência de "tu", no debate eleitoral, eu me remexia na poltrona, incomodado. Como cidadão brasileiro, espero que um candidato à presidência do meu país mereça certa deferência. A liturgia do cargo existe para demonstrar a importância do cargo.

Optar pelo você, portanto, não será ruim para nós. Eu, inclusive, quando escrevo, lhe trato como você, e faço isso com naturalidade.

Vamos nos render, pois. Optemos pelo você. A não ser que você tenha de dizer a mais importante das frases. Aí o tu é indispensável. Aí o tu mostra o seu valor. Porque ninguém usará você para dizer a outra pessoa:

"Eu te amo".

Novembro de 2015

O militante é chato

Todo militante é um chato. Não importa a justiça da causa que ele defenda, no momento em que começa a carregar uma bandeira por onde anda, torna-se um importuno.

O militante não se transforma em advogado de defesa de um ideal; transforma-se em juiz. Ele passa a dividir os outros seres humanos entre os que estão contra e os que estão a favor do que ele pensa. Ou entre os que ele acha que são contra e os que ele acha que são a favor. E, é claro, condena os que são contra.

Infelizmente, o mundo do século XXI dispõe de uma fartura de militâncias jamais registrada na história da Humanidade. Você está sempre cometendo algum erro, sob o ponto de vista de alguém.

Eu, aqui, eu cometo erros. Tenho cometido erros durante toda a minha vida, mesmo que tome cuidado. Minha lista de defeitos é interminável. Eu não sei dar tope, sabia? Tope, que digo, é laço. No sapato. No cadarço, quer dizer. Pois não sei.

Mas, se você olhar para o cadarço do meu sapato, ele estará amarrado em um belo laço clássico e bastante harmônico. É que desenvolvi um método heterodoxo de dar tope. Assim: primeiro dou o nó comum. Depois, dobro pela metade cada lado do cadarço. Em seguida, ato mais um nó entre essas duas metades dobradas. Presto! Ninguém nunca desconfiou que aquele meu laço tão bonito não é feito do jeito convencional. Tenho vivido toda minha vida assim. É uma fraude? É uma falsidade? Talvez. Mas não vou mudar agora, só porque você acha que o seu jeito de dar tope é o certo. Dane-se, você e seus nós de marinheiro!

Tenho muitos outros defeitos. Dezenas. Talvez centenas. Não duvido que milhares. E não será você que vai me julgar por eles. Agora, o que nós podemos fazer, eu e você, é julgar um militante. Sim, sim, coisa bem boa é julgar um militante e, evidentemente, condená-lo. Porque ele fica julgando os outros, ele fica enchendo o saco de todo mundo com aquela consciência dele, aquele discursinho em favor de alguma vítima de alguma coisa. Então, se ele cometer um erro, seja qual for, vamos endurecer o dedo indicador e apontar firmemente para ele. Ele vai ver o que é bom. Porque ele vai cometer erros. Ah, vai.

O militante, o que ele não entende é que todas as causas justas só serão atendidas quando houver respeito não pelo coletivo, mas pelo indivíduo. Uma coletividade só vive bem quando respeita o indivíduo. Parece uma contradição; não é. Quando uma sociedade se desenvolve no respeito à individualidade, ela não se torna individualista. Ela se torna uma comunidade de seres humanos que compreendem os limites da convivência. Eles sabem que a necessária convivência só funciona com a indispensável privacidade. Com a inestimável garantia do direito do indivíduo.

Quando o direito de um só é violado pela causa de milhares, a causa de milhares perdeu.

Viva o "Eu" heroico, digno, que resiste sozinho ao egoísmo dos coletivos! Viva! Só não me torno um militante do individualismo porque, bem, você sabe: todo militante é um chato.

Outubro de 2015

O amor à linguiça

Fiquei um pouco ressentido com essa história de que os embutidos dão câncer. É algo que preciso abordar, mas, antes de ir em frente, tenho de ressaltar que estou ciente dos riscos que corro, riscos que foram ignorados pela própria presidente da República. Eu, se fosse assessor da Dilma, teria sido pressuroso em lhe advertir, antes do seu famoso discurso de saudação à mandioca:

— Presidente, há certas palavras que, por si só, tiram a seriedade de qualquer manifestação no nosso querido e irreverente Brasil.

A mandioca é uma delas. Bem como a linguiça, o salame e outros produtos com formato sugestivo.

Ocorre que, sim, sempre fui apreciador de embutidos. Meu arroz de china pobre, também conhecido como arroz com linguiça, tornou-se célebre nos anos 90 em Porto Alegre. Eu morava num apartamento modesto, porém funcional, nos altos da Rua Portugal, e foram inúmeras as noites em que recebi amigos com uma olorosa travessa de arroz de china pobre, mais, é claro, cerveja branquinha, de tão gelada. Todos se repimparam à grande, e elogiaram meus dotes culinários, e uma ou duas moças que me eram caras sorriram com mais brandura para mim, terminado o jantar.

Você talvez diga que arroz com linguiça não é prato para ser oferecido a uma mulher que se anseie conquistar, mas uma vez ouvi a seguinte frase de uma jovem semideusa, enquanto ela tirava, com um decidido golpe de guardanapo, um pingo de molho de tomate que lhe tingia os lábios de gomo de bergamota:

— Isso foi muito, muito bom...

Ah! Primeiro a linguiça, depois o champanhe. Sim, senhor.

Meu cachorro-quente também ombreia com o cachorro-quente do Rosário, e a minha avó, a saudosa Dona Dina, suprema cozinheira, fazia um prato de linguiça bem fininha com abóbora que, Jesus Cristo!, jamais provei iguaria semelhante, desde que ela se foi para um plano mais elevado, onde certamente se pode comer de tudo, beber de tudo e todos os sinais de wi-fi são liberados.

E tem o salame! E tem a mortadela, tão generosamente distribuída entre duas fatias amigas de pão nos eventos patrocinados pelo PT. O povo ama os embutidos, essa é a verdade.

E eu também.

Mas, olha, outro dia andei tendo um câncer, e não duvido que tenha sido coisa da linguiça. Com o que, declaro agora, com pesar e circunstância, que renuncio aos embutidos.

Nunca mais salsichão com salada de batata como *entrée* dos churrascos na casa do Degô.

Nunca mais hot dogs, nem mesmo aqui, na terra das oportunidades, da liberdade e, bem, dos hot dogs.

Nunca mais salame e salamito, esses dois primos-irmãos que acompanharam fatias de pão francês que me foram servidas em antigos cafés da tarde, tipo de refeição extinto pelo açoo da vida moderna.

Nunca mais minha pièce de résistance, o inefável arroz de china pobre...

Nunca mais. Nunca mais.

Não sei como será viver num mundo sem a linguiça, sem a salsicha, sem nem o chouriço. O velho chouriço. Será um mundo mais saudável, é certo que será, e daqui a pouco lançarão embutidos light e inofensivos como um grão-de--bico, também disso sei, mas... Não seremos mais os mesmos. Paciência. Que a vida sem embutidos valha a pena ser vivida.

Outubro de 2015

O robozinho

Tem um robozinho que varre a casa. Ainda compro um, quando o real tomar tenência e o dólar arrefecer. Não sou muito de comprar coisas, mas esse robozinho eu quero. Ele parece um disco voador, só que pequeno, mais ou menos do tamanho daquilo que antes se chamava LP e hoje é vinil. Você liga o robozinho, larga-o no chão e ele sai limpando tudo. Onde tem sujeira, ele vai. Passa o dia inteiro assim, a casa fica faiscando de asseio.

O que mais gosto desse robozinho nem é tanto sua eficiência como faxineiro, embora possa me considerar adepto entusiasmado da higiene. Falo sério. Desenvolvi um revolucionário método de lavação de louça, se você quer saber. Lavo a louça de um lauto jantar antes que você possa dizer Cucamonga sete vezes. Está certo, não sou exatamente destro em limpeza profunda, mas, para isso, sempre contei com profissionais especializados.

Esse assunto me traz recordações. Tive uma faxineira pelada, certa feita. Ela limpava meu apartamento semanalmente. Uma tarde, fui mais cedo para casa, por algum motivo. Percebi, pelo barulho, que ela estava trabalhando no banheiro. Caminhei até lá para falar com ela e... Jesus! Vi a faxineira sem nenhuma roupa, de quatro, lavando o chão afanosamente, as grandes nádegas leitosas apontando para mim, ameaçadoras. Aquilo me deixou em pânico. Engoli um grito de horror. Como ela não tinha notado minha presença, recuei com cuidado até a porta e saí. Só voltei quando tive certeza de que ela fora embora. A partir daquele episódio, nunca mais fui para casa sem ligar antes, no dia da faxina.

Depois dessa faxineira, tive outra que era muito controladora. Ela trabalhava às segundas. Chegava de manhã, via as garrafas de cerveja espalhadas pelo apartamento, olhava-me maliciosamente e comentava, erguendo uma sobrancelha de acusação:

– Parece que tivemos uma festinha por aqui no fim de semana...

Aquilo me deixava nervoso. Eu gaguejava:

– Não... Não foi fes-festinha... Só recebi uns amigos e...

Ela me dava as costas, não sem antes rosnar:

– Sei!

E ia-se para o quarto.

Eu saía de casa me sentindo culpado.

Troquei-a por uma que não limpava tão bem, mas que era mais tolerante. O problema dessa é que toda segunda ela quebrava alguma coisa. Um dia a chamei e mostrei-lhe uma estante cheia de porcarias de porcelana:

– Está vendo essa estante? Quebra esses troços aqui, certo? Te concentra nessa estante.

Não adiantou.

A verdade é que gostava de todas elas, apesar de suas eventuais idiossincrasias. Todo mundo tem seus defeitos, ora. Mas o robozinho acho que não. O robozinho é perfeito. E o que mais aprecio nele, como ia dizendo aí em cima, o que me deixa realmente encantado é algo de especial que ele faz, que vi na TV.

É o seguinte: quando a bateria do robozinho está no fim, ele mesmo procura uma tomada pela casa e se acopla nela, a fim de recarregar as forças. Isso, de alguma forma, me comove. Porque parece uma demonstração de humildade do robozinho. Parece que ele está dizendo: "Limpei tudo, agora estou cansado, vou ali me recuperar". E calmamente, docemente, humanamente, desliza para a tomada e se aconchega, como quem puxa o cobertor até o queixo, ao se deitar numa noite de inverno. Deve ser bonito de ver isso. É certo que vou comprar esse robozinho.

Outubro de 2015

Espaguete com almôndegas não é italiano

Espaguete com almôndegas é um prato que os americanos juram que é italiano, mas não é.

É americano.

Quem me contou isso foi o Andrea, dono daquela cantina toscana em que vou almoçar pelo menos uma vez por semana, aqui perto de casa.

O Andrea é de Florença e, obviamente, torce pela Fiorentina. Sobre o balcão de sua cantina há uma foto dele jovem, o bigode ainda preto, o cabelo ainda basto, abraçado a Batistuta, ainda goleador.

Dos brasileiros, o Andrea admira Garrincha, que viu jogar, e, por coincidência, outro ponteiro-direito, Julinho Botelho, que foi ídolo da Fiorentina.

Há uma bela história envolvendo Julinho e Garrincha. Aconteceu logo depois que o Brasil conquistou sua primeira Copa do Mundo, a de 1958. No ano seguinte, a Seleção enfrentaria a Inglaterra em um amistoso no Maracanã. O estádio estava lotado de uma forma como jamais estará, com 160 mil pessoas ávidas por ver a famosa Seleção de Ouro, em que reluziam Garrincha e Pelé, a dupla invencível. Mas, na hora de anunciar a escalação, o locutor do estádio não disse o nome de Garrincha: disse o de Julinho. Deu-se, então, uma das maiores vaias já ouvidas no Maracanã, essa catedral da vaia.

Julinho entrou em campo amassado por aquela vaia. Mas logo tomaria a bola, driblaria seis ingleses e marcaria um gol histórico. O Maracanã, que sabe se render aos bons, levantou-se e o aplaudiu. O Brasil venceu por 2 a 0 e Julinho foi o melhor em campo.

Mas eu contava sobre o espaguete com almôndegas. Trata-se de uma invenção dos ítalo-americanos, esse prato não existe na Velha Bota. É como o bife à parmegiana, que não pode ser encontrado em Parma.

Por isso, o Andrea considera ofensivo quando um americano entra em sua cantina e pede espaguete com almôndegas. Ele não destrata os clientes, mas olha-os como se estivesse contemplando bárbaros.

Outro hábito americano que o Andrea rejeita educadamente é o apreço ao celular com internet. Na parede da cantina há um cartaz que avisa e aconselha:

"Não temos sinal de wi-fi. Conversem uns com os outros".

Gosto disso. O Andrea é um homem de princípios. Porque vou lhe dizer uma coisa: nos Estados Unidos, a linguagem da internet é tão importante quanto o inglês. Tudo é feito através da "rede".

Chegará um tempo em que as lojas serão apenas vitrines, porque os americanos compram tudo por computador e quase que só se relacionam por computador. Qualquer pendência ou pleito que você tenha, terá de fazer por computador.

É terrível. Porque tenho medo.

Não só eu, aliás. Outro dia, flagrei meu filho conversando com seus amigos de nove anos de idade sobre um personagem que os aterroriza, o famoso hacker "F-Man". Meu filho tem pesadelos com ele. Pudera: F-Man invade contas pessoais e devassa a vida das pessoas, faz o que quer com seu celular ou computador e despede-se dando uma gargalhada de Boris Karloff.

É exatamente isso que me apavora: os hackers. Nesse computador de agora gravo essas mal digitadas, coloco a minha conta do banco, converso com meus amigos, registro meus dados. Estou exposto. Estou à mercê de F-Man e seus asseclas. Se hackers são capazes de eleger o futuro presidente dos Estados Unidos, o que não farão com um humilde ex--ponta-direita-recuado do Huracán?

Tenho medo desse mundo internético. Tenho medo.

Outubro de 2015

Mando boa notícia para o verão

Li, num site de notícias, que a Alessandra Ambrósio estava "vendo o mar" em Malibu. Havia uma foto dela fazendo bem isso: sentada na areia da praia, de costas para a câmera, dentro de um mínimo biquíni, debaixo de um máximo chapéu, ereta como uma monja hindu, fitando as ondas azuis do oceano Pacífico.

Examinei a foto por algum tempo. Depois, percorri o resto da notícia. Contava que Alessandra Ambrósio estava... vendo o mar em Malibu. E só. Um diamante do minimalismo, como a poesia de Dorival Caymmi, que cantava:

"O mar, quando quebra na praia, é bonito, é bonito...".

Não é uma redonda verdade? O mar, quando quebra na praia, o que é? É bonito. Não precisa dizer mais nada.

Assim a notícia da Ambrósio. Está tudo ali. Uma bela mulher, de biquíni e chapéu, olhando o mar de Malibu. Um poema em forma de notícia.

Há gente que diz que o jornalismo devia dar mais informações positivas. Concordo. A matéria da Ambrósio, inclusive, me fez bem. Fiquei pensando naquilo: ela e o mar, o mar e ela. Chegava a ouvir o rumorejar das ondas. É bom saber que, em alguma parte, há mulheres olhando o mar. Tira a urgência do mundo.

Poderíamos dar outras manchetes reconfortantes aos leitores. Tipo:

"As folhas dos ipês estão amarelas em Porto Alegre e as dos carvalhos estão vermelhas na Nova Inglaterra".

Ou: "Crianças brincam toda a tarde na praça".

Ou ainda: "Menino dá drible da levantadinha em pelada no Estádio Alim Pedro".

Ou, por fim: "Amigos fazem churrasco para ver os jogos da Dupla GreNal na Copa do Brasil".

Ainda estão acontecendo coisas agradáveis no mundo, só não damos importância a elas.

✳ ✳ ✳

Vou exercer meu papel de jornalista do Bem.
Vou dar uma notícia positiva.
Vem sob a editoria "Tendências". Vamos lá:

Já reparei que muitas modas que surgem nos Estados Unidos estendem-se América abaixo e chegam vigorosas ao Brasil. Em geral, a coisa começa no verão americano e, dois meses depois, torna-se viral no verão brasileiro. Você lembra do verão do balde de gelo? Aquilo começou aqui em Boston e contaminou famosos e subfamosos de todo o Brasil. Pois era algo bom, não? Alertava para o combate a uma doença grave e tudo mais.

Agora, neste verão americano, que, para minha tristeza, já se foi, sabe o que grassou entre as adolescentes e mulheres jovens?

O Spandex.

O Spandex é um shortinho realmente minúsculo, que as jogadoras de vôlei do Brasil usam. É feito de tecido elástico, lycra, suponho, e emprega tecnologia especial para soerguer o derrière das moças. As meninas daqui vestem-no mesmo nas festas. Diria que principalmente nas festas.

Um americano amigo meu, inclusive, tem uma filha que está na high school, o equivalente ao Ensino Médio. Ela ia a uma festa da escola, arrumou-se toda e entrou em um Spandex sumário. O amigo se escandalizou:

– What???

E avisou que, daquele jeito, ela não iria. A garota fez o que fazem as garotas dessa idade: pediu ajuda à mãe. Que aconselhou:

– Bota saia por cima. Lá, você tira.

Foi o que ela fez. O pai a deixou na festa e voltou para casa espantado. Disse à mulher:

— Sabe que todas estavam de Spandex, menos a nossa filhinha?

A mulher sorriu em silêncio e em silêncio ficou.

É assim que elas são.

Prepare-se, portanto: o Spandex deve estar estourando no verão brasileiro. Imagino que seja boa notícia. Se você não for um pai muito exigente.

Outubro de 2016

A pomadinha cambojana

Bem na largada do fim de semana foi me dar um torcicolo violento. Jesus, era uma dor que saía do pescoço e corria pelo ombro e descia até as costas. Lembrei daquela tia do Serginho Villar, que sentia a dor da morte.

– É uma dor bem fininha – reclamava a tia, com sua voz de tia. E acrescentava, soturna: – É a dor da morte.

Pois a dor da morte tinha cravado suas unhas nas minhas costas e foi aumentando na sexta e já latejava no sábado, até que a Marcinha veio com um pote de cerâmica pintado de azul e branco, redondo como uma pequena panela, não maior do que uma caixa de fósforos Paraná, e anunciou:

– Vou te passar uma pomadinha cambojana.

Estranhei. Pomadinha cambojana? Estava tomando analgésicos poderosos e usando os mais modernos sprays da química ocidental, produtos que os fisioterapeutas aplicam nos jogadores de futebol.

– Foi minha amiga Rita que me trouxe lá do Camboja – explicou a Marcinha, abrindo a tampa do pote e liberando um odor parecido com o de leite coalhado.

Suspirei, conformado. Sou um devoto da Ciência, mas, quando a gente está sentindo dor, acredita em qualquer promessa de alívio, passe espírita, macumba, chazinho, qualquer coisa.

A Marcinha espalhou a gosma nas minhas costas e fui dormir. Horas depois, quando acordei... Você não vai acreditar: não havia mais traço de dor. Nada. Mas nada! Sentia-me como se tivesse 18 anos de idade e estivesse pronto para dar meus lançamentos de 60 metros no Estádio Alim Pedro. Um milagre. Afinal, dores não passam de um dia para outro. Dores são como tudo na vida: paulatinas e rapidamente crescentes para começar, paulatinas e lentamente decrescentes para terminar.

Como acontecera aquilo? Peguei o pote da pomadinha cambojana e fiquei olhando, admirado e feliz, que Schopenhauer já dizia: "A felicidade é a ausência de dor".

Lembrei-me, então, de que outro dia tinha batido com o joelho numa cadeira e minha formosa rótula estava meio dolorida. Resolvi fazer um teste. Passei a pomadinha cambojana no joelho e fui tomar café. Ao levantar da mesa, tive a impressão de que já estava melhor, mas achei que fosse impressão mesmo. Só que, por volta do meio-dia... por Deus, não sentia mais dor alguma no joelho!

Tomei o pote de pomadinha cambojana e corri para falar com a Marcinha.

– Onde conseguimos um latão de 10 litros disso?

Ela hesitou. Farmácias naturebas, talvez? Casas de massagem? Onde? Onde???

Ontem, consumi o dia inteiro correndo as lojas de produtos orientais, atrás da pomadinha cambojana. Quero me lambuzar todo com esse troço, quero viver a vida untado de pomadinha cambojana. Mas não a encontro em parte alguma. Oh, Deus, será que terei de ir ao Camboja para achar a pomadinha cambojana? Ajude-me, caridoso leitor. Me dê uma luz, você que sabe tudo. Preciso da pomadinha cambojana.

Outubro de 2016

A vista da janela

Ontem fez um dia que antigos cronistas chamariam de "plúmbeo", mas, quando abri a janela do quarto, de manhã cedo, deparei com uma paisagem luminosa. O outono aproxima-se do auge, nessa esquina do mundo, e as folhas das árvores estão mudando de tom, oscilando entre o verde-claro e o lilás. Há, também no Sul do Brasil, árvores belíssimas que se pintam de amarelo e roxo, mas aqui são tantas, tantas, que as cidades e os caminhos ficam coloridos pelo teto e pelo piso. Dá certo prazer pisar em um tapete vermelho feito de folhas.

Achei que, nesses tempos duros, você apreciaria ler sobre coisas boas e amenas. Afinal, o homem que consegue se alegrar com a paisagem é um homem saudável. Não haveremos de ser como aquele personagem da música de Belchior que "vivia o dia, e não o sol; a noite, e não a lua".

Pensando nisso, decidi: terei um dia bom e ameno como a vista da janela do meu quarto. Haveria de trabalhar, como todos os dias, mas, para o fim da tarde, reservaria algo especial só para apreciar a visão da rua. Assim, depois de pegar o Bernardo na escola, fomos a um mercado russo que há aqui perto.

– Tem coisas boas na Rússia? – ele perguntou.
– As russas, por exemplo, são lindas – respondi.
Ele ficou pensando.
Comprei um grande pão preto, uma dúzia de bolinhos de carne de caranguejo do Atlântico Norte e um tinto da Geórgia.

Os russos andaram boicotando os vinhos da Geórgia por razões políticas. A situação deve ter se normalizado, porque neste mercado há vários ótimos tintos georgianos – ótimos, pelo menos, para mim, que não sou conhecedor.

Stalin era da Geórgia. Lembrei-me de uma história que corria na velha União Soviética, no tempo da perestroika, e contei-a para o Bernardo: Gorbachev, angustiado com a crise que enfrentava o país, ligou para Stalin para pedir conselho. Stalin foi categórico:

– Mande liquidar à bala metade do comitê central e pinte o Kremlin de azul.

Gorbachev estranhou:

– Por que azul?

Stalin, sorrindo:

– Eu sabia que você teria dúvidas sobre esse segundo ponto.

O Bernardo não entendeu a piada, tive que ficar explicando.

Havia duas senhoras já em idade provecta trabalhando no caixa. Elas falavam entre si em russo, me atenderam falando em russo e se despediram em russo. O Bernardo olhava para elas com interesse. Quando saímos, ele comentou:

– Tu disse que as mulheres russas eram lindas...

Não é tudo que se pode dizer para meninos de nove anos.

Chegamos em casa e o Bernardo foi fazer o que fazem as crianças cheias de vida e energia: jogar no computador. Eu coloquei os bolinhos no forno, cortei o pão e abri o vinho. Tomei de dois cálices e chamei a Marcinha. Acomodei as cadeiras na sacada. Ficamos bebendo, comendo e olhando, apenas olhando, sem nem falar, por sabermos que é bom e ameno viver o sol, e não o dia; a lua, e não a noite.

Outubro de 2016

Descubra se o Inter cairá para a segunda divisão

Tenho meu próprio método de prever o futuro, e é muito eficiente. Sempre funciona. Mas há certas regras que têm de ser cumpridas. Em primeiro lugar, devo fazer uma pergunta que exija resposta simples: sim ou não. Nada de questões complexas, tipo qual será a cotação do dólar no ano que vem ou em que ano ficará pronta aquela eterna obra da Avenida Ceará.

Outra: tem de ser uma espécie de epifania. Olho para algo e SINTO: isso me dirá a verdade imutável a respeito do futuro. Um clássico é a bola de papel atirada na cesta de lixo. A cesta está a quatro metros de distância, trata-se de um arremesso difícil. No basquete, valeria três pontos. Examino a bola de papel em minha mão e a cesta lá adiante. Vou jogar. Então, surge-me como que uma iluminação e uma voz interior me avisa: "Se acertar na cesta, aquela morena de olhos verdes vai te dar bola. Se errar, desista". Aí eu atiro e... GOL DO BRASIL! Acertei. Quarenta e cinco minutos depois, o telefone toca e a voz de leite condensado da morena vem deslizando do outro lado da linha:

– E aíam?...

Agora tem o seguinte: não posso fazer uma bola de papel só para adivinhar o futuro – devo tê-la amassado espontaneamente, por necessidade. E a inspiração há de ter vindo sem planejamento prévio.

Essas lidas de profeta têm o seu requinte.

Claro que essa da bola de papel é muito simples, o ideal é quando a coisa surge de inopino, como se fosse a visão de Nossa Senhora Aparecida. Por exemplo: tempos atrás, estava no aquário de Boston com a Marcinha e o Bernardo. Em determinada seção, havia um bando de pinguins em volta de um laguinho com pedras. Por algum motivo, os pinguins se encontravam em grande atividade. Andavam daquele jeito deles de pinguins de um lado para outro, atiravam-se na água, nadavam, subiam nas rochas e atiravam-se de novo. Vi até um casal de pinguins dando beijo de bico.

Mas o que me chamou a atenção foi um pinguim que estava solitário sobre uma pedra. Ele olhava para a água, indeciso se pularia ou não. Parecia até meio triste, se é que tenho capacidade para analisar o estado de espírito dos pinguins. Aí me veio à lembrança o Tio Niba. O Tio Niba é tio da Marcinha, e é um bom amigo meu. É um gremista devotado, o destino do Grêmio tem o poder de lhe mudar o humor. Pois naquele dia mesmo havia falado com o Tio Niba por telefone e ele comentou:

– Estou preocupado com o GreNal do fim de semana, David. Será que o Grêmio ganha?

À vista do pinguim, tudo se encaixou. Naquele exato instante, liguei para o Tio Niba e vaticinei:

– Estou olhando aqui para um pinguim. Se ele pular na água, o Grêmio ganha o GreNal. Se não pular, ganha o Inter.

Pulou.

Foi o GreNal dos 5 a 0.

Mas, para que ninguém me acuse de parcialidade, revelo que ontem mesmo estava conversando com o Professor Juninho por telefone, e o Professor Juninho é um colorado brioso. Enquanto falávamos, o Professor Juninho balbuciou:

– Será que o Inter vai cair para a segunda divisão?

No que ele pronunciou o *são* de divisão, um esquilo saiu correndo. Era um esquilo meio avermelhado, com um tom de pelo que nunca vi em esquilo. Ele corria em direção a dois grandes carvalhos fincados no meio de um parque. Aí me ocorreu: se o esquilo subir a árvore da direita, o Inter cai; se subir a árvore da esquerda, não cai. Contei para o Juninho e gritei:

– Depende do esquilo! Depende do esquilo!

– Olha o esquilo! Olha o esquilo! – ele implorou.
Olhei. O esquilo havia parado. Estava entre as duas árvores. Virou a cabeça para a da direita. Depois virou para a da esquerda. Em qual das duas árvores subiria?

✶ ✶ ✶

Lá estava aquele esquilo, hesitante entre os dois grandes carvalhos. Se subisse no de lá, o Inter cairia; se subisse no de cá, não cairia. Eu em expectativa, com o Professor Juninho ao telefone. Ele nervoso:
– Ele subiu? Ele subiu?
Ainda não havia subido.
Era um esquilo ruivo, e não existem esquilos ruivos. Já vi pretos, já vi albinos, já vi marrons, já vi cinzentos. Ruivo, era o primeiro. Ele se mantinha indeciso, apoiado nas duas patas traseiras, as mãozinhas para cima, postas como um ser humano em oração.
Ah, você não acredita em premonições?
César também não acreditava.
César, que digo, é o mais famoso deles: Júlio. Certa manhã, ele desprezou augúrios, e cometeu o seu mais irreparável erro. Incréu em vaticínios, mas crente na própria sorte. Um dia, durante uma de suas campanhas militares, teve de enfrentar o mar em um barco precário. As ondas violentas ameaçavam despedaçar o barquinho e os remadores, de olhos arregalados, começaram a suplicar pela proteção de Júpiter. Olhando para eles, César, sorrindo sempre, tranquilizou-os:
– Não tenham medo: vocês estão com César e sua fortuna.
Fortuna, no caso, não era dinheiro; era sua boa ventura.
Mas aconteceu a manhã a que me referi acima: os idos de março de 44 a.C. Ou seja: 15 de março. Na véspera, dia 14, César havia promovido um jantar em sua casa, durante o qual, por brincadeira, os convidados diziam que tipo de morte mais lhes agradaria. César respondeu:
– A repentina.

De madrugada, sua mulher, Calpúrnia, teve pesadelos com ele. Ao acordar, ela lhe pediu que não fosse ao Senado naquele dia:

– Tenho um mau pressentimento – avisou.

Ele desdenhou.

Quando saiu para ir ao Senado, deparou nas ruas de Roma com um vidente que, tempos atrás, lhe havia advertido:

– Cuidado com os idos de março.

César gracejou:

– Os idos de março chegaram e não me aconteceu nada.

O vidente respondeu:

– Chegaram, mas não passaram.

Ao entrar no Senado, um mensageiro entregou-lhe um bilhete, avisando da conspiração. César não o abriu. Ainda tinha o bilhete nas mãos quando os senadores o apunhalaram 23 vezes.

Certas premonições, portanto, devem ser levadas a sério. A minha sobre o Inter, por exemplo. Naquele dia, eu olhava para o esquilo, esperando para ver em que árvore ele subiria. O Juninho, do Brasil, por telefone, gritou:

– O Inter cai se ele subir na árvore da esquerda ou da direita?

Eu:

– Da direita!

Ele:

– Mas a da direita tua ou dele?

Vacilei. Pensei um segundo. Não sabia o que responder. Não tinha pensado nisso. Para complicar, o esquilo botou as patas dianteiras no chão e fez um movimento de meia-volta volver. Antes estava de frente, e agora havia ficado de costas para mim. E agora? A árvore que estava à direita dele, e à minha direita também, agora estava à esquerda dele e à minha direita. Para o Inter se salvar, ele não podia escalar a da direita. Certo. Mas qual era a da direita?

Então, ele subiu na árvore.

– Subiu! – gritei para o Juninho.
– Direita ou esquerda? Direita ou esquerda?

Era a árvore à esquerda da posição dele e à direita da minha. Jesus! Que árvore vale? O Inter vai cair? Ou vai se salvar? Vou passar o fim de semana no mesmo parque, esperando o mesmo esquilo, torcendo para ser assaltado pela mesma premonição.

Outubro de 2016

A democracia não funciona no Brasil

Os camponeses de Zapata marchavam, desde a província de Morelos, entoando pelo caminho de pedra e pó:
– Tierra! Tierra!
Os esfomeados de Paris exigiam, diante das 2.153 janelas do Palácio de Versalhes:
– Pão! Pão!
Os colonos que queriam se desquitar da Inglaterra, na origem dos Estados Unidos, clamavam:
– Liberdade! Liberdade!
E agora o povo brasileiro lança na atmosfera um novo grito, único na História da Humanidade:
– Queremos general! Queremos general!
Era o que imploravam os manifestantes que invadiram o Congresso nesta semana. Eles tomaram a casa que os representa para pedir o seu fechamento. Reivindicavam a volta da ditadura, o que significa que, provavelmente pela primeira vez em 10 mil anos de civilização, um povo pede para ser oprimido. Não queremos ter voz! Falem por nós! Calem-nos!
É notável, sem dúvida. E talvez eles estejam certos. Talvez nós tenhamos de desistir da democracia. Porque, no fundo, no fundo, o brasileiro não se adaptou a esse negócio de governo do povo, para o povo, pelo povo.
É, de fato, algo difícil de compreender.
Observe, por exemplo, os Estados Unidos, que nasceram democratas. Jovens americanos do século XXI protestam nas ruas porque o candidato deles não foi eleito, pregam mudança nas regras do jogo e asseguram que Trump não é o presidente deles. Ou seja: a nova geração americana não sabe mais o que é democracia.

No Brasil, nenhuma geração jamais soube. Alguém poderá argumentar que muita gente está criticando a ação dos saudosos da ditadura, o que seria uma prova dos profundos sentimentos democráticos desse país tropical. Certo. Agora imagine que, em vez de 50 desmiolados ansiando por serem comandados por um militar, o plenário tivesse sido invadido por 50 estudantes protestando contra a PEC do teto dos gastos. O que aconteceria? Os pais escreveriam no Facebook sobre o orgulho que sentem dos filhos rebeldes, artistas da Globo os elogiariam no Instagram, Chico Buarque faria uma música em homenagem aos heróis da educação brasileira.

No entanto, a afronta à democracia seria a mesma. Não interessa a causa defendida. Nenhuma causa justifica invasão do Congresso, ou de qualquer Assembleia ou Câmara de Vereadores, nenhuma causa justifica bloqueio de rua, ocupação de prédio público ou a mais amena espécie de vandalismo.

A lei é a base e o cimento da democracia. Quando a lei é descumprida em nome da justiça, ou do que se acredita que seja justiça, a Justiça com jota maiúsculo é profanada.

O brasileiro não entende isso. O brasileiro não entende a democracia. Nunca entendeu. Por isso, os invasores do Congresso estão certos. Deveríamos voltar às origens. Deveríamos escolher um rei. Somos monarquistas na alma, temos o Rei Roberto, o Rei Pelé e o Rei Momo. Por que não um rei de fato e de direito? Tenho até um candidato. Na falta de um Bragança, podemos escolher alguém que tenha sobrenome vindo de alguma cidade da pátria-mãe Portugal e nome de algum rei bem-sucedido do passado. A cidade portuguesa deveria ser... tipo assim... a capital universitária do país. Qual é mesmo? Coimbra! E o rei, o ideal seria um rei amado por Deus, o maior herói da Bíblia. Quem foi mesmo? David!

Eis!

Não gritem mais "queremos general". Gritem:

– Sois rei! Sois rei! Sois rei!

Novembro de 2016

Desventuras do professor Ruy

Vinha passando pela frente de um restaurante na Harvard Street e pechei naquela palavra brasileira. Não era nem uma palavra do português; era brasileira mesmo, recém-chegada do tupi. Estava escrita a giz, num daqueles pequenos cavaletes com quadro negro que anunciam as promoções do dia. "Acai-bowl", oferecia. Ou: "Tigela de açaí".

Fiquei olhando para a placa. Açaí, quatro letras, uma palavra minúscula, e ainda assim ostentava dois erros. Não por ignorância do americano que a escreveu, coitado. É que no inglês não existe acento ou cedilha. Acento, só em duas ou três palavras arrancadas do francês, mas o cedilha, com sua cauda rebelde, esse é uma impossibilidade.

Lembrei do Professor Ruy Carlos Ostermann, comentarista da Rádio Gaúcha e colunista de *Zero Hora*. Na Copa de 2006, passamos três semanas em Weggis, na Suíça, uma cidadezinha belíssima ao pé dos Alpes, às margens do Lago Lucerna. Mark Twain, que gostava de passar as férias lá, dizia que aquele era o lugar mais lindo do mundo. Não conheço todos os lugares do mundo, mas tenho certeza de que, no mínimo, Weggis é um dos mais bonitos.

Como a Seleção Brasileira fez a pré-temporada lá, a cidade encheu-se de brasileiros, que espalharam pelas ruas antes calmas todos os predicados e defeitos peculiares de nossa civilização erguida abaixo da Linha do Equador. Entre os predicados, a alegria expansiva; entre os defeitos, a desonestidade de uns e outros. Foi um desses que acabou roubando diversos equipamentos dos jornalistas, entre os quais um dos nossos laptops.

Decidi registrar queixa. A delegacia ficava no andar de baixo de um hotel e só funcionava dois dias por semana, duas horas por dia -- ninguém faz nada de errado em Weggis.

Quando cheguei e informei que queria registrar a ocorrência de um roubo, os suíços ficaram escandalizados. Um roubo em Weggis? Não podia! Muito constrangidos, me passaram uma folha de papel almaço e uma caneta, onde descrevi o que aconteceu.

Dias depois, o prefeito de Weggis foi me procurar. Estava consternado e queria reparar o dano. Em uma cerimônia realizada no campo de treino do Brasil, deu-nos um laptop novinho. Passei-o ao Professor. Era com aquele laptop que ele ficaria o resto da Copa.

Bem. O laptop era ótimo, mas no teclado não existia o cedilha e os acentos se perdiam entre dáblios e ipsilones hostis. O Professor fazia um esforço comovente para escrever com aquele teclado, pedia socorro de 15 em 15 minutos, suspirava, rosnava, de vez em quando uivava e volta e meia gritava, não sem dor:

– Oh! Deus! Perdi tudo!

Mesmo assim, nós e a Seleção fomos avançando, até aquela partida decisiva contra a França de Zidane, em Frankfurt. Foi lá, antes do jogo, no centro de imprensa, que aconteceu. Eu estava sentado em frente ao Professor. Ambos escrevíamos frenética e concentradamente – tínhamos de entregar adiantamentos de texto antes de o jogo começar. O Professor, lutando contra o teclado, gemia baixinho. De repente, ele parou. Juntou as mãos como se fosse fazer uma oração. Encheu os pulmões de ar. E declarou, com certa solenidade:

– Estou desistindo do cedilha!

Agora, dez anos depois, vi aquela placa e pensei: o americano do restaurante também desistiu do cedilha. E então, confesso, fui tomado de nostalgia por nossa língua tão harmônica. A última flor do Lácio, inculta e bela, desconhecida e obscura, como dizia Bilac. Que seja tudo isso, mas é também requintada, insinuante e macia, como as mulheres mais perigosas.

    Os americanos são práticos até para se comunicar. É da cultura deles. Mas nós... ah, conosco é preciso um pouco mais de sofisticação, um pouco mais de reflexão, um pouco mais de calma. Falar com cê-cedilha não é para qualquer um.

Novembro de 2016

Por que a eleição de Trump foi justa

O Edward é um amigo americano que tenho. Uma noite, fomos jantar em um restaurante do centro de Boston com as respectivas famílias. Quando chegamos, ele já nos esperava. O Bernardo, que andava uns metros à frente, o cumprimentou com certa formalidade e o Edward, sorrindo, reclamou:

– Que é isso, Bernie? Está até parecendo um americano! Vem cá e me dá um abraço!

A reação do Edward à timidez do Bernardo demonstra bem algumas características de americanos e brasileiros. Uma delas é o bom humor dos americanos. A outra é a afetividade dos brasileiros. Nós nos abraçamos, nos tocamos, nos beijamos. Um americano, você lhe dá a mão em cumprimento uma única vez, ao conhecê-lo. Depois, ele se satisfaz com um sorriso e um good morning. Você toca em um americano e é como se ele tivesse recebido uma descarga elétrica. Ele se enrijece e só não protesta, "não me toca!", porque eles são muito educados. Agora, se você se meter na vida dele, perguntar demais ou invadir seu espaço, o bom humor típico se desmancha e é possível que seja emitida uma advertência clássica:

– Isso não é da sua conta.

Esta censura encontra-se na raiz da cultura americana. Para o americano, nenhum valor está acima da sua liberdade como indivíduo. Para isso os Estados Unidos foram criados pelos chamados Pais da Pátria. Nenhum rei, nenhum ditador, nenhum tirano, nenhum controle do Estado pode ser mais importante do que um único cidadão, se ele estiver cumprindo com suas obrigações. Se ele estiver dentro da lei, ele é o rei de si mesmo.

Esse conceito define a forma de agir do americano e explica muita coisa por aqui. Explica Trump, por exemplo, e explica o sistema eleitoral dos Estados Unidos.

Por ora, vou me ater ao sistema eleitoral. Para o brasileiro, é absurdo um candidato ter mais votos e perder no colégio eleitoral, como ocorreu no pleito deste ano. Para o americano, é lógico. Não para todos os americanos, claro, porque muitos deles, mesmo cultos, não compreendem o seu próprio país. Isso acontece sobretudo entre os jovens, porque os jovens... bem, são jovens, sabe como é: músculos rijos e articulações flexíveis produzem excesso de autoconfiança, e excesso de autoconfiança produz pressa, e pressa produz erro.

Há que se parar um momento e olhar para trás para entender como se formou o que está posto.

Os Estados Unidos foram, realmente, estados que se uniram a fim de constituir uma nação. O Brasil é um país que foi dividido entre vários estados; os Estados Unidos foram estados que se juntaram para formar um país. As 13 colônias inglesas funcionavam como comunidades independentes, no século XVIII.

Imagine que Brasil, Argentina e Uruguai quisessem constituir uma única e grande nação. Representantes dos três países se encontrariam para elaborar as regras do novo país. Depois de algum tempo e muitos debates, o Brargenguai seria fundado, mas certamente brasileiros, argentinos e uruguaios continuariam com suas peculiaridades e muitas de suas normas específicas.

Foi assim nos Estados Unidos. Por isso, os estados prezam sua autonomia de maneira especial. Faz parte do princípio do respeito ao indivíduo – cada comunidade tem direito de decidir como viver, e assim o faz.

Os americanos consideram ofensivo a União querer se meter nos seus assuntos. Donde a polêmica do casamento gay, no ano passado. Não foi pela questão moral, mas pela interferência da União nas leis estaduais.

Nos últimos tempos, os democratas vinham dizendo que pretendiam restringir o uso de armas em todo o país. Foi uma das causas da derrota de Hillary. Menos pelas armas e mais pela imposição. Como assim, um grupo de iluminados quer me dizer se devo ou não ter arma? O que é isso? Quem decide sou eu! Meta-se nos seus negócios! Isso não é da sua conta!

A eleição americana não é uma eleição. São 50. O indivíduo, no caso, não é o eleitor, mas cada um dos 50 estados. Trump ganhou na imensa maioria dos estados e dos condados. Sua eleição é justa e legítima, de acordo com a noção básica da democracia americana.

Novembro de 2016

O Brasil odeia o capitalismo

Quando o seu maior valor é a liberdade individual, você tem de ser capitalista e democrata.

Não há alternativa.

Os Estados Unidos são os campeões da democracia capitalista devido a esse valor, e não o contrário. Isto é: não são as condições econômicas que determinam a personalidade da nação, é a personalidade da nação que determina as condições econômicas.

O Brasil é avesso ao capitalismo também devido à personalidade da nação. O brasileiro troca a sua independência e a sua privacidade pela proteção do Estado e o calor da família.

Nem o empresário brasileiro é capitalista, porque ele está sempre contando com o favor do Estado.

Ontem estava ouvindo uma rádio daqui, a WBUR-FM, que tem um slogan de que gosto: "All Things Considered". Falava um sujeito nativo de algum país árabe, que mora nos Estados Unidos. Ficou mais de cinco minutos contando sua história e, nesse tempo, citou o sempre citado "sonho americano" pelo menos quatro vezes. Disse ele, com orgulho, ter realizado este sonho.

Qual é o sonho americano? É trabalhar e vencer.

Qual é o sonho brasileiro? É deixar de trabalhar.

Nos Estados Unidos, o ideal da sociedade é permitir que o indivíduo conquiste as coisas por seu próprio esforço.

No Brasil, o ideal da sociedade é construir um Estado que ofereça as coisas ao indivíduo.

Nos Estados Unidos, o grande valor é a liberdade; no Brasil, a igualdade.

Um povo e outro pode não ter nada disso, mas é por isso que luta e sonha.

Nas novelas da Globo, todas as pessoas de uma família, mesmo rica, vivem juntas, numa única casa. A nora e a sogra se odeiam, mas não cogitam de morar em outro lugar. Na prática, algo completamente ilógico, mas ninguém questiona, porque essa fórmula familiar está impressa no imaginário do brasileiro. A família, apesar da convivência muitas vezes inconveniente, abraça, protege e aconchega. O americano dispensa o abraço, a proteção e o aconchego porque não admite a inconveniência.

Estou fazendo toda essa digressão para falar da vitória de Trump. Há uma fórmula matemática que ajuda a compreender esse fenômeno. A seguinte:

Quanto maior o Estado, menor a liberdade do indivíduo.

No Ocidente do século XXI, os Estados não crescem tanto na área econômica porque já constataram que não funciona; crescem na regulamentação comportamental. Cada vez mais o Estado diz o que o cidadão deve ou não fazer. O Estado está vigilante tanto a respeito da sua opinião sobre as mulheres quanto à quantidade de sal que você coloca na batata frita. Os Estados ocidentais, hoje, são a expressão institucional do politicamente correto.

Bem. Quando as comunidades politicamente corretas tornam-se intolerantes na defesa de um único tipo de comportamento, o homem que ama a liberdade individual reage com força. E, sim, as comunidades politicamente corretas são intolerantes na defesa de um único tipo de comportamento. Você sabe de que lado estarão essas pessoas, em todos os temas, a priori, antes de ser apresentado qualquer pormenor sobre o tema.

Não há ponderação, não há relatividade. Está tudo já pensado e já decidido. Há uma vasta massa de intelectuais que produzem toneladas de pensamento com argumentos diferentes para chegar sempre à mesma conclusão. Sempre. É notável.

Lance um assunto aleatório, de aquecimento global ao Campeonato Brasileiro, e a opinião é idêntica (eles são a favor dos pontos corridos, aliás).

O politicamente correto, na política, se hospeda na esquerda. Logo, quem começa a faturar é a direita, em geral mais flexível – um conservador na economia, por exemplo, pode ser liberal nos costumes. Mas, tragicamente, esse tempo de excessos à esquerda produziu uma direita que também é uniforme no pensamento. Até os anos 80 havia direitistas brilhantes. Delfim e Simonsen na economia, Nelson Rodrigues e Paulo Francis na imprensa, entre tantos, eram cultos, inteligentes e inovadores. Homens como eles são raros. Sobraram os polêmicos profissionais, como Trump.

Quando Trump expressa uma opinião preconceituosa, o homem que preza a liberdade individual se regozija, porque não identifica o preconceito, e sim um valente que não tem medo de dizer o que pensa. E o melhor: Trump é um empresário bem-sucedido, é alguém que realizou o sonho americano. Um herói da iniciativa e do indivíduo. Um herói do capitalismo.

Novembro de 2016

Como ficar milionário comendo bem

Em 2015, o advogado aposentado Berry Brett foi jantar no Bistro Moderne, na rua 44, em Nova York, um dos 10 restaurantes que o famoso chef francês Daniel Boulud administra na cidade.

Brett pediu um clássico da culinária gaulesa, o *coq au vin*. Junto com o pitéu, viria uma surpresa.

Esse prato é antigo de dois mil anos. Em cinquenta e poucos antes de Cristo, o chefe Vercingetórix conseguiu reunir as historicamente desunidas tribos celtas e rebelou-se contra o domínio romano imposto por Júlio César. Mas César vinha, via e vencia. Com habilidade, velocidade e inteligência, cercou os gauleses em um desfiladeiro e Vercingetórix teve de se render. Como demonstração de respeito ao vencedor, Vercingetórix enviou a César um vistoso galo de briga, símbolo de seu povo. Por provocação, César mandou matar o galo e prepará-lo ao molho do tinto da região, o que foi feito por seu cozinheiro. Depois, convidou Vercingetórix para jantar e serviu-lhe a iguaria. O chefe gaulês ficou chocado, mas comeu mesmo assim e... adorou!

Ou seja: um dos principais pratos franceses na verdade é italiano. Isso prova o que sempre digo: a culinária italiana é superior à francesa, só que os franceses têm mais marketing.

De qualquer maneira, duvido que Berry Brett tivesse feito essa consideração, quando pediu *coq au vin*, naquela noite. Ele queria apenas se repimpar com um delicado prato francês. Mas, já nas primeiras bocadas, Brett sentiu que algo lhe havia raspado a laringe. Começou a sentir-se mal. Levantou-se de imediato e correu para o hospital. Lá, o médico retirou uma cerda de aço de 2,5 centímetros de sua garganta, proveniente de uma escova de limpeza de panelas.

Brett processou o restaurante. Na semana passada, a Justiça deu-lhe ganho de causa e condenou o chef Boulud a pagar-lhe um milhão e trezentos mil dólares – 300 mil pelos ferimentos sofridos e um milhão para dar exemplo a outros restaurantes.

Esse tipo de sentença é comum nos Estados Unidos. A Justiça não apenas procura reparar danos, mas principalmente evitar novos danos. Funciona. Todo mundo toma muito cuidado, quando presta um serviço. A piscina do meu condomínio só abre se tem salva-vidas. É uma piscina pequena, dá pé, mas, não adianta, eles não abrem sem salva-vidas. Se troveja lá adiante, o salva-vidas vem correndo e manda que todos saiam da piscina. Pela lei de Massachusetts, as pessoas só podem entrar na água meia hora depois de um trovão. Isso se não houver novo trovão. Uma chatice.

Nas ruas, nos postes, em frente às casas ou nas placas de trânsito é comum você ver escrita uma frase, depois da advertência de que algo é proibido:

"It's the law".

É a lei.

Trata-se de um código, um recado que atravessa as mentes de pronto: se é a lei, não tem discussão. Não se faz. Ponto.

Os Estados Unidos são uma república judicial. A lei é o centro, a base, o cimento e o pilar da democracia. Como tem de ser em qualquer democracia.

Ou não é democracia.

Nós, brasileiros, temos dificuldade em compreender que a lei é feita por nós através dos representantes que nós escolhemos para o Legislativo. E que o Executivo, também escolhido por nós, tem de fazer exatamente o que sugere o nome: executar as leis. E que o Judiciário, obviamente, julga pendências da sociedade a partir da lei que ela mesma (a sociedade) instituiu.

Como analisar as tantas questões complexas do Brasil de hoje, tantas quizílias e debates, invasões e manifestações? Pela lei.

Antes de ser um país justo, o Brasil precisa ser um país que cumpre leis. Entre a justiça e a legalidade, a opção certa é a legalidade. Porque muitas coisas podem ser justas, mas a justiça é uma só.

Novembro de 2016

Hoje é o mesmo dia

Estava no supermercado e estiquei o braço a fim de pegar um cacho de bananas para a batida matinal do meu filho. As bananas se repoltreavam numa pequena gôndola com rodinhas. Um funcionário trabalhava do outro lado da gôndola e, bem no momento em que levei a mão ao cacho escolhido, ele a puxou levemente. Fiquei com a mão no ar e brinquei:
— As bananas fogem!
Só então ele me viu. Sorriu e respondeu:
— They always do... They always do...
"Elas sempre fazem isso."
Saí do supermercado rindo da presença de espírito do rapaz.

Mais tarde, naquele mesmo dia, caminhava nas proximidades do meu prédio e deparei com um vizinho, o Bill, que tem 70 anos de idade e anda apoiado em uma bengala. Não que seja tão velho. É que, aos 10, Bill foi vítima de pólio. Conseguiu se recuperar, mas sua perna nunca mais foi a mesma.

Bill olhava para a copa nua de um grande carvalho. Era algo a se olhar, porque, no dia anterior, a árvore estava adornada por uma cabeleira de folhas amarelas. Como chovera e ventara forte durante a noite, as folhas haviam sido todas arrancadas, e agora jaziam no terreno em volta.

Bill mantinha a bengala fincada no chão, segurando-a com a mão direita. Vestia um casaco azul e levava uma boina xadrez na cabeça. Admirava em silêncio os galhos cinzentos. Parei ao seu lado e comentei:
— Que triste...
Ele me olhou e respondeu com seu inglês sonoro:
— Oh, no! They always do...

Óbvio que o sentido da frase de Bill era diferente do da brincadeira do rapaz do supermercado. Mas aquele comentário veio a calhar devido ao que vinha pensando. Porque era exatamente o contrário.

Pensava que, nesse tempo de mundo conectado, os fatos se sucedem de maneira sôfrega.

Fidel morreu não faz uma semana, não foi nem sepultado ainda, e já é notícia velha.

Dilma? O que é feito de Dilma, aquela antiga presidente que gostava de ser chamada de presidenta? Ela é passado.

E será que alguém lembra se Eduardo Cunha continua na cadeia?

Tudo tão rápido que parece tudo novo. Na verdade, não é. Na verdade, os dias se sucedem de forma exatamente igual. O sol se erguerá no mar pela manhã e se deitará atrás do rio no fim da tarde seja lá o que possa acontecer entre Nova York e Porto Alegre. A natureza seguirá seu ritmo sem reparar se você está ansioso ou se tem razão.

Então, por que pressa? Por que angústia? Por que se incomodar com o que o outro pensa ou deixa de pensar?

Estou olhando aqui para aquele carvalho. As coisas estão acontecendo agora mesmo no mundo inteiro e nós dois continuamos envelhecendo devagar. Alguém ganhou, alguém perdeu, as pessoas estão voando dentro de seus carros. Pensei, por um instante, que deveria estar produzindo algo de útil, ganhando dinheiro ou aprendendo sobre qualquer dessas tantas atividades humanas. Ou talvez não. Talvez devesse ficar onde estou, simplesmente olhando para a grande árvore. Amanhã vai ser outro dia. O mesmo dia. Sempre.

Dezembro de 2016

A vizinha nua

Eu tinha uma vizinha pelada. Já devo ter contado isso, mas, sendo evento de tamanha importância, faz-se necessário repetir. Afinal, ter uma vizinha pelada é o sonho de todos os homens. Mas não é só por isso que lembro dessa história. É porque um evento lateral dela é central para VOCÊ, amado leitor.
    Bem.
    Vamos lá.
    A minha pelada, se é que posso chamá-la assim, era uma pelada clássica: fazia striptease em frente ao espelho, com a janela aberta.
    Não foi minha única pelada. Uma vizinha do meu amigo Amilton Cavalo cultivava o aprazível hábito de lavar roupa só de calcinha, no tanque da área de serviço. A área de serviço dava para o poço de luz do prédio e a janela do quarto do Amilton se abria para esse poço de luz. O Amilton nos chamava, e nós ficávamos olhando pelas frestas da veneziana, em grande agitação.
    Tínhamos, todos, cerca de 12 anos de idade, numa época em que não existia internet e as "revistas de sacanagem" eram raridades que vinham da Suécia, o país do sexo livre. A vizinha era loirinha e baixinha e bonitinha. Devia ter uns 18 ou 19 anos. Um dia, alguém, acho até que o Amilton, nos disse, com grande gravidade:
    – Fiquei sabendo que ela não é mais virgem.
    Arregalamos os olhos:
    – Não!
    – Tô dizendo...

Ela se tornou uma imperatriz do sexo, para nós. Quando passava, sempre acompanhada dos caras mais velhos, nós fazíamos silêncio reverente.

Para nós, saber que uma mulher fazia sexo era algo perturbador. Um dia, um guri disse que minha mãe não era mais virgem e dei um pau nele. Desrespeito. Todo mundo sabe que todas as mães são virgens.

Na época, achávamos que havia malícia naquilo de a loira lavar roupa só de calcinha. Hoje acho que havia só calor.

Mas essa era a vizinha do Amilton. A minha vizinha, essa sim, exsudava sensualidade.

Era uma morena da cor do melaço, longilínea, mas de altura mediana. Devia ter entre 25 e 35 anos. Eu morava no terceiro andar; ela, no segundo, no edifício ao lado. Da janela do meu quarto avistava a janela do quarto dela.

Uma noite, estava concentrado, escrevendo a história lateral da qual falarei em seguida, e, entre um parágrafo e outro, parei um pouco para pensar, olhei pela janela e a vi. Ainda estava vestida, mas não muito. Dançava em frente ao espelho, ondulava como uma serpente encantada pela flauta de um hindu. Cheguei a tomar um susto. Estiquei o pescoço. Abri mais os olhos. Quando ela tirou a camisa e deixou os seios sólidos saltarem para o ar livre, blop, blop, também saltei. Com medo de que me visse observando-a, tentei me esconder atrás do computador. Meu gesto foi tão brusco que derrubou a taça de tinto que bebia enquanto escrevia a tal história lateral. Não me preocupei com o vinho que molhara os papéis e a mesa e o chão. Deixei para lá e me concentrei na vizinha – Camões diria que um valor mais alto se alevantava.

Ela continuava dançando. Dançou e dançou e alisou-se e contorceu-se, até se pôr nua como um bicho livre na natureza.

E então, assim que a última peça de roupa, a mínima calcinha, foi rojada no parquet frio, ela ficou ereta e ofegante, com os braços ao longo do corpo. Em seguida, caminhou para a janela e a fechou. O show havia terminado.

✳ ✳ ✳

Depois que minha vizinha tirou toda a roupa e ficou completamente nua, nua de uma nudez fresca e matinal, nua com evidente orgulho de seu corpo em que nada sobrava e nada faltava, em que tudo parecia compacto e, ao mesmo tempo, farto, depois que ela se pôs naquela nudez trombeteante, suas longas pernas a levaram até a janela e seus delgados braços a fecharam num golpe e eu, no edifício em frente, espiando pela persiana, fiquei por um momento paralisado, feliz, sem saber bem em que pensar, sem ligar para o vinho derramado na minha mesa de trabalho, sem ter condições de voltar ao livro que escrevia.

Na verdade, não escrevia. O livro já estava escrito. Ou não. Mais ou menos.

Vou explicar.

E agora entro na história paralela às façanhas da minha vizinha, mas que é de importância para você, amigo leitor. Estou falando do livro *Diário do Diabo*, escrito pelo presidiário Luiz Augusto Félix dos Santos. Ele havia sido preso por todo tipo de crimes, de estupro a assassinato, passando por roubo, assalto e sequestro. Li o prontuário dele, no presídio. Consideravam-no irrecuperável. Mas havia uma assistente social na penitenciária, uma só, para 1.500 detentos. E ela o ensinou a ler e a escrever.

Luiz Augusto começou a ler os livros de Sidney Sheldon, entusiasmou-se e decidiu escrever sua própria história. Escreveu-a à mão, com caneta esferográfica, em dois grandes cadernos de espiral. Esses cadernos me foram passados pelo meu amigo Sérgio Lüdtke, que, na época, tinha uma editora de livros. Sérgio propôs que eu transformasse a narrativa obviamente confusa de Luiz Augusto em livro. Foi o que fiz. Tentei preservar a forma como ele contava a história, e acho que consegui. Mas deu um trabalho maior do que se estivesse escrevendo originalmente.

Visitei Luiz Augusto na cadeia. Encontrei uma pessoa... boa. Por Deus. A leitura tinha transformado o diabo que ele mesmo dizia que era em um ser humano confiável.

Luiz Augusto foi, de certa forma, a repetição cabocla de Malcolm X. Preso por arrombamento de casas aqui, em Boston, Malcolm cumpriu 10 anos de reclusão em uma penitenciária de Massachusetts. Neste tempo, o que mais fez foi ler. Havia uma boa biblioteca na penitenciária e ele bebeu-a quase toda. Saiu de lá transformado. Estava pronto para se tornar quem foi.

Outro que também mudou para melhor na cadeia: Tim Maia. Ele foi preso por roubo nos Estados Unidos. Atrás das grades, convivendo com os negões americanos cheios de malandragem, ele tornou fluente o seu inglês e absorveu o suingue e a manha do soul.

Um terceiro, ainda mais ilustre: Mandela. Antes de ser preso, Mandela achava que poderia salvar seu povo pela violência. Na prisão, compreendeu que o salvaria pela paz. E o salvou.

A prisão pode ser um lugar de regeneração, portanto. Basta que se trate o preso com dignidade. A punição do infrator é o isolamento da sociedade, e ela já é bastante dura. Mais do que isso é crueldade, e a crueldade sempre se volta contra seu autor. Bons presídios não é luxo. É questão de segurança. Da SUA segurança. E é por isso que essa história vicinal à minha vizinha é central para você.

Bons presídios são bons para a sociedade.

A vizinha? Ah, ela dançou durante todas as noites em que escrevi a história de Luiz Augusto. Com uma curiosidade intrigante: tirava a roupa sempre depois do *Jornal Nacional*. Será que se empolgava com as notícias? Não sei, mas sei que era só o Cid Moreira dizer "boa noite" com sua voz de Velho Testamento e ela ia para a frente do espelho do quarto, fazer striptease. Virou regra. Depois de algum tempo, me acostumei. Meus amigos chegavam e eu avisava:

– Olha pela janela agora. A minha vizinha vai tirar a roupa.

Eles enlouqueciam. E eu ia para a cozinha, preparar um sanduíche de atum. A rotina tira a cor das melhores fantasias.

Dezembro de 2016

Vida de desempregado

Todos os domingos, abria os classificados do jornal e traçava com a caneta um círculo nos anúncios de emprego que mais me interessavam. Eu tinha uns 16 anos, precisava trabalhar e diziam-me que só existe um pedaço de tempo da semana em que a pessoa pode procurar emprego: a manhã de segunda-feira. Por essa lógica, se você se apresentar ao empregador a partir do meio-dia de segunda, a vaga já estará preenchida ou ele vai olhá-lo com desdém, pensando algo como: "Por que esse cara não veio antes? Ele não gosta de acordar cedo? Não queremos um cara que não gosta de acordar cedo".

O negócio, quando você procura emprego, é parecer madrugador.

Então, às sete da manhã das segundas-feiras, lá estava eu, pingente de um ônibus lotado, a caminho do emprego pretendido. E nunca alcançado. Se tem uma coisa na vida com que você tem de se acostumar, se você for eu, é com a rejeição. É irritante descobrir que sempre tem alguém mais capaz, mais amado, mais desejado e mais madrugador do que você. Sim, porque, quando chegava às empresas, deparava com multidões de candidatos que haviam chegado antes. Como eles conseguiam? Que horas aqueles sujeitos acordavam?

Eu olhava em volta, via aqueles tipos de gravata, e já sabia que não teria chance.

E não tinha mesmo.

Muitas vezes, preenchia a ficha e nem era chamado para a entrevista. Isso me intrigava. O que havia escrito de errado naquela maldita ficha?

Quando me convocavam para a entrevista, era uma aflição. O que vestir? Tinha de botar a camisa para dentro das calças, é claro. Ninguém vai empregar alguém que usa a camisa para fora das calças.

Outra coisa: o sapato. Uma vez, ia saindo de casa para uma entrevista e a minha mãe apontou para os meus pés:

– Tu vais querer arranjar emprego usando tênis?

É fato que calçar tênis é eliminatório, se você procura emprego.

Algumas perguntas que eles fazem nas entrevistas de emprego são muito agastantes.

Por que você quer trabalhar na nossa empresa?

Ora, a resposta certa seria: preciso ganhar algum, então estou aceitando qualquer proposta, mas, depois que estiver empregado, vou tentar algo melhor, porque não pretendo passar a vida inteira trabalhando por esse salário de fome.

Mas é claro que você não diz isso. Você diz que admira muito aquela empresa e que sempre sonhou em ser escriturário.

Uma vez, um entrevistador ficou me encarando um tempão em silêncio. Olhava para mim bem sério. Aquilo foi me enervando. O que devia fazer? Sorrir? Dizer algo? Sorri um pouco, mas não disse nada. Aí ele falou:

– Tire os óculos.

Tirei os óculos. Ele pensou um pouco, enquanto eu ficava vermelho. Por fim, sentenciou:

– Você tem um olhar muito vivo. Muito, muito vivo.

E agora? Ter um olhar muito, muito vivo era bom? Ou era ruim? Eles estavam atrás de alguém com olhar muito, muito vivo?

Não estavam. Ele não me chamou para a vaga.

✳ ✳ ✳

Um dia, depois de vários domingos circulando com uma caneta Bic as ofertas de emprego nos classificados, seguidos por várias segundas acordando cedo para ir às entrevistas nas empresas, consegui trabalho como contato publicitário em uma emissora de rádio.

O contato publicitário é o vendedor de anúncios.

Não foi fácil, se você quer saber. Passei por todo um processo de seleção e, depois de aprovado, mais 15 dias de estafante treinamento. Ao cabo desse período, deram-me uma pasta cheia de contratos e folders e me mandaram sair para vender.

Pisei firme na calçada, orgulhoso de minha nova condição de trabalhador. Dei uns cinco ou seis passos, com a pastinha debaixo do braço. E comecei a me sentir mal. Realmente mal. Era o quê? Um enjoo, um banzo, talvez uma gripe forte, não sabia bem o que era. Andei mais um pouco, respirei fundo, pensei que devia tomar um Melhoral ou quem sabe descansar por uma ou duas horas. Se visitasse um cliente em potencial, não conseguiria me concentrar no que falar, quanto mais convencê-lo a comprar publicidade. Não, eu definitivamente não tinha condições de vender publicidade, naquele momento.

Fui para casa frustrado e preocupado, porque devia apresentar um relatório para o chefe, no dia seguinte.

Não houve dia seguinte. Pelo menos não no trabalho. Descobri que estava com uma caxumba tardia, e tive de me homiziar no fundo mais profundo da cama. Minha mãe chamou um médico conhecido dela, um pediatra, que não cobrou a visita e receitou os remédios de que necessitava. Passei 15 dias em tratamento e, quando me reapresentei à empresa, o chefe me recebeu com um sorriso irônico.

– Caxumba, é?

– Sim, sim. Trouxe até atestado.

Mostrei-lhe o papel. Ele leu e sorriu com malícia.

– Um pediatra? Tu é bem bebezão mesmo.

Fui demitido. Miseravelmente demitido.

Não adiantou jurar que havia ficado de fato com caxumba, ele não acreditou. Depois de tanta luta, meu emprego durou um único mês, sem que eu tivesse trabalhado um único dia.

Até admito que a história podia ser considerada inverossímil, mas, puxa, era verdade!

Paciência. No domingo, lá estava eu, circulando ofertas de emprego nos classificados.

Meu trabalho seguinte também foi como vendedor, só que de títulos patrimoniais de clubes. Uns seis ou sete clubes: o Grêmio, o União, o Comercial, não me lembro dos outros. De repente, me vi na Zona Norte de Porto Alegre com minha pasta, olhando para a fila de casas de uma rua. Decidi que iria começar pelo começo: bateria na primeira casa e ofereceria um título patrimonial ao morador. Assim seguiria até a última. Se tivesse sucesso em 10% das tentativas, venderia cinco títulos depois de 50 casas. Era maravilhoso.

Foi aí que descobri que as pessoas odeiam o vendedor de títulos. Fui corrido, insultado e caçoado. Quando tinha sorte, era ignorado. Consegui entrar em duas ou três casas, e ainda assim não estive nem perto de fechar uma venda. Na última tentativa, já à noite, uma senhorinha me ofereceu um quindim e aceitei, contente com a gentileza. Depois que comi, ela avisou que VENDIA quindins. Foi-se metade dos trocados que tinha no bolso.

Voltei para casa arrastando o meu fracasso pela calçada. No dia seguinte, não tive ânimo para fazer 50 casas. Fiz umas 25. Continuei no zero a zero. No terceiro dia, 15. No quarto, 10. Na sexta-feira, pensei: não vou desistir, enquanto não vender um título.

Na segunda, desisti. Um homem tem de saber quando está derrotado.

A vida do empregado, às vezes, é tão dura quanto a do desempregado.

Novembro de 2016

Para quem está sempre comigo

Agora, tenho que fazer uma homenagem a quem me acompanha sempre, nos momentos bons e nos ruins, a quem me distrai, me alegra e me conta as coisas do mundo, a quem me desperta pontualmente todas as manhãs, evitando que me atrase para o trabalho, a quem me mostra o caminho, quando me sinto perdido: o meu telefone celular.

Mais valor tem essa homenagem porque nossa relação não foi fácil. Como num filme romântico de Hollywood, no começo eu o desprezava. Sim. Confesso, envergonhado, que só fui aderir à telefonia celular depois dos 40 anos de idade.

Já era editor de Esportes de *Zero Hora* e o diretor de Redação, o Marcelo Rech, se irritava:

– Tu tens que ter um telefone, pra gente te achar a qualquer hora, se for necessário.

A Marcinha dizia exatamente o mesmo. Para não perder o emprego e a mulher, adquiri, contrafeito, meu primeiro celular.

Mas continuei renitente, não me entreguei assim tão fácil. Foi só ESTE celular, que acalento agora mesmo em meus braços, que me conquistou.

Chamo-o de Jorge. Porque, por algum motivo, ele me lembra meu velho amigo de infância, o veloz ponteiro-direito do Huracán e manemolente dançarino das pistas do Gondoleiros, Jorge Barnabé.

Curioso é que não o escolhi: ele me escolheu. Afinal, não fui à loja, não apontei para ele na vitrine e disse:

– É esse.

Não. Foi me dado de presente pelo Professor Juninho, de segunda mão. Não usado, não velho: experiente.

Aos poucos, fui me afeiçoando. Hoje, não vivo sem ele. Nele, jogo xadrez on-line. Nele, leio as notícias. Nele, ouço a Gaúcha. Nele, contemplo esse painel da alma humana do século XXI, que é o Facebook.

Jorge é meu companheiro.

Salve Jorge.

✳ ✳ ✳

Entendo as pessoas que ficam o tempo todo olhando para seus celulares. Elas são criticadas, mas estão certíssimas: não há nada melhor para fazer. Levante a cabeça e observe o mundo em volta. Tudo tão igual. Retornemos rápido às redes, a fim de opinar sobre a polêmica do dia.

Por que conversar com uma pessoa em pessoa, se você pode conversar por WhatsApp? Conversar pessoalmente é muito... pessoal. O interlocutor faz uma pergunta e você tem de responder de imediato. Por celular, você pode refletir um pouco, pode até consultar o Google, se tiver alguma dúvida. Então, sua resposta virá perfeita, redonda, impecável.

Você é mais sábio, quando conversa por celular.

Namorar por celular, por exemplo. Tem coisa melhor? Você está ali, passando um xaveco por Whats na pretendida. Aí ela diz algo surpreendente, que é o que fazem as belas mulheres. Se vocês estivessem na mesa de um bar, ela veria sua expressão de imbecilidade, perceberia que você ficou sem resposta. Mas vocês estão conversando pelo agradável e higiênico modo virtual. Você pode copiar o diálogo e mandar para um grupo de amigos, consultando:

"Help! O que que eu faço???"

Os amigos darão várias ideias, você escolherá a melhor e repassará para a inhugazinha. Ela, ao ler sua mensagem graciosa e inteligente, pensará:

"Que homem!"

Gol do Brasil.

Pare de falar mal das pessoas com seus celulares. O celular é nosso amiguinho.

Dezembro de 2016

Você é de direita ou de esquerda?

Você é de direita ou de esquerda?

Não dá para responder, marcando com um X na alternativa correta, sem pelo menos cinco minutos de considerações, não é?

Se bem que as coisas mudaram. Hoje, muita gente se assume orgulhosamente de direita, algo impossível no Brasil de poucos anos atrás. Não faz muito, chamar alguém de direitista era ofensivo.

Esse novo comportamento, esse bater no peito, esse olhar de desafio é uma reação ao PT. Tanto os petistas tentaram estigmatizar seus críticos como "de direita", que eles assumiram: "Quer saber? Sou de direita mesmo!".

É a saída de quem adota o apelido jocoso como trunfo, comum nas torcidas de futebol. Antes, era gozação dos adversários, hoje o Fluminense é pó de arroz, o Palmeiras é porco, o Coritiba é coxa e no Beira-Rio há torcedor fantasiado de macaco.

Mas, na maioria dos casos, o direitista convicto não parece ter noção real do que é ser de direita. Parece apenas ser oposição a tudo que o PT diz representar ou a bandeiras que diz defender.

A direita pura, a direita de cartilha, seria conservadora nos costumes e liberal na economia. Seria contra o aborto e a liberação das drogas, por exemplo. E a favor do Estado mínimo.

Em tese, esse direitista ideológico defende integralmente o sistema americano. Mas, nos Estados Unidos, o aborto é permitido e a cada eleição aumenta o número de estados que liberam o uso recreativo da maconha.

Quanto ao chamado Estado mínimo, ocorre algo curioso: nos Estados Unidos, sinto muito mais a presença do Estado do que no Brasil. Na segurança, nos serviços públicos, na administração da Justiça, o Estado está por toda parte. Mas também é verdade que, nos Estados Unidos, as empresas de petróleo são privadas.

Outra: o Obamacare, tão contestado pelo republicano Trump, foi inspirado no programa de um republicano, o ex-governador de Massachusetts Mitt Romney.

Confuso.

No Brasil, o Estado falha na tutela dos presos, e falha grotescamente, como se vê nas rebeliões em presídios. Falha também na segurança pública e falha nos serviços. A justiça é lenta e o cidadão é desrespeitado. Mas o Estado tem uma empresa de petróleo.

No Brasil, há o Bolsa Família, que muitos dizem ser paternalismo. Talvez seja. Mas empresários ganham incentivos fiscais e conseguem empréstimos com juros abaixo dos de mercado, filhas de militares já mortos continuam ganhando pensões, funcionários públicos não aceitam perder suas aposentadorias integrais ou sua estabilidade no emprego, parlamentares têm foro especial e juízes têm auxílio-moradia.

O Estado se mete em tudo, no Brasil, e não funciona em nada. O Estado concede muito, mas não faz quando tem de fazer. O Estado é a mãe bondosa, pena que relapsa. É o pai ausente, que não esquece de dar a mesada.

Todo mundo sabe disso e todo mundo condena isso. Todo mundo se queixa dos privilégios... dos outros.

O Brasil não é socialista. O Brasil não é capitalista. O Brasil é populista e patrimonialista. Não faz diferença ser de direita ou de esquerda, no Brasil. Faz diferença quem ganha. Se eu ganho, é obrigação do Estado. Se você ganha, é privilégio. Importa é quem grita mais. Vamos reclamar.

Dezembro de 2016

O livro dos grandes cornos

Tanto o Potter rodou a música no nosso programa da Rádio Gaúcha, o *Timeline*, que tive de assistir ao famoso clipe dos "50 reais", no YouTube.
Famoso mesmo, quase 200 milhões de visualizações.
Gostei.
Uma moça bem fornida descreve com raiva o episódio de infidelidade conjugal ocorrido com ela: o marido diz que vai jogar bola numa quarta-feira, mas, na verdade, está no motel, repoltreando-se com outra. A esposa traída consegue invadir o quarto e o flagra nu, provavelmente em pleno ato. Como prova de desprezo por ele e manifestação de afronta a ela, oferece ao infiel uma nota de R$ 50 "para ajudar a pagar a dama que lhe satisfaz".
É uma história vulgar, mas a forma como ela narra e a gana com que interpreta a canção a tornam irresistível e, o melhor de tudo, engraçada.
Aí está uma evolução da mulher moderna. Antes, só o homem traído era engraçado. O fato de o homem não admitir de jeito nenhum a cornitude, de considerá-la uma desgraça e uma vergonha, tornava-a, na verdade, cômica.
Cheguei a pensar em escrever um livro sobre cornos célebres. Talvez ainda o faça. Abriria com aquele que foi o maior corno da História, o imperador romano Cláudio. O interessante, em Cláudio, é que ele era o mais poderoso homem da Terra, o senhor da vida e da morte de milhões de seres humanos, e, ainda assim, sua mulher o reduziu a uma piada coroada.
Não era uma mulher qualquer, importante ressaltar: tratava-se de ninguém menos do que Valéria Messalina. Tão

devassa ela foi que seu nome virou sinônimo de libertinagem. Há quem diga que as histórias sobre Messalina foram inventadas pela mídia golpista da época, em especial pelo trio Suetônio, Tácito e Plínio, mas eu acredito na mídia golpista.

Esses historiadores contaram que Messalina era tão insaciável que, à noite, metia-se debaixo de uma peruca morena e ia para a Suburra, o bairro do pecado de Roma. Lá, subia num tamborete e oferecia-se por poucos sestércios aos sortudos passantes.

Messalina sofreria do que, nos homens, chama-se de "Mal de Douglas" e, nas mulheres, de furor uterino.

Outra que era acometida de idêntico "mal", se isso pode ser definido como um mal, foi Catarina, a Grande, mulher que fez de mais um imperador personagem em potencial do meu livro.

Catarina era uma alemã jeitosinha que se casou com o imperador de todas as Rússias, Pedro.

Pedro, porém, penava por possuir pinto pequeno. Pior: prepúcio premido. Pobre Pedro.

Diante dessa dolorida questão, o que poderia fazer a jovem e inquieta Catarina a não ser buscar consolo nos viris soldados da corte? Era o que fazia. Seis vezes ao dia.

Pedro, Cláudio e outros tantos seriam protagonistas do meu livro, um livro dedicado a gozar dos homens que levam tão a sério a cornitude. As mulheres sempre me pareceram mais maduras nesse setor. Os homens, não. Os homens se desesperam e reagem fazendo coisas horríveis, como crimes passionais e músicas sertanejas. Mas, agora, o mundo mudou. Contemplando o novo comportamento feminino e deliciando-me com o clipe dos 50 reais, percebo que meu livro precisa de novos capítulos. Assim vai acabar perdendo a graça.

Dezembro de 2016

As cinco coisas mais brasileiras do Brasil

Ao vir morar nos Estados Unidos, descobri o que há de mais brasileiro no Brasil. Por causa do mate.

Tomo mate todos os dias. No verão, durante o *Timeline*. No inverno, depois.

Mas onde encontrar erva para o reabastecimento mensal? Um compatriota deu as coordenadas – perto daqui, 15 minutos a passo estugado, numa localidade chamada Allston, há um mercadinho brasileiro. Lá, além da erva e dos apetrechos para o chimarrão, existem produtos impossíveis de serem encontrados em supermercados americanos.

Perceba o significado disso: tudo que se vende no Brasil pode ser comprado nos Estados Unidos. Mais: com a internet e as facilidades de comunicação, não há o que aconteça abaixo da Linha do Equador que eu não fique sabendo em mínimos minutos. Falo com as pessoas olhando-as nos olhos, pelo Skype, assisto ao *Jornal Nacional*, vejo todos os jogos da Dupla GreNal, tudo. Inclusive, estou encantado com o seriado que a Globo apresentou sobre o José Aldo, lutador de MMA. É uma pequena obra-prima, do nível de *Touro indomável*, aquele filme que o Robert De Niro, para fazê-lo, teve de engordar 27 quilos.

É um mundo globalizado, apesar dos grunhidos de Trump. Um mundo plano. E, de certa forma, pasteurizado.

Mas há alguns poucos produtos, mais especificamente cinco, que resistem à globalização, são exclusividade brasileira, vicejam apenas no gosto dos nossos conterrâneos. Os seguintes:

1. Guaraná.
2. Aipim.

3. Requeijão.
4. Bolacha Maria.
5. Já conto qual é o quinto.

O guaraná é um clássico. Os americanos dizem que é parecido com o ginger ale, um refrigerante que eles fazem à base de gengibre, mas não é. O ginger ale é rascante e deixa a garganta meio pastosa, está longe da refrescância do guaraná.

O aipim, há quem diga que tudo que pode ser feito com a batata, pode ser feito com o aipim, e é verdade. Só que a premissa contrária não é verdadeira. Carne de panela com aipim há de ser feita com aipim, jamais com batata. Você pega o molho denso da carne de panela e mistura com o aipim molezinho e amassa tudo e fica bom de gemer baixinho.

O requeijão, quem diria?, é brazuca até os gorgomilos. Admito que, morando no Brasil, jamais dei ao requeijão o valor que ele merece. O requeijão, para mim, sempre foi uma eventual cobertura do pão. Agora, não. Agora, sempre tenho um pote em casa, porque sei que se trata de algo que é comum tão somente aos brasileiros. Nem sempre como requeijão, mas sempre estico um olhar nostálgico para o pote que repousa na minha geladeira e lhe digo, com alguma ternura:

– Oi, requeijão.

A Bolacha Maria. Eis. Esse nosso admirável mundo novo é um mundo pleno de biscoitos. Há de um tudo. Há biscoitos recheados, há aqueles cream crackers, há bolachinhas pequenas, médias e grandes. Mas a velha Bolacha Maria, essa é brasileiríssima como Machado de Assis. No dia em que compro o pacote, vou correndo para casa, cimento dois discos de Bolacha Maria com manteiga e rego a café preto. Nessas tardes, o melhor é estar chovendo. Então, sinto-me outra vez na casa da minha avó. A senhora faz falta, Dona Dina.

O quinto elemento, deixei-o para o final porque é o único que não encontro nem no mercadinho de Allston.

É o chope.

Aqui eles vêm com aquela história de draft beer. Juram que é o mesmo que chope. Não é. Ainda que a draft beer venha do barril e jorre de uma torneira, não tem o mesmo sabor. O chope nacional, tirado à pressão, servido em copo de cristal, encimado pelo creme de um colarinho de dois dedos de altura, gelado como o coração de Alinne Moraes, esse chope é a melhor bebida da Terra. Não me venha com champanhe Cristal, não me venha com Romanée-Conti, vodca Diva, conhaque Henri IV, nem mesmo com scotch The Macallan ou tequila Ley. Quero o chope. Viva o chope, mais brasileiro que Pelé, feijão com arroz e samba. O chope é a seiva que nos torna únicos. Chopes gelados, dourados e cremosos. Que saudade.

Dezembro de 2016

A carne de panela com aipim do Wianey

O meu amigo e colega de RBS, Wianey Carlet, tanto quanto certos políticos e certas mulheres, promete, mas não cumpre.

Há mais de 10 anos ele faz juras vãs de me convidar para um repasto em sua datcha em Viamão, onde prepararia um de meus pratos preferidos: a gauchíssima carne de panela com aipim.

Mas sou repórter, sempre serei, e nesta função aprendi que você só consegue algumas coisas sendo chato. Pois sou. Assim, cobro promessas de políticos, de mulheres e do Wianey. Ontem, quando ele participou do *Timeline*, exigi, no ar, que ao menos me passasse a receita da sua famosa carne de panela com aipim, iguaria com a qual, é sabido, Wianey já amoleceu os corações mais empedernidos.

Desta vez, tão pressionado foi, o Wianey cumpriu a promessa. Mandou-me a receita. Caridosamente, divido-a com os leitores, certo de que apreciarão não só o conteúdo, mas também a forma, porque os textos das correspondências que o Wianey me envia estão entre o que de melhor já foi escrito na literatura missivista nacional.

Segue o e-mail do Wianey, com observações minhas entre parênteses:

"Querido amigo

A receita que te passo tem uma condição imutável para ser sucesso: você precisa consumi-la sem qualquer indício de culpa (Eis a verdade inicial que nos ensina Wianey: a culpa deslustra o prazer).

A preparação psicológica é o primeiro passo. Você precisa se convencer de que comer uma única vezinha o aipim com carne de panela não te causará desconforto algum. Vá mais além: acredite que todos os papas italianos apreciavam este prato. E, se não bastar, repita 10 vezes que, na última ceia com os apóstolos, Cristo serviu aipim egípcio com costela de camelo na panela. Pronto, você pode começar a cozinhar. Siga o roteiro a seguir que não tem erro. É barbada. Vamos lá:

- Ponha na panela de pressão uns dois quilos de costela minga. Quanto mais dura melhor (Aí o segundo aprendizado relevante: é da rigidez e da dificuldade da vida que se extrai o melhor sabor).
- Acrescente meio pimentão picado. Qualquer cor serve.
- Uma cebola grande picada bem miudinho.
- Dois tomates grandes bem maduros e sem pele. Picados, óbvio.
- Dois cubos de caldo de carne (Note: nada de preconceito contra cubos de caldo de carne, isso é importante para o cozinheiro moderno).
- Duas xícaras d'água.
- Feche a panela e coloque sobre fogo alto. Imagine o seu pior inimigo ardendo nas chamas do Demo. Espere meia hora e a carne estará pronta.

Em uma panela à parte, ferva o aipim com sal a gosto. Quando a sagrada raiz estiver macia, despeje a carne e o molho sobre o aipim. Deixe tudo ferver até que o molho esteja reduzido em 30%. Pode ser 35%. Ou 25%. O rango divino estará pronto para ser servido.

Ah, abra uma garrafa de bom tinto mas não ceda à tentação de beber vinho orgânico. Tudo que faz bem à saúde é inimigo do paladar (outra sabedoria filosófica, já revelada pelo Rei Roberto, que reclamava: "Será que tudo que eu gosto é ilegal, é imoral ou engorda?").

Coma o que puder e lembre: dos apóstolos, apenas Judas desfrutou a última ceia e foi para o inferno. Todos os demais se fartaram de tanto comer, foram dormir, sonharam com anjos e acordaram perguntando: sobrou um bocadinho daquela carne?

É isto aí, meu guru. Faça bom proveito. Não aceito reclamações.

Abraços

Wianey"

Já estou aprontando minha carne de panela com aipim. Faça você a sua e me conte como foi o ágape. Quanto ao Wianey, ele não se safou: quando eu for a Porto Alegre, ele terá de ir para a cozinha em Viamão.

Outubro de 2016

A paquita nua

Digamos que você, homem adulto, escrevesse em alguma rede social:

"Quero ver uma menina de 16 anos nua".

Só isso.

O que aconteceria? Você seria chamado de pedófilo, vergastado virtualmente, talvez até fosse processado e preso como se fosse um ex-ministro.

Certo. Mas, não muito tempo atrás, em 1987, a loirinha Luciana Vendramini foi capa da *Playboy*, e ela tinha 16 anos de idade.

Não lembro de a revista ter provocado comoção, na época.

Luciana era Paquita do Xou da Xuxa, um programa infantil, mas com certo apelo erótico. Aquelas roupas que a Xuxa usava. Botas brancas até os joelhos, shortinho minúsculo, as longas pernas douradas eternamente expostas. E ela estava sempre cercada por meia dúzia de loirinhas. Ah, sim, havia sugestões naquilo tudo. Sugestões!

Lembrei da Luciana Vendramini porque ontem entrevistamos o Paulo Ricardo, no *Timeline*. O Paulo Ricardo, você sabe, é aquele cantor do olhar 43. Pois ele namorou a Luciana Vendramini exatamente nesse tempo da *Playboy*, quando ela estava em horário nobre. Os dois formavam uma espécie de Casal 20 do Brasil dos anos 80. Mas não viveram felizes para sempre, separaram-se depois de alguns anos e foram para o mesmo lugar em que estavam o Belchior, o Guilherme Arantes, o Ivan Lins e o Jimmy Pipiolo.

O Paulo Ricardo retomou a carreira mais tarde, tanto que ontem ele fez show em Porto Alegre. E a Luciana teve

TOC, aquela doença do Roberto Carlos. A pessoa com TOC sente-se tomada por manias obsessivas. O Roberto Carlos não dobra à esquerda, não fala palavras malignas, como "Cunha", não pode ver ninguém de marrom e só sai pela mesma porta que entrou – não anda de ônibus em Porto Alegre, portanto. A Luciana Vendramini, a principal esquisitice dela era a duração de seus banhos diários. A moça passava horas debaixo do chuveiro. Horas mesmo, não é força de expressão: um dia, ela chegou a ficar 11 horas tomando banho. Imagine que mulher bem limpa saiu daquele banheiro.

Durante o programa, contei para o Paulo Ricardo uma história sobre aquele período de grande sucesso dele. Eu morava em Criciúma e às vezes fazíamos festas na casa do meu amigo Nei Manique, já escrevi a respeito. O que não escrevi, e escrevo agora, é que o Nei tinha um truque para angariar popularidade entre o público feminino. Ele deixava um violão na sala. Aí, um de nós, adrede combinado, pedia:

– Toca alguma coisa aí, Nei!

O Nei não toca nada de violão, com exceção de uma música. Não: de um naco de música. Mas ninguém sabia disso, então ficava todo mundo insistindo:

– Toca, toca!

Assim, ele pegava do violão, limpava a garganta e mandava ver um Paulo Ricardo:

"Havia um tempo
Em que eu vivia
Um sentimento quase infantil...".

E parava, pretextando humildade:

– Ora, não vou atrapalhar a festa com as minhas canções.

As meninas miavam:

– Aaaaaah, Neiê... Por favooooor...

Mas ele se mantinha inamovível. Um caráter reto, entende? Um homem de verdade, avesso a exibicionismos. Era o suficiente para comover até as mais resistentes.

Se só com esse meio verso o Nei se dava bem, calcule o Paulo Ricardo. Não por acaso ele namorou com a Paquita da *Playboy*.

Tudo isso me faz pensar de novo algo que tenho pensado de vez em quando: o que será que hoje em dia é natural, mas será escândalo daqui duas ou três décadas? Qual de nossos hábitos atuais nós encararemos com horror no futuro?

Fotos dos próprios pés na praia, postadas no Facebook?
Comida indiana cheia de curry?
Taxistas batendo em motoristas do Uber?
Brasileiros discutindo se o melhor é Miami ou Cuba?
Campeonato de pontos corridos?
Ou todas as respostas acima?
Diga lá.

Outubro de 2016

"Eles não eram ninguém no ano mil"

Terei uma agenda. Está decidido. Você dirá: "Mas outubro já está ali. Agenda, a essa altura do ano, é desperdício". Não importa, o fato é que necessito desesperadamente de agenda.

Terei uma agenda.

Só com uma agenda conseguirei dar conta de todos os compromissos. Uma agenda organiza a vida da pessoa. A agenda, não por acaso, é substantivo feminino. Não existe "o" agendo. Porque a agenda é como uma mulher: está sempre dizendo a você o que fazer. A diferença é que com a agenda você não se irrita. Se você se incomodar com ela, você a coloca na gaveta e vai ver o jogo com os amigos.

Mesmo assim, você tem compromisso com a agenda. O que está escrito lá, você faz. Ou tenta fazer.

E não me venha com agendas eletrônicas, aplicativos do celular, tabela Excel. Quero uma agenda de verdade, gordinha, com capa de couro.

Tive agendas assim, admito. Começava a anotar meus compromissos em janeiro e, no meio do mês já estava usando as páginas para escrever outras coisas e acabava me esquecendo de consultá-la todas as manhãs e logo a agenda se perdia entre blocos de reportagem, revistas lidas e livros para ler. Algumas sumiam para sempre.

Mas, agora há pouco, quando estive no Brasil, fui almoçar com a minha mãe, abri um armário para procurar algo e encontrei uma delas, uma velha agenda. Não sei como foi parar lá. Era do começo dos anos 90. Comecei a folheá-la. Seguindo o destino de todas as agendas que tive, naquela estavam registrados os parcos lembretes para janeiro e, no resto, anotações esparsas, rabiscos sem sentido e até um jogo da forca que ganhei colocando a palavra "mnemônico".

Nada digno de despertar nostalgia. Porém, numa folha exatamente de fins de setembro, como hoje, anotei a frase que, tantos anos depois, me fez parar para pensar. Era a fala de um dos personagens de *Em busca do tempo perdido*, de Proust. O sujeito era um esnobe e, para demonstrar seu desprezo por certa família de Paris, disse:

– Eles não eram ninguém no ano mil.

Foi o que anotei. "Eles não eram ninguém no ano mil."

Que sentença espetacular. E que espetacular seria poder dizer isso, penso eu, daqui da minha reles condição plebeia do subúrbio porto-alegrense.

Por que escrevi essa frase naquela antiga agenda? Não havia nada mais que me indicasse a razão, mas consegui lembrar. Estava dizendo para mim mesmo que tinha de completar a leitura de *Em busca do tempo perdido*. São sete volumes, os quatro primeiros traduzidos por Mario Quintana. Não me assusto com livro grande, já li maiores, mas esse, confesso, esse larguei antes que Quintana passasse a tradução para Drummond.

Sei de todos os méritos do romance, e os reconheço, mas, depois de centenas de páginas de lenta digressão, me deu um troço, uma ânsia de ação. Tive de ver um filme do Stallone.

Ao escrever a frase na agenda, prometi que voltaria a Proust, porque sei que não serei um homem completo enquanto não concluir a leitura de *Em busca do tempo perdido*.

Passados todos esses anos, aquela agenda do passado gritou que ainda não resolvi o problema, ainda não corrigi a falha: não li todo o Proust. É uma parte de mim que falta e que mostra outras por completar, mostra tudo o que preciso fazer: os e-mails sem resposta, os filmes que não vi, os telefonemas que não dei, os textos que hei de escrever e até o cabelo que clama por um corte. Terrível, sou todo faltante. Por quê? Porque não tenho agenda.

Está decidido: terei uma agenda.

Setembro de 2016

Correção

Outro dia escrevi James Jean em vez de James Dean, e umas pessoas disseram que sou idiota. Sorte minha. Esse foi dos erros menos graves que cometi. Tivessem descoberto as dezenas de outros, me amarrariam na cadeira elétrica lá do Alabama e ligariam a chave.

Ora, não passou de uma distração, como se tivesse escrito "Michael Jackson". Quem não sabe que o verdadeiro James Jean foi outro personagem? E, não, não foi o inventor do jeans, como muitos haverão de pensar. Esse foi o Almirante Lee, herói da Guerra de Sucessão, representado, depois, no famoso seriado *Viagem ao fundo do mar*, que se baseou no livro de Julius Vermes.

O Almirante inventou essas calças belas e resistentes para melhor vestir os soldados do Sul, que, em meio à pugna renhida, como se dizia na época, viam seus uniformes em frangalhos. Donde, aquela também foi chamada de Guerra dos Farrapos, como a nossa, de 1893.

Deu certo. O Sul venceu e as calças jeans se popularizaram, ganhando o codinome de calças Lee devido ao Almirante.

Bem mais tarde é que viria o Brim Coringa, assim denominado porque o arquirrival do Batman, o Pinguim, trajava-se totalmente de azul, a cor exclusiva dessas calças, os blue jeans. Aliás, não é por outro motivo que os asseclas do Pinguim, que usavam uniforme azul, eram conhecidos como os Blue Men, e seus descendentes até hoje fazem shows e propaganda de telefônica.

Mas é importante registrar que, no inglês, a palavra "blue" não significa apenas "azul". Não. Significa também "triste", porque os blue men, depois de finalmente capturados por Batman, Robin e a Mulher-Gato, foram mandados para a terrível prisão de Attica, aquela da qual era impossível fugir. Lá, naturalmente chateados, eles cantavam melancólicas canções, lembrando de seus tempos felizes na cidade de Metrópolis.

Por sinal, Metrópolis, todos sabem, é o nome fictício da capital americana, Nova York. Já o jornal em que Batman trabalhava, o *Planeta Diário*, é, na vida real, o *Post*.

Claro que ele não ia trabalhar no jornal fantasiado de Batman. Ele se apresentava com sua identidade civil, o bilionário Bruce Willys.

Eu, que sempre fui admirador do seriado, sempre lembro da cena do Batman saindo da batcaverna com seu jato particular, o Aéreo Willys, veículo que angariou tantos fãs no mundo inteiro que um deles, no Brasil, batizou seu filho com esse nome. E quem não é ele senão o nosso senador, o Dean Willys?

Mas agora estamos entrando no terreno pantanoso da política, onde qualquer erro vale ofensa nas redes sociais. Prefiro não me aventurar. Basta ter sido açoitado e vilipendiado pelo cometimento daquele errinho de nada com o nome do velho e bom Jean.

Janeiro de 2017

Será Humberto, Roberto ou Florisberto?

O Roys gostava de botar apelido nos outros. Foi ele quem apelidou o Jorge de "Barnabé", por causa de um detetive de seriado chamado Barnaby Jones.

O Luiz Carlos era baixinho e gordinho. Virou "Barril".

Já o Henrique tornou-se para sempre "Diana", porque tinha uma cachorrinha com esse nome.

O "Zoreia" acho que também foi o Roys quem apelidou, porque ele vivia usando uma camisa estampada com o desenho do Topo Gigio, aquele ratinho italiano de orelhas enormes.

Mas, como o Roys era bem magrinho, algum gaiato começou a chamá-lo de "Languiça", e ele ficou furioso. Bastava a gente gritar "e aí, Languiça!", e o Roys pedia briga. Um erro. Como inventor de apelidos, o Roys devia saber que o apelido pega, mesmo, quando o cara se importa.

Já contei do Meia Longa, não é? Meia Longa era personagem de propaganda de caderneta de poupança. Aparecia um coelho e tocava a música:

"Eeeeu sou o Meia Longa, coelho muito sabido, amigo das crianças, o multiplicadooor...".

Bom. Por algum motivo, apelidamos um baita negão, nosso vizinho, de "Meia Longa". Nunca vi ninguém ficar tão brabo por causa de um apelido. Ele morava no térreo, a janela da sala dando para a rua. Nós íamos ali para frente e cantávamos, em coro: "Eeeeeeu sou o Meia Longa, coelho muito sabido...". Em um segundo, ele abria a porta e saía correndo atrás de nós. Gritava que ia nos matar e acho que mataria mesmo, se nos alcançasse. Era muito engraçado.

O "Plisnou", você deve saber, é um aportuguesamento de please no, "por favor, não". A origem do apelido é uma piada horrível que o Jorge Barnabé contava. O Jorge Barnabé não sabe contar piada. Ele conta a Pior Piada do Mundo. Meu Deus, que piada medonha. A Pior Piada do Mundo é tão ruim que estraga festas e espalha bolinhos. O Barnabé adora contá-la, mesmo que acabe com a noite. Ele disfarça, diz que é outra história e, quando estamos desprevenidos, ataca com a Pior Piada do Mundo. É muito desagradável.

A do Plisnou também é terrível, mas não tanto.

Hoje em dia, os brasileiros pouco colam apelidos uns nos outros. Estamos mais sérios. No futebol, por exemplo, os jogadores agora são chamados por nome e sobrenome. É uma das causas da decadência do futebol brasileiro. Perdemos a manha, entende? Atacante bom é atacante com apelido: Pelé, Garrincha, Didi, Vavá, Zico, Tostão, Zizinho, Palhinha, Fumanchu, Lula, Babá são muito melhores do que esses sujeitos com nome de contador: Alan Cardoso, Rodrigo Souza...

Mesmo zagueiros são melhores com apelido. No Próspera, de Criciúma, o becão Nivaldo era chamado de "Churrasco" devido ao que fazia com os atacantes.

Mas os dirigentes não gostam de apelidos. Uma vez, o Criciúma contratou o centroavante Cláudio Batata, do Inter. Antes de o jogador chegar, o vice de futebol do clube nos chamou, aos repórteres, e pediu:

– Não chamem o cara de Batata. Chamem de Cláudio. Por favor...

Tudo bem, decidimos acatar. Aí, olhei para o pátio do estádio e vi aquele tipo chegando. Era um alemãozinho retaco, o nariz redondo. Parecia uma batata caminhando. Só podia ser ele. Aproximei-me e perguntei:

– Tu és o Cláudio?

E ele:

– Não. Eu sou o Batata.

Rapaz de personalidade.

Agora, nesse tempo de escassos apelidos, fiquei encantado com a criatividade do pessoal do departamento de propinas da Odebrecht. Eles botavam codinomes nos políticos financiados pela empresa. Palocci era o "Italiano". Meio óbvio, talvez. Mas os políticos gaúchos não tinham pseudônimos tão óbvios assim. Verdade que, nas mensagens interceptadas pela polícia, há um "Betão", que provavelmente é Roberto, Humberto ou Florisberto. Mas também há o "Legislador", que é imponente demais, deve ser ironia. E consta o "Animal", que pode ser elogio ou xingamento. E ainda os misteriosos "Três" e "Zambão".

Quem serão eles? Faça o seu palpite.

Setembro de 2016

A unha do dedo minguinho

Conheci um cara que tinha a unha do minguinho bem comprida, maior do que as outras. Era a unha da mão direita, acho. Ele andava sempre por perto da casa do meu avô, na Rua Dona Margarida, e parava na sapataria dele para conversar. Não lembro o que fazia, não lembro do conteúdo do que falava. Da unha, jamais esquecerei.

Via-se que era unha mantida com zelo. Era mais lustrosa do que as outras nove e na certa ele a lixava criteriosa e diariamente. Uma unha de estimação, por assim dizer. Prolongava-se do dedo, como um istmo, por mais de um centímetro.

O homem conversava gesticulando, brandindo a mão que portava a unha como se empunhasse uma bandeira. Eu não conseguia tirar os olhos do minguinho dele, achava aquele dedo muito especial. Em casa, olhava para o meu próprio minguinho e cogitava: deveria parar de cortar a unha?

Uma vez, disse isso para a minha mãe e ela quase vomitou. Falou que aquilo era um nojo e que era coisa de cobrador de ônibus. Ora, não tenho nada contra cobradores de ônibus, parecem-me trabalhadores dignos, mas a argumentação não comoveu minha mãe.

Passaram-se os anos, e minhas unhas prosseguiram com seu corte ortodoxo.

Um dia, ao entrar no Linha 20, que fazia o trajeto para o IAPI, fui cruzar a roleta e, ao olhar para a mão do cobrador, além de um maço de notas dobradinhas na horizontal, o que avistei? Sim, você acertou: a unha do minguinho dele era maior do que as outras, prolongava-se orgulhosamente do dedo, feito um trampolim que se prolonga da piscina.

Fiquei fascinado. Então, minha mãe estava certa: tratava-se, realmente, de um costume dos cobradores de ônibus. O que me fez especular: será que o sujeito de quem me lembrava, lá da Dona Margarida, era cobrador de ônibus? Se fosse, por que os cobradores de ônibus usam as unhas dos minguinhos salientes? No que isso lhes facilita na lida diária? Será um código profissional?

Não era por nada disso. Descobri apenas na semana passada, ao ler o jornal. A matéria contava que, agora, meninas de Nova York estão raspando totalmente os cabelos. Ficam carecas, os crânios lisos como nádegas.

Puxa vida, cabelos são fundamentais para a aparência. Não por acaso, os muçulmanos proíbem as mulheres de destapar a cabeça. Para um muçulmano, uma cabeleira de Gisele Bündchen é perturbadora. E, vamos convir, para um cristão também. E para um judeu. E para um budista. E para um ateu.

Sendo assim, por que as jovens nova-iorquinas estão raspando os cabelos e tornando-se Espiridianas Amins?

Uma moça, entrevistada na reportagem, deu a resposta:

– Nunca me senti tão forte como agora, sem os cabelos.

Um Sansão do avesso. Só que a força que ela sente não vem da cabeça nua; vem da ideia de ser diferente. Ela se afirma como indivíduo, graças à distinção.

Hoje, mais do que nunca, alguém que se distingue, mesmo que pela bizarrice, atrai admiradores e às vezes até seguidores.

Olhe para Donald Trump – ele leva uma franja folclórica na frente da testa e várias ideias folclóricas atrás. Deveria ser apenas isso mesmo: um folclórico. Mas, devido ao monótono bom senso da sua adversária, pode se eleger presidente dos Estados Unidos. No Brasil, é igual: os ponderados merecem bocejos; os bizarros, veneração religiosa. Bem. Talvez eu deixe crescer a unha do minguinho.

Setembro de 2016

Nada de esculhambar Porto Alegre

O gaúcho intelectual adora esculachar o Rio Grande do Sul no 20 de setembro. Pega bem com outros gaúchos intelectuais.

Se o gaúcho intelectual mora em São Paulo, então, a primeira coisa que ele faz, logo de manhã, é pegar uma notícia ruim sobre o seu Estado e publicar no Facebook com a legenda: "Sirvam nossas façanhas...".

Ele fica contente quando faz isso. Ele se sente superior. Ele se sente moderno.

Eu, aqui, longe de mim o ufanismo, fico com vergonha quando a torcida canta o Hino do Rio Grande em cima do Hino Nacional, ou quando desvairados falam em separar-se do resto do país, mas sei que conhecer a tradição e a história do lugar de onde você vem é conhecer a si mesmo, e conhecer a si mesmo é conselho que já dava o Oráculo de Delfos, e depois dele Sócrates, Pitágoras e Heráclito, e depois deles Nietzsche e Schopenhauer, e depois deles Freud. Ou seja: trata-se de bom conselho.

Estando 8,3 mil quilômetros longe da minha cidade, uso o 20 de setembro para contar ao meu filho a história do Rio Grande do Sul e de Porto Alegre, precisamente para que ele saiba quem ele é. Afinal, para isso mesmo servem efemérides e monumentos.

Mas é exatamente por ser porto-alegrense que sei que a cidade se deteriorou de umas décadas para cá.

Não vou eu também esculhambar a cidade em que nasci, o que sinto é a angústia de quem pensa e se preocupa com o aquilo de que gosta. Gosto de Porto Alegre, por isso me preocupo e fico me perguntando: o que houve, por volta dos anos 80, que tirou de Porto Alegre o entusiasmo e a imaginação?

Não foi algo brusco, não foi uma ruptura visível. Foi gradual. Nos anos 80, Porto Alegre disputava com Belo Horizonte a medalha de bronze como cidade mais importante do Brasil. Era São Paulo com o ouro, Rio com a prata e Porto Alegre e Bê Agá ali, ali. Hoje, Belo Horizonte, Curitiba e Brasília certamente passaram Porto Alegre, e talvez Salvador, Fortaleza e Recife.

Pense nas áreas de convivência, que são boa medida para avaliar uma cidade. Em 1935, a Redenção sediou a exposição comemorativa ao centenário da Revolução Farroupilha. O Parcão e o Marinha do Brasil são dos anos 70. Nossos maiores parques não são de hoje, portanto.

O footing da Rua da Praia teve seu auge nos anos 40, 50 e 60, mas estendeu-se até os 80. Você saía da confeitaria Matheus, onde havia se deliciado com uma empadinha de galinha, e mergulhava num mundo de livros da Globo ou da Sulina. E havia os cinemas de rua. Os finos eram o Coral e o Cinema 1, os cults eram o Bristol e o Baltimore, na Assis Brasil havia o Rey e o Real, e tantos, tantos mais.

A noite se espalhava: você podia ir ao Bom Fim, à Cristóvão, à Getúlio, à Cidade Baixa, à Protásio, à 24, à Independência...

O que aconteceu?

Tenho uma suspeita.

Não pense que tem a ver com política. É mais profundo e mais arraigado.

✦ ✦ ✦

Um bom prefeito para Porto Alegre seria um homem chamado Tito Flávio Sabino Vespasiano. Pena que ele morreu há vinte séculos. Já naquele tempo, porém, Vespasiano identificou um problema que aflige a capital de todos os gaúchos.

Vespasiano ocupava um cargo ligeiramente mais importante do que o de prefeito: era imperador de Roma, senhor do mundo, dono da vida e da morte de milhões de seres humanos e bichos. Mas sua administração estava enfrentando uma crise financeira e ele precisava de dinheiro. Então, o imperador fez como os presidentes do Brasil fariam milênios depois: começou a inventar impostos absurdos. Um deles, sobre os banheiros públicos.

A respeito dos banheiros públicos da Roma Antiga, é preciso entender que eles não funcionavam como os de hoje. Frequentar o banheiro era uma atividade social. Os assentos sanitários eram postos lado a lado. O sujeito convidava um amigo para fazer suas necessidades fisiológicas, eles se acomodavam e ficavam conversando. Conversando e obrando, conversando e obrando. Havia mais de 140 locais desse tipo na cidade.

Vespasiano pretendia cobrar uma taxa pelo uso dos banheiros. O filho dele, Tito, escandalizou-se com a ideia.

– Cobrar por isso? – reclamou.

Vespasiano pegou uma moeda e meteu-a debaixo do nariz do rapaz.

– Que odor você está sentindo? – perguntou.

Tito, surpreso, respondeu:

– Nenhum...

Ao que Vespasiano cunhou uma frase milenar, que, como já disse, serviria para Porto Alegre:

– O dinheiro não tem cheiro.

✸ ✸ ✸

Digo que serviria para Porto Alegre porque, não raro, alguns porto-alegrenses parecem sentir nojo do dinheiro. O dinheiro é como a Internet: é uma ferramenta. Em sua essência, não faz bem nem mal. A força da grana pode destruir coisas belas, sim. Mas também pode erguê-las. Depende de quem usa.

O capitalismo é responsável por grande destruição na história do planeta, decerto que é. Mas nenhum outro sistema preservou mais o planeta do que o capitalismo. Não são os índios, nem os anarquistas, nem os socialistas, nem os povos negros da África, nem os orientais, nem os hindus, não são esses os responsáveis pelas mais importantes iniciativas de preservação da história. São as democracias capitalistas ocidentais. A vastíssima maioria dos programas de proteção a animais e à natureza e quase todo o desenvolvimento da ciência em favor da conservação de recursos naturais é obra da civilização ocidental.

Logo, o dinheiro pode proporcionar coisas boas ou más.

Em Porto Alegre, tudo o que vem do dinheiro ou que pode gerar dinheiro é visto com desconfiança por lideranças intelectuais da cidade. Existe a ideia pobre de que pobre gosta de lugar pobre.

Pense no rico ostentação. No rico perdulário e exibicionista. O rico nojento de tão rico. Talvez você o considere insuportável e não queira beber um chope cremoso com ele, mas, se você for dono de um boteco, certamente vai querer vê-lo todos os dias lá, sorvendo a champanhe da viúva por mil dólares a garrafa. Você vai querer, o garçom que ganha uma nota de cem de gorjeta vai querer, o funcionário que guardou a Ferrari do rico ostentação e levou cinquentinha por isso vai querer. Vai ser bom para todo mundo. O dinheiro do rico ostentação fará a roda do mercado girar mais rápido.

Setembro de 2016

Aquela foto sua que você odeia

Noite azulada de sexta-feira. Fazia um calor dos trópicos, e soprava uma daquelas brisas que carregam pólen e lembranças. Decidimos ir a um restaurante aqui perto, que tem mesinhas na rua. Estávamos diante das nossas Sam Adams douradas e a Marcinha pediu para o garçom registrar o momento em foto. Ele pegou do meu celular e, em um segundo, lá estávamos nós, sorrindo para o mundo.

A Marcinha tomou o aparelho, olhou a foto e gritou:
– Meu Deus!
Me assustei:
– O que foi?
Ela, segurando o celular com as duas mãos, fitando-o de olhos arregalados, repetiu, em tom ainda mais aflito:
– Meu Deus!!!
– Por todos os descendentes de Daguerre: o que é que foi???
– Estou gorda!
– Hein?
– Estou gorda! Que foto horrível!
– Que gorda, o quê... Deixa eu ver a foto.
– Nunca! Estou gorda! Olha esses braços!
– Me deixa ver.
– Nunca! Que horror! Segunda vou começar uma dieta! Estou gorda! GORDA! Olha esses braços!

Apesar de continuar dizendo "olha esses braços", ela não me deixava olhar os braços. Não devolvia o celular e queria apagar a foto de todas as formas. Eu tentava convencê-la:
– Pensa: estou te vendo aqui mesmo, tu está bem na minha frente. Que diferença faz eu ver a foto? Além disso, tu não está gorda. Juro!

Não adiantava, ela não largava o celular. Só consegui ver a maldita foto depois de prometer que a olharia uma só vez e a apagaria. Olhei. Ela não estava gorda. Estava linda. Braços magros como os de uma modelo comedora de alface. Disse isso para tentar preservar a foto, mas ela não se comoveu:

– Apaga! Apaga!

Fiquei num impasse: ou a mulher ou a foto.

Isso foi sexta. Dois dias depois, recebi a taluda edição dominical do *New York Times*. Na capa, a propósito dos 15 anos do atentado de 11 de setembro, havia uma reportagem, exatamente, sobre fotos.

É que no Memorial do World Trade Center há uma galeria com as fotos das quase três mil vítimas do ataque terrorista. Faltam apenas 10 retratos. Três desses as famílias não quiseram enviar, por uma questão de privacidade. Outros sete estão identificados, mas os curadores do museu simplesmente não encontram fotos das vítimas. Faz 15 anos que o Memorial procura parentes, amigos ou conhecidos que tenham imagens dessas pessoas, o *Times* já tentou ajudar, e nada.

É verdade que há 15 anos ainda não existia a ubiquidade fotográfica do celular, mas as pessoas já se retratavam com abundância. Esses sete personagens, porém, vão ficar sem rosto pela eternidade.

Achei isso grave.

Mas há outro lado, que talvez seja positivo: e se as fotos achadas dessas sete pessoas fossem as que elas mais odiassem, como a Marcinha odiou aquela do restaurante?

O que você preferia: ter, em exposição pública, para a posteridade, uma foto sua que lhe envergonha ou não ter foto alguma?

Eis a questão.

E agora farei uma confissão: ludibriei a Marcinha. Gravei a foto em outro arquivo, antes de apagá-la. É um trunfo que tenho. Usarei em futuras negociações. Nunca mais filmes de amor. Nunca mais aniversários de criança. Nunca mais abacate na salada.

Setembro de 2016

Vá lavar uma louça

Cara, eu sei lavar uma louça. Método, entende? Tenho método. E aí, desculpem-me os ecovigilantes, mas é preciso usar água em abundância. A torneira fica aberta, a água jorra a 75 graus centígrados e eu ali, calculando, que tudo é calculado: os talheres acondicionados dentro do maior copo, onde se derrama a cascata ensaboada que escapa dos pratos que estão sendo limpos com critério.

Devido ao meu sistema... Não espere que vá revelar meu sistema. Afinal, o adquiri com enorme esforço e vasto estudo, décadas de experiência, tentativa e erro, tentativa e erro, incansavelmente, como um Einstein perscrutando a Relatividade. Todo esse trabalho não se entrega assim, você que crie o seu próprio sistema ou pague caro, em dólares americanos ou euros alemães, para saber qual é o meu, até porque, como dizia, devido ao meu sistema gasto menos água do que os ecovigilantes, que ficam abrindo e fechando a torneira a todo momento. É que minha lavação é rápida, é eficiente. Não há louça pesada que não equacione em seis minutos e meio, no máximo.

Já estou imaginando você de mão no queixo e sobrancelha erguida, quiçá indicador ereto, pronto para fazer o questionamento capital:

– E quanto a arear?

Sim. Admito. O processo de areamento pode fazer com que se despenda mais tempo na lavação. Mas também para arear tenho método, e esse não desenvolvi: aprendi com a minha avó.

Aí estava uma mulher que sabia arear uma panela. Não se fazem mais mulheres com aquela fibra. Olhe para as mulheres que se destacaram no impeachment. Gleisi Hoffmann, com aquele seu narizinho de escorregador e o seu tê do Paraná profundo, "leiTE quenTE faz bem pra genTE". Olhe bem para ela: nunca areou uma panela. O que sabe ela da vida?

Chatolas gritarão:

"O quê??? Está nos mandando lavar louça???".

É precisamente o que estou fazendo. Vão lavar uma louça. Lavar louça faz bem para as células cinzentas, diria Hercule Poirot.

Lembro do meu avô, que era sapateiro. Ele dizia que, enquanto trabalhava, pensava. Como quem toma mate. É fato que o mate ajuda o gaúcho a pensar. Tanto quanto qualquer trabalho manual que exige concentração motora, mas não intelectual.

Por que você acha que Arquimedes só descobriu sua fórmula famosa depois que mergulhou o próprio e redondo corpo na banheira? Obviamente, porque o ato de tomar banho corresponde ao trabalho manual a que me refiro. Você vai fazendo aquilo e refletindo. De repente, sai pelado pela casa, como Arquimedes, a gritar: "Eureka!".

O mundo de hoje, tão veloz e tão pulsante de apelos visuais, carece de reflexão.

Chatolas continuarão: "E o homem, não lava?".

Pois lava. Reconheço um bom lavador de louça a uma légua de distância.

Quer ver um?

Sérgio Moro. Não é que suspeite: SEI que Moro lava uma louça quase tão bem quanto eu. Porque: que homem que gosta de limpeza!

Renan? Não lava, nunca lavou. Se lavasse, deixaria pela metade, arrumaria compromisso, escaparia do serviço com uma artimanha.

Dilma? Não deixe que lave. Se o arroz queimar um pouquinho, ela vai acabar furando o fundo da panela. Uma tragédia, a Dilma na cozinha.

Sartori? Parcelará a lavação. Um prato por hora. E dirá: "Não fui eu quem sujou essa louça".

A verdade é que nos faltam bons lavadores de louça. Quem lava louça, cisma, considera e por fim pondera. Ninguém mais pondera. Ninguém mais sabe arear uma panela neste país.

Setembro de 2016

Como fazer sucesso intelectual

Estou finalizando um curso que ministrarei sobre "Como Fazer Sucesso Intelectual". Comecei a prepará-lo no ano passado e agora entrei nos arremates. Talvez me torne professor de Harvard. Fino. Segue um sumário.

Antes de tudo, lembre-se de que você precisa aproveitar as oportunidades. Eventos como os últimos crimes que chocaram os gaúchos, por exemplo, são perfeitos para você fazer sucesso. Porque lhe dão a deliciosa possibilidade de criticar a sociedade.

Criticar a sociedade pega bem. A sociedade adora ser criticada, porque as pessoas pensam que os criticados são os outros, não elas próprias.

Então, é só tomar um crime chocante e comparar com outro crime que não ganhou manchetes, só que nesse a vítima tem de ser pobre, ou negra, ou gay, ou nordestina, sei lá. Aí você escreve: "A sociedade .... não se importa com o que acontece com os ....". Na primeira linha hachurada escreva o nome da sociedade que você quer criticar e que vai aplaudi-lo. Pode ser sociedade "brasileira", ou "americana", ou "congolesa", ou "japonesa", ou "argentina", sei lá, todas as sociedades terão questões com quem é diferente, porque o ser humano tem medo do diferente. E, na segunda linha hachurada, escreva acerca da origem da vítima. Pode ser um tutsi que sofra com o preconceito dos hutus, os xhosas que sofrem com o preconceito dos zulus, ou negros que sofrem com o preconceito dos brancos, ou pobres, ou gays, ou sei lá. O bom é que preconceitos existem à mancheia em todos os grupos humanos.

Outra: a sociedade retroalimenta-se de um mui útil sentimento de culpa judaico-cristão-burguês. Acuse-a, portanto! Mas incluindo-se na acusação. Grite: "Todos somos culpados!". A sociedade experimentará o gozo do cilício e da autoimolação, e vai revirar os olhinhos de prazer, e vai lamber a sola das botas que lhe pisam no pescoço: por conveniência, as suas.

Mais uma: separe uma questão lateral do tema do momento e trate-a como se fosse fundamental. Vai parecer que você vê o que ninguém vê. Melhor ainda: arroste previamente a sua coragem. Escreva, antes da tese: "Sei que vão me crucificar...". Dá a impressão de que você está enfrentando alguém poderoso ou o povo ignaro, que você é um abnegado, disposto a se sacrificar pela causa da Justiça com jota maiúsculo.

Depois desse introito, escreva coisas como: "Para esses que dizem que Jesus é malvado, respondo que...". Ninguém disse que Jesus é malvado, mas as pessoas vão pensar que você está se batendo heroicamente com os que dizem que Jesus é malvado e o festejarão: "É isso mesmo! É bem o que penso!".

Um parêntese: (Nunca esqueça que as pessoas só aplaudem opiniões que concordam com as suas próprias opiniões. Quer dizer: elas só aplaudem a si mesmas).

Por fim, mas não menos importante: sempre podemos trabalhar em cima dos políticos. Nas democracias, as pessoas desprezam os políticos, porque eles em geral ficam ao nível delas mesmas. É repugnante. Um político, para ser amado, tem de ser um pai grave, um homem que olha de cima para baixo. Em resumo: um ditador. Ou um candidato a. No caso do "candidato a", refiro-me, naturalmente, ao populista. O populista é uma mescla de pai provedor e amante canalha. As pessoas adoram quando são enganadas pelo populista. Elas sorriem e balançam a cabeça:

– Que malandro...

Já os políticos que caminham na planície podem e devem ser agradavelmente massacrados e insultados quando você estiver passando por alguma dificuldade. Isso faz bem, porque tira de você a responsabilidade por seus próprios problemas. Logo, você, que pretende fazer sucesso intelectual, jamais esqueça de açoitar os políticos, e nunca faça a menor ponderação. Não afirme que ele está errado; afirme que ele é uma besta.

Eis um resumo do meu curso. Logo estará concluído. Inscrições em Harvard. Prepare seus dólares.

Agosto de 2016

Como funciona o churrasco americano

Jim é o meu vizinho que faz churrasco todos os dias durante o verão. Ele mora no térreo, e seu apartamento tem uma varanda que dá para a rua. É ali que prepara os churrascos, em uma churrasqueirinha metálica do tamanho de uma pasta 007.

Cruzo pela frente da varanda e o cumprimento. Em geral, algumas animadas senhoras americanas de cabelos brancos e olhos azuis fazem companhia ao Jim, mas não é impossível que ele passe a tarde sozinho, assando dois ou três bons bifes do Texas e lendo livro ou jornal, refestelado em uma cadeira de recosto inclinado.

Vê-se que Jim é um homem feliz com a vida que leva. Ele é aposentado, não tem mulher ou filhos, mas está sempre rodeado de amigos.

Gosto de ver Jim churrasqueando em sua varanda. Um homem satisfeito com a própria existência é um espetáculo reconfortante.

Dia desses passei por ali e acenei:

–What's up, Jim?

E ele me chamou. Fui. Aí, surpresa:

– O que vocês acham de vir aqui comer um churrasco esta semana? Os dias serão lindos...

Por "vocês", referia-se ao degas aqui, ao Bernardo e à Marcinha. Aceitei de pronto. Tinha grande curiosidade para ver como funcionava um típico churrasco americano.

Os americanos adoram churrasco, mas o churrasco deles não tem nada a ver com o nosso. Em primeiro lugar, por causa da obsessão nacional pela maciez da carne. As carnes aqui são realmente tenras, mas não possuem o mesmo sabor das nossas. Porque no Brasil a criação é extensiva, o bicho vive solto. Os bois se alimentam de pasto natural e, livres por aí, certamente são mais felizes.

A felicidade pode endurecer um pouco a carne, mas a torna mais saborosa. O que é inspirador: criaturas felizes são mais gostosas.

Pense nisso da próxima vez que trinchar uma costela. Pense que aquele boi correu pelos campos, comeu da boa grama, bebeu da água fresca, mugiu de contentamento ou mesmo de tristeza, relacionou-se, enfim, com seus semelhantes. E talvez até tenha amado uma formosa vaca.

Bois americanos, não. Bois americanos são tristes bois, que passam a vida confinados, a mastigar ração e a suspirar.

Aliás, acerca de costelas. Reconheço que certos assadores são dotados de ciência para transformá-las em peças de banquete, mas isso não é para todos. Quase sempre a costela fica desagradavelmente elástica, cansativa para queixos sensíveis. Então, não me venha com essa história de que gaúcho que é gaúcho prefere costela. Não. Sou gaúcho e prefiro picanha. Faço concessões ao contrafilé, hoje em dia rebatizado como entrecot. Muito mais bonito entrecot, por sinal. Contrafilé parece algo negativo.

Inclusive, um dos meus restaurantes internacionais favoritos é o Relais de l'Entrecôte. Perguntei ao meu amigo Dinho, o Fernando Eichenberg, se o "relais", no caso, corresponderia a "rodízio" ou "revezamento". Garantiu-me que não. Relais é o repouso, o refúgio, o tugúrio do entrecot. Bonito. É um restaurante de Paris, fica no Saint-Germain. Abriram uma filial em Nova York. Vou sempre. Levei o Jones Lopes da Silva lá, e ele comeu como se fosse um bispo. O Relais de l'Entrecôte serve um único prato: saladinha verde, tiras de entrecot (claro) e batata frita, além de um delicado molho feito com o sumo da carne. É uma delícia.

O entrecot, portanto, pode ser nobre, pode fazer a felicidade de uma noite. A costela, raramente. Mas ainda não contei sobre o churrasco do americano. Contarei.

✷ ✷ ✷

Convescotes americanos não são como convescotes brasileiros. Definitivamente, não.
Americano não é bom em fazer festa.
Brasileiro, sim, é bom em fazer festa.
Aniversário de criança, por exemplo. Se o tempo está bom, muitos americanos gostam de fazer a festinha nos parques. Compram balões, balas, hot dogs e alguns litros de limonada, e pronto. Gastam uns 200 dólares, 300 no máximo.

Se um americano vai receber amigos em sua casa para um jantar, uma comemoração qualquer, ele avisa no convite por e-mail o horário de começo e de término do encontro. Na hora marcada é tchau, tchau, muito obrigado, até qualquer dia, see you later, alligator.

Meu vizinho Jim, que havia nos convidado para um churrasco, não mandou e-mail, mas perguntou se, três dias antes, ele podia ir à nossa casa para falar sobre o menu.

Menu? Não era churrasco?

Mas, tudo bem, claro que ele podia nos visitar. E, três dias antes, na hora aprazada, Jim chegou. Entrou, acomodou-se no sofá e fez um breve questionário:

– Carne de gado, peixe ou galinha?
– Vocês têm alguma alergia?
– Alguma restrição?
– Preferem carne kosher?
– Refrigerantes ou bebidas de álcool?
– O Bernardo pode comer doces?

Respondi e, em cinco minutos, ele se despediu.

No dia do churrasco, chegamos pontualmente ao apartamento. Encontramos a porta entreaberta. Será que deveríamos ir entrando? Por precaução, dei umas batidinhas. Ele gritou de lá:

– Entrem!

Entramos.

Chegamos a uma sala ampla, escura, com poucos móveis. As paredes estavam totalmente cobertas por fotos de uma só pessoa: Bob Dylan. Não havia um palmo de parede vazio. Tudo tapado com quadros do Bob Dylan. Numa estante, discos, CDs e... fitas cassete.

– Fitas cassete! – exclamei. Jim explicou que prefere as fitas para ouvir música enquanto caminha, porque são mais fáceis de carregar.

Não são mais fáceis de carregar, pensei, mas deixei para lá.

Reparei que a camiseta que Jim vestia era decorada com uma foto de... Bob Dylan. Ele contou que já foi a mais de 150 shows do Bob Dylan. Tive vontade de perguntar:

– Você gosta do Bob Dylan?

Mas também deixei para lá. Talvez não entendesse a brincadeira.

O Bernardo, vendo aquilo, contou que na escola ele aprendeu a cantar uma música do Bob Dylan. Jim quis saber qual. O Bernardo cantarolou, timidamente:

– How many roads must a man walk down...

E o Jim se juntou a ele:

– The answer, my friend...

Contei-lhe que um senador brasileiro havia cantado essa música da tribuna, e ele ficou encantado. Ponto para o Brasil.

Fomos para o churrasco propriamente dito. Sentamos na varandinha, e Jim manejou sua pequena grelha. Em 20 minutos, assou três bifes e cogumelos do tamanho de um pires. O Bernardo e a Marcinha regalaram-se com os cogumelos. Eu, não. Cogumelo tem gosto de hóstia.

Jim falou bastante. Falou dos Estados Unidos. Falou do pouco que sabe sobre o Brasil. Disse-lhe que no meu estado temos churrasqueiras nas paredes das casas, e ele achou aquilo extraordinário:

– Na parede?...

Perguntei-lhe se ainda viaja muito para ir aos concertos, e ele, então, olhou para o céu muito azul e divagou:

– Quando jovem, viajava... Agora, quero ficar. No verão, faço meus churrascos. No inverno, vou ali para dentro – apontou para a sala –, leio, vejo jogos na TV e ouço música. Espero o verão voltar. O verão volta, e eu venho para a minha varanda. Gosto disso. Gosto dos meus dias.
    E sorriu. Sorrimos também.
    Nesse momento, Jim se levantou.
    – Tenho coisas a fazer – comunicou, gentilmente.
    Fomos embora. A coisa toda não durou duas horas. Churrascos americanos são assim. Tudo bem, saímos leves. É reconfortante o espetáculo de um homem satisfeito com a própria vida.

Julho de 2016

O que trará o inverno

Dia desses perguntei para uma amiga de Moscou como é que se pronuncia Dostoiévski em russo. Ela respondeu assim: "Dostoiévski".

E me cumprimentou por falar russo tão bem.

Disse-lhe que respeito os russos mais por Dostoiévski do que pela Batalha de Stalingrado, e vi que ela ficou ponderando sobre essa observação.

Na terra dela é usual fazer 45 graus abaixo de zero nos invernos. Mais frio do que aqui, no extremo Norte dos Estados Unidos.

– E em Moscou nós não dispomos da estrutura de Boston – acrescentou.

Boston é mesmo uma cidade preparada para o frio. Há máquinas de remover neve da calçada, máquinas de remover neve do meio da rua, máquinas de derreter neve da pista do aeroporto. A neve derretida ou removida é levada para um curioso depósito de neve. Não pode ser despejada no rio ou no mar, porque é água suja.

Neve é coisa bonita, mas trabalhosa. A prefeitura passa o inverno inteiro, longo inverno, em atividade por causa da neve. Às três da madrugada você pode ouvir o barulho das máquinas trabalhando ao longe. Se não é assim, a cidade para. E as consequências são duras. No inverno do ano passado, o mais rigoroso em 80 anos, houve duas violentas tempestades de neve. O trem deixou de funcionar por um dia e o diretor da companhia foi demitido.

Mesmo assim, sinto menos frio em Boston, com 20 graus negativos, do que em Porto Alegre, com cinco positivos. No Brasil, os invernos mais rascantes são enfrentados com a estrutura básica do século XIX: cobertores e, quando possível, lareiras.

Nem pode ser diferente. O inverno brasileiro é muito curto. Melhor suportar o frio de alguns dias do que suportar os gastos para vencê-lo. Inverno demorado é para ricos. Os vidros têm de ser duplos, as paredes precisam de revestimento especial e o aquecimento, seja a gás, seja a motor, seja elétrico, é caríssimo. A conta de energia de um apartamento de dois quartos fica entre 30 e 40 dólares no verão e sobe para algo entre 150 e 200 no inverno.

Portanto, resistam, gaúchos!

A vantagem é que o recolhimento invernal pode dar frutos. Na Rússia, o General Inverno não apenas derrotou Napoleão e Hitler como gerou Gogol, Tchekhov, Nabokov, Tolstói e ele, Dostoiévski. Mas Dostoiévski seria quem foi se vivesse no Leblon? Não. Se vivesse no Leblon, Dostoiévski escreveria uma crônica de manhã e passaria a tarde entre o futevôlei com Renato Portaluppi e o Jobi com o Admar Barreto.

Frio combina com mocotó e vinho tinto, sim, mas também com literatura. Há exatos 200 anos o mundo viveu o chamado Ano Sem Verão. Em 1815, ocorreu o evento mais espetacular em 10 milênios de história: o vulcão Tambora entrou em erupção, com a potência de 60 mil bombas atômicas, e, no ato, explodiu uma ilha da Indonésia e matou 100 mil pessoas. As cinzas liberadas formaram uma capa na atmosfera que tapou o sol por mais de um ano, as temperaturas desabaram, as plantas e os animais morreram, e as pessoas também. Não se sabe quantas foram as vítimas daquela isolada manifestação da natureza. Centenas de milhares, talvez.

Por isso, não houve verão em 1816. Foi um ano soturno, de sentimentos soturnos. Numa casa na Suíça, jovens escritores, sentindo-se soturnos, se reuniram para beber e escrever. Um deles, Lord Byron, propôs que cada um concebesse uma história de terror. E assim nasceram Frankenstein, da imaginação de Mary Shelley, e o primeiro de todos os vampiros, o pai de Drácula, da imaginação de Polidori.

Clássicos de um ano sem verão. O que será gestado no próximo e temível inverno do Sul do Brasil? 2016 poderá ser um ano de glórias. Depende de você.

Junho de 2016

O cronista do passarinho na janela

Romualdo é do Ceará. Nome cearense, Romualdo.
Romualdo vivia em São Paulo e hoje mora em Boston, onde faz estágio em um dos grandes hospitais da cidade.
Romualdo sente falta do Brasil. Fala sempre que quer voltar e, sempre que fala, faz uma ressalva:
— Vou ficar com saudade de ouvir os passarinhos.
Ou então:
— É bom caminhar por aí ouvindo os passarinhos.
E ainda:
— Gosto daqui por causa dos passarinhos.
De tanto o Romualdo se referir aos passarinhos, passei a prestar atenção neles. Não que os ignorasse. É que, para mim, apenas faziam parte da paisagem. Algo que você sabe que está lá, mas não se detém para pensar a respeito. Como o Acre. Nunca penso muito no Acre.
Talvez seja um erro.
Pois, olhando bem, de fato, essa nossa vizinhança está cheia de árvores, e as árvores estão cheias de passarinhos. E de esquilos, mas esquilo é bicho pouco comunicativo, suas atividades são rápidas e silenciosas. Já o passarinho, ele canta e, quando não canta, chilreia, que é uma palavra bem bonita, propícia para a poesia. Digo, então, que o chilreio dos pássaros enche o ar o dia inteiro, por aqui, tornando tudo mais poético.
No meu tempo de Famecos, nós, críticos ferinos, como todos os estudantes de jornalismo, definíamos certos cronistas mais líricos como "cronistas do passarinho na janela". Definição pejorativa, naturalmente. O cronista do passarinho na janela era aquele escrevinhador parnasiano, que produzia um

texto para fazer estilo, mas sem relevo, sem objetividade, só forma e nenhum conteúdo, e Marx já disse que, não havendo conteúdo, forma é que não haverá.

Não sei quem de nós criou essa classificação, "cronista do passarinho na janela", mas ela é ótima, espero que tenha sido eu.

Imagine.

O cronista está sentado à mesa de trabalho e, diante de seus olhos, jaz a folha em branco (hoje tela), evidência de que ele não tem ideia alguma sobre o que escrever para o dia seguinte. Então, um pequeno pardal vem do céu de azul perfeito e pousa na janela, ao lado dele. O cronista se deixa encantar por aquela delicada criatura alada e, tomado pela flama da inspiração, se põe a tecer uma ode às singelas maravilhas da Natureza.

Nós nos divertíamos muito com essa imagem, mas logo passávamos para assuntos mais sérios e atinentes à nossa capacidade intelectual superior, como a salvação do Brasil e a revolução que produziríamos no jornalismo.

Hoje, ao ouvir Romualdo tanto repetir que sentirá falta dos passarinhos, penso que os negligenciei mais do que devia. Caminhar pela rua ouvindo realmente o canto dos passarinhos não é melhor do que caminhar pela rua pensando em Temer, Dilma ou nas mazelas da sociedade hipócrita? Um passarinho na janela não vale mais uma crônica do que um projeto que tramita na Câmara?

Romualdo está certo. Não salvarei o Brasil. Não revolucionarei o jornalismo. Festejarei o passarinho na janela.

Junho de 2016

A amiga que chorava

Eu tinha uma amiga que chorava sempre. Chorar é coisa de pessoas, mas ela era todos os dias. No início, aquele choro indefectível nos deixava consternados, mas, com o tempo, por ser indefectível, fomos nos acostumando.

Uma noite, nós em uns 10 numa mesa de bar e ela, de repente, começou a chorar. A conversa continuou como se nada de diferente tivesse acontecido, até porque nada de diferente estava acontecendo.

Ela era uma moça bonita, essa minha amiga, e inteligente e muito querida por todos. Por que chorava? Um dia lhe perguntei. E ela respondeu com uma só frase, que ainda guardo aqui no bolso e uso agora:

– Eu erro tanto...

Era isso. Chorava porque errava.

Eu, o dia não termina sem que tenha cometido um cacho de erros. Se pouco antes de dormir chego à conclusão de que foi um só, adormeço sorrindo. Foi um dia de sucesso.

Alguém dirá que estou querendo posar de humilde. Nada. Não se trata de humildade, mas de consciência da realidade. O que me dá uma vantagem: perdoo-me mais facilmente do que a minha amiga chorona. Ela tinha elevada expectativa a respeito do seu desempenho neste mundo que, no caso, era mesmo um Vale de Lágrimas. Então, quando ela errava, ela se revoltava.

Você tem que ter autocrítica. Tudo bem. Concordo. Mas também tem que ter capacidade de autoindulgência. Até porque as outras pessoas estão sempre atentas para criticá-lo. Só que a crítica das outras pessoas em geral está errada e a sua própria em geral está certa, sobretudo quando as outras pessoas não conhecem você o suficiente e quando você se conhece o suficiente.

Gosto de duas frases de Caetano sobre autocrítica e crítica alheia.

Sobre autocrítica: "Cada um sabe a dor e a delícia de ser o que é".

Sobre crítica alheia: "De perto ninguém é normal".

Mas a melhor de todas, a mais profunda, que reúne ambos os conceitos, é de Jesus de Nazaré: "Cada um julga os outros com sua própria medida".

É isso. Em geral, se você vê maldade em tudo, é porque a maldade está em você.

Outra boa frase, também de Jesus: "O que contamina o homem não é o que lhe entra pela boca; é o que lhe sai da boca: o Mal é o que sai da boca do homem".

Ou seja: você deve se perdoar mais, porque os outros não o farão. Qual é a saída? Simples: seja um Marco Aurélio de Mello a se julgar; não seja um Moro. Tento ser um Marco Aurélio comigo mesmo, e com os outros também.

Gula?

Luxúria?

Preguiça?

Soberba?

Avareza?

Ira?

Inveja?

Quem na vida não comete eventualmente cada um dos Pecados Capitais? Quem aqui nunca? Atire a primeira pedra!

Lembro de um filme do Woody Allen em que ele leva um fora da namorada. Ele pergunta qual o problema. Ela responde que ele é imaturo.

– Imaturo em quê? – ele insiste.

– Intelectualmente, emocionalmente e sexualmente.

– Mas e no que mais?

Autoindulgência é um talento.

As pessoas andam julgando muito, e condenando sempre. Raul Seixas, outro bom frasista, dizia para sua mamãe que não queria ser prefeito, porque podia ser eleito. Eu também não, querida mamãe Seixas. Os eleitos, por terem pedido voto, esses sim têm de ser fiscalizados e julgados a todo momento. Eles não podem cometer deslizes. Eu, sim. Afinal, cometo todos os dias.

Minha amiga que chorava parece que também. Faz tempo que não a vejo. Não sei por onde anda. Se a visse agora, lhe diria: seja generosa com você mesma, querida amiga. Não chore por seus erros, ria deles. Os outros vão rir também.

Maio de 2016

Os joelhos de Natalie

Depois de seis meses, abriu-se um dia verdadeiramente quente no Norte do mundo.

Sorri.

Era um dia propício para atividades ao ar livre. Para os esportes. Ah, sim, estava me sentindo desportista. Enfiei pelo pescoço uma camiseta de mangas curtas e, oh, a emoção, entrei em um par de bermudas. Meus joelhos, enfim à luz do dia, suspirariam de alívio, se joelhos suspirassem.

Aliás, sobre joelhos, deixe-me render preito ao Professor Ruy Carlos Ostermann. Não que alguma vez tenha sequer visto os joelhos dele. Se vi, não me causaram funda impressão. É que, certa feita, lá pelos anos 70, o Professor escreveu uma crônica de veneração aos joelhos de Natalie Wood, a atriz. Li aquilo e corri a procurar imagens dos tais joelhos. Num tempo sem internet, tratava-se de trabalho pedregoso. Mas encontrei uma foto em que Natalie aparecia com um biquíni que cobria no máximo 25 centímetros de seu corpo moreno. Bons joelhos, de fato. Nada enrugados. Rótulas perfeitas. Meniscos que causariam inveja no velho centroavante Reinaldo, o Rei do Atlético Mineiro.

Meus joelhos jamais despertariam a admiração de quem quer que fosse, mas, assim libertos e prontos para o desporto, estariam felizes, se joelhos sentissem felicidade.

Pensei: vou sacudir os ossos como um Travolta, vou flexionar os músculos como um Stallone. Preciso disso. Ocorre que, você sabe como é, american way of life: tenho me alimentado com farináceos e bacon. Algum vegetariano haverá de exclamar:

– Bacon!

E tecerá teses sobre os males da carne vermelha, que, dizem, reduz o tempo de vida e aumenta a agressividade. Pois é mentira, e provo. Escrevi outro dia sobre a velhinha mais velhinha da Terra, que morreu duas semanas atrás aos 116 anos, em Nova York. Pois sabe qual era sua comida preferida? Sim, o próprio. Bacon. E a que a sucedeu, uma italiana também com 116 anos, sabe o que ela come a cada almoço? Carne crua e ovos.

Toma!

Quanto à agressividade, todo mundo sabe que Hitler era um vegetariano inamovível. E a mais eficiente máquina militar já montada no planeta, o exército romano, alimentava-se com pão, sopa, verduras e vinho azedo. Quando lhes era servida carne, os legionários reclamavam.

Nada contra bacon, portanto, nem ovos, nem uma saborosa massa à carbonara, que os une. A não ser que você tenha de emagrecer. Meu caso. É possível que me encontre meia dúzia de gramas acima do peso ideal. Assim, preparei-me para uma tarde de dedicados exercícios físicos.

Saí de casa fardado: bermuda feita de calça Lee cortada, camiseta em que se lia "a vida é assim mesmo" e tênis pretos. Elegante.

Cogitava entre correr ou andar rápido enquanto caminhava pelas românticas calçadas de Boston. Você há de perguntar: por que românticas? Respondo: há poemas secretos nas calçadas de Boston: quando chove, e apenas quando chove, esses poemas, escritos com tinta invisível no cimento duro, aparecem e comovem o transeunte que se detém.

Pois pisava sobre a poesia no momento em que um amigo brasileiro acenou do outro lado da rua. Ele se chama Márcio, é radiologista de Caxias e vestia uma camisa do Inter.

– Que dia para uma cervejinha, hein! – disse-me.

Maldição. Aquilo foi como uma senha. A imagem do líquido dourado se derramando dentro de um geladíssimo copo de cristal produziu ligações nos meus neurônios e, em um segundo, todo o meu ser se sentia numa mesinha na calçada, rindo, dizendo bobagem e sorvendo a vida em forma de chope. Foi o que se deu, dois minutos depois. Talvez tenha engordado mais um ou dois gramas. Paciência. O verão ainda nem começou.

Maio de 2016

Uma delícia de seminário

Dia desses tive de responder a uma espécie de questionário pela internet. Não queria fazer aquilo, mas tinha de. Fiquei uma hora clicando no mouse, sentindo a pastosa monotonia me entorpecer os músculos e o cérebro. Uma hora inteira. Sessenta minutos.

Fiquei pensando em todas as coisas sem sentido que já fiz na vida. É um pensamento antigo que tenho. Quando fiz minha primeira carteira de identidade, pensei muito nisso. Lembro bem daquele dia d'antanho, época da juventude e da apóstrofe. Gastei horas sentado lá num lugar em que se faziam carteiras de identidade. Devia ter trazido algum livro, mas não. Apenas continuei lá, parado, olhando para uma sujeirinha na parede.

Assim foram todos os seminários que me obrigaram a ir. Aí está uma palavra terrível, seminário. Uma vez, um grupo neofeminista tentou mudar essa palavra porque, segundo elas, é machista, já que seminário vem de sêmen. Elas relacionaram o sêmen com o esperma, que é um produto exclusivamente masculino, digamos assim. Trata-se de um equívoco, tanto quanto o caso da horrenda palavra presidenta. O "sêmen" do "esperma", como o do "seminário", vem de "semente", não do que elas imaginam. Aliás, esperma se origina do grego, sperma, e também quer dizer semente. Ou seja: nem que fosse esperminário seria algo machista.

O sêmen do seminário é exatamente isso: semente de conhecimento etc. Você vai a um seminário e aprende coisas. Ou devia. Eu nunca aprendi. Eu sempre me aborreci em seminários. Odeio seminários.

O problema é que, volta e meia, as pessoas querem que você vá a seminários ou preencha formulários ou reconheça assinaturas ou ouça a opinião abalizada delas sobre o Brasil ou, o horror!, elas chegam de manhã e começam:

— Essa noite eu tive um sonho estranho. Eu estava num lugar, mas não estava ao mesmo tempo, era eu e não era, entende?

E você fica fazendo de conta que está prestando atenção.

Agora reflita: nosso período de validade debaixo do sol é parco. Segundo o Gênesis, o homem que viveu mais foi Matusalém: 969 anos. Porém, aquele era um mundo de pecados, totalmente diferente do de hoje. Aí Deus se arrependeu de ter criado o homem, mandou o dilúvio se derramar sobre a Terra e só permitiu que sobrevivessem o neto de Matusalém, Noé, e sua família. Por fim, para não arriscar, Deus resolveu limitar o tempo de vida humana em 120 anos.

Certo.

Só que é difícil chegar a essa marca. Na semana passada, morreu a pessoa mais velha do mundo, uma senhorinha aqui de Nova York que tinha 116 anos. O que de forma alguma pode ser considerado regra. Vamos colocar a média em 75 anos. Desses, um terço nós dormimos. Sobram 50. Quanto dessa breve temporada nos tomam, obrigando-nos a preencher formulários e a assistir a seminários? O tempo que perdi nessas chatices, quem vai me devolver?

Não adianta ficar em busca do tempo perdido. Ele não será encontrado.

Aliás, sobre *Em busca do tempo perdido*, vou contar algo que escandalizaria o Tatata, se ele estivesse vivo: não li os sete volumes. Larguei no meio. Toda aquela vagarosa divagação do Proust começou a me inquietar e achei que estava... perdendo tempo.

Não é o único clássico que me falta. E aí está outra palavra que pode despertar preconceitos politicamente corretos. Clássico era o que os antigos romanos diziam do que pertencia à classe alta, aos patrícios, que eram os "pais da pátria". Não tinha conotação pejorativa, nos primeiros tempos – os plebeus admiravam os patrícios. Mas depois quiseram emulá-los, passaram a exigir equiparação e... bem, é história comprida, vou deixar para outras colunas. Agora, não tenho tempo a perder. Vou abrir ali uma Blue Moon geladinha.

Maio de 2016

Como tornar o texto interessante

Você quer fazer com que as pessoas se interessem pelo texto? Cite Shakespeare.

Citá-lo-ei.

Que dia, esse! Não apenas citarei Shakespeare, como, já na terceira frase, embuti uma empolgante mesóclise, que mesóclises empolgam.

Dizem que Shakespeare criou duas mil palavras e expressões. Em inglês, evidentemente, mas que se incorporaram a outras línguas, entre elas a nossa inculta e bela flor do Lácio. Algumas: "aconteça o que acontecer", "de repente", "desapareceu no ar", "o que está feito, está feito", e até coisas cotidianas, como "pegar uma gripe", "pressa", "estrada" e "solitário".

Como é que os ingleses de antes do século XVII conversavam sem usar essas palavras? Como é que eles falavam que estavam com pressa sem dizer pressa, por exemplo? Isso é algo que alguém sabido, como o Faraco, vai ter de me dizer.

Falei do Faraco porque ele é especialista em Shakespeare. Um dia, resolveu que ia escrever a biografia do bardo (Shakespeare, não Chatotorix) e pôs-se a pesquisar. Faraco é escritor criterioso. Para fazer um trabalho à altura de seus critérios, começou estudando a Inglaterra da época. Aí viu que tinha de estudar também sua maior inimiga, a Espanha. E a segunda maior, a França. E todos os reis e rainhas sobre os quais Shakespeare poetava. E foi escrevendo. Escreveu e escreveu. De repente (para usar uma palavra criada por Shakespeare), estava com 600 páginas. Isso só na introdução. Percebeu que não pararia mais de pesquisar e escrever. Aquela tarefa, que havia se iniciado como prazer, tornara-se tortura. Uma obsessão. Angustiado, Faraco, num arroubo, destruiu os originais. Controlcê, del.

Agora ele diz ser um traumatizado com Shakespeare: "Se dou com ele na mesma calçada, atravesso a rua e não o cumprimento".

Quando o Faraco me contou essa história, emiti um guincho de dor. Precisamos recuperar essas 600 páginas e publicá-las. Algum hacker haverá de descobri-las no computador do Faraco.

O Faraco, portanto, pode me contar como os ingleses falavam sem as duas mil palavras que brotaram do gênio de Shakespeare.

A frase dele que pretendo citar para alumiar meu texto também é genial. Está em *Rei Lear*. Essa peça foi traduzida para o português pelo Millôr Fernandes. Quer dizer: não tem como não ter ficado bom.

Pois a folhas tantas o Rei Lear, já com uns 90 anos de idade, comete uma bobagem e alguém comenta:

– Tu não devias ter envelhecido antes de te tornar sábio.

É uma frase bastante lembrada, como tantas de Shakespeare, mas vem a calhar. Porque eu, à medida que envelheço, me pego pensando: quando virá a sabedoria que traz a velhice? O tempo vai passando, os músculos vão endurecendo, o cabelo vai branqueando, as mulheres vão me chamando de senhor, e não há acréscimo de sabedoria para compensar.

Estacionei nos 12 anos de idade espiritual, como a maioria dos homens. Por que só as mulheres sabem amadurecer?

Sou como o Brasil. Dizemos sempre que nossa democracia é jovem, mas que ela logo se tornará adulta. Só que, a cada dia, ela parece mais imatura. Antes, as pessoas não davam importância à política. Agora, elas brigam por causa da política. Chamam-se de idiotas por causa da política. Ofendem-se. Rompem. Por causa daqueles caras de Brasília. É um retrocesso. Estamos envelhecendo a cada governo. E, não, não estamos ficando mais sábios.

Maio de 2016

Queria um cachorro

Um dia vou ter um cachorro. Não que nunca tenha tido um. Tive.

Chamava-se Banzé, como o cachorro dos sobrinhos do Donald, o Huguinho, o Zezinho e o Luizinho.

Eu gostava daqueles três patinhos. Resolviam os problemas consultando o Manual do Escoteiro. Quando a Disney lançou um manual que era para ser igual ao deles, capa amarela, mais de 300 páginas, vendi jornal e garrafa até juntar dinheiro para comprar um. Assim formei a coleção completa dos manuais da Disney. O do Tio Patinhas, sobre, digamos, economia. O do Peninha, sobre jornalismo. O do Mickey, sobre detetives. O do Zé Carioca, sobre futebol.

Esse do Zé Carioca foi lançado pouco antes da Copa de 74, eu já tinha 12 anos e conhecia todas as escalações dos times do Brasil, até a da Portuguesa de Desportos, onde jogava o Eneas, com a camisa 8. Naquele ano, o Brasil montou uma seleção que meteria sete em qualquer uma que pudesse ser feita hoje. No gol, Leão, famoso pelo seu gênio e por ter "as pernas mais bonitas do Brasil" (eu não concordava, preferia as da Sandra Brea); na zaga, Luizão Pereira, o "Chevrolet"; na lateral esquerda, Marinho Chagas, o Vanusa; no meio, Paulo César, o "Caju"; na frente, Jairzinho, o "Furacão"; e, para arrematar, o melhor de todos, Rivellino, o "Patada Atômica". Time com epíteto sempre joga mais.

Mas havia também a Holanda de Cruyff, o "Holandês Voador" e a Alemanha de Franz Beckenbauer, o "Kaiser", o homem que não sabia qual era a cor da grama, porque nunca olhava para baixo, quando jogava.

Portanto, o Brasil perdeu a Copa, para minha frustração.

Naquela época, eu não tinha mais cachorro. Não tive nenhum outro, depois do Banzé. Ele faleceu de forma trágica: desprendeu-se dos meus braços e, por algum motivo, resolveu atravessar a rua. O que teria chamado a atenção de Banzé? A provocação de algum gato vadio ou a sinuosidade de alguma gatinha? Não sei. Sei que ele tentou atravessar a rua, que até era bem calma, mas justamente naquele momento vinha um carro, que acertou o pequeno Banzé em cheio. Ele deu dois suspiros e depois morreu.

Provavelmente por isso não quis mais cachorro. Tive um galo, o Alfredo, que foi assassinado e servido no almoço de domingo (não comi!). Tive duas tartarugas, mas elas não eram muito animadas. Tive pintassilgos, caturritas e canarinhos, mas hoje não manteria preso um passarinho – tenho pena. Passarinho na gaiola é coisa antiga. O Rivellino era dono de um viveiro de passarinhos, aliás.

Ah, tive uma codorna, que me seguia por toda a casa. A Matilde. Amava a Matilde, mas ela também foi assassinada por um vizinho maligno que não gostava de seus gritos e lhe acertou uma pedrada.

Ainda penso em Matilde.

Mas agora queria um cachorro. Um cachorro grande, um pastor alemão parecido com o Rin Tin Tin. Eu o chamaria de Kaiser. Não como o Guilherme II; como Beckenbauer e a cerveja. Ele estaria sempre comigo, com sua lealdade canina. Vejo-me sentado numa poltrona confortável de frente para o mar. Na mesinha ao lado há um prato de torpedinhos de siri e uma taça de algum tinto honesto. Com uma mão seguro o livro que leio, com a outra afago a cabeça do velho Kaiser. O mar rumoreja a 50 metros de distância e o calor de um raio de sol que entra pela varanda me dá preguiça. Começo a sentir um sono envolvente. Não me dou o trabalho de fechar o livro, deixo que caia aberto no meu colo. Vou fechando os olhos. Posso dormir tranquilo, meu amigo está vigiando. Sim, ele estará sempre comigo, o bom e velho Kaiser.

Maio de 2016

Como conquistar um coração

O Sergio Faraco, que tem o predicado de ser do Alegrete, diria que é meio fresco falar "adorei", mas a-do-rei o filme *O livro da selva*.

É filme da Disney, para levar filho, mas você vai se divertir também, e bastante.

O livro da selva foi escrito por Rudyard Kipling, escritor inglês nascido na Índia (a trama se passa na Índia).

Kipling era dono de estilo elegante e fluido, sabia tecer um conto tão bem quanto o Faraco e chegou a ganhar o Nobel de Literatura, mas viu-se alvo de certa polêmica. Houve quem o acusasse de racismo. Tenho minhas dúvidas a respeito. Kipling podia ser considerado produto da época e do lugar em que viveu. O imperialismo dos povos ocidentais estava no auge, e ele se encontrava instalado entre dois mundos, o da matriz e o da colônia.

Um poema de Kipling tratando exatamente sobre essa questão é muito discutido. O título é "O fardo do homem branco". Ao mesmo tempo em que ele prega a assistência aos povos mais pobres, exalta a superioridade do ocidental. Um trecho diz assim:

> Tomai o fardo do Homem Branco –
>   As guerras selvagens pela paz –
> Encha a boca dos Famintos,
>   E proclama, das doenças, o cessar;
> E quando seu objetivo estiver perto
>   (O fim que todos procuram)
> Olha a indolência e loucura pagã
>   Levando sua esperança ao chão.

Esse poema tornou-se emblema para os defensores do imperialismo americano. Nos Estados Unidos do século XIX, havia duas vertentes. Uma baseada nas ideias do velho Jefferson, a favor do isolacionismo – os americanos deviam cuidar dos seus problemas, e o resto do mundo que se virasse "sozinho". A outra vertente dizia que os Estados Unidos tinham um "destino manifesto" de, digamos, "lutar pela liberdade", mesmo no estrangeiro – na verdade, uma luta pela liberdade de dominar os outros.

Kipling, de certa forma, acreditava nesse destino manifesto. Pensando bem, é um pouco de racismo, sim, mas isso não quer dizer que ele não escrevesse bem demais. Escrevia.

Esse *Livro da selva* é uma coleção de pequenos contos. Os animais da selva indiana é que são os protagonistas. No filme, o único personagem humano é o menino Mogli. Assisti num luxuoso cinema de Boston, em Fenway. As poltronas reclinam deliciosamente. Você fica praticamente deitado, e tem uma mesinha na sua frente para um lanche, uma bebidinha. Decidi que meu objetivo na vida é ter uma dessas poltronas em casa. Enquanto não amealho capital suficiente para adquirir uma, planejo ir ao cinema todos os dias, para dar uma relaxada.

Mas o filme.

Como disse, é para criança, mas você não pode perder. Tem um vilão perfeito – um tigre poderoso e mau. Tem personagens cativantes. E cenas de uma plasticidade, de uma exuberância e de uma grandiosidade que você sente vontade de ir morar na selva indiana.

Saí do cinema pensando que os americanos realmente conseguiram transformar a diversão em arte. Nenhum povo tratou o entretenimento com o profissionalismo e o talento deles. E foi assim, mais do que com as armas, mais até do que com o comércio, que eles conquistaram o mundo: com a capacidade de fazer com que as pessoas fujam da realidade. O que, de alguma maneira, realizou o sonho de Kipling. Quem sabe contar uma história conquista corações.

Maio de 2016

Viciado em xadrez

Meio que me viciei em jogar xadrez na internet.
Sabe o que significa isso?
Que estou me aproximando da chamada idade provecta. Sim, porque você pode medir um homem pelos seus vícios. Drogas leves? Fermentados & destilados? Mulheres de pernas longas? Prazeres inenarráveis? Ou xadrez? Cada qual com suas possibilidades.

Sartre, no fim da vida, já totalmente goiaba, imaginava que jogava renhidas partidas de xadrez com Hercule Poirot, o detetive belga das células cinzentas. Seriam confrontos históricos entre dois homens inteligentíssimos, não fosse o desagradável pormenor de que Poirot só existiu na ficção de Agatha Christie.

De qualquer forma, o fato de Sartre ser adepto do xadrez diz muito sobre sua personalidade. Um homem que joga xadrez é dono de vasta energia agressiva, e a energia agressiva em geral é de natureza sexual. Pois em verdade vos digo: não há jogo mais violento do que o xadrez.

Já contei aquela história sobre xadrez que se passou no meu tempo de IAPI?

Contarei.

Deu-se que um desses mestres infantojuvenis de xadrez desceu ao nosso bairro a fim de enfrentar dez jogadores simultaneamente. O desafio ocorreria na Biblioteca Pública Romano Reif, que, na época, ficava numa sala do prédio de administração da Coorigha, na Avenida Plínio Brasil Milano. Hoje, a biblioteca está incrustada bem em frente ao Alim Pedro, onde o degas aqui dava lançamentos de 55 metros, estilo Roberto Rivellino, para que o Jorge Barnabé pegasse na ponta-direita e fizesse o gol, estilo Búfalo Gil.

Até entrar na faculdade, li todos os livros dessa biblioteca. Ou, pelo menos, todos os que me interessavam, algumas centenas. Uma biblioteca pública pode mudar a vida de uma pessoa. Mas que governante consideraria boa ideia comprar livros?

Seja.

Estava contando a respeito do desafio simultâneo havido na biblioteca, nos anos 70.

Quando o guri chegou ao IAPI, o tal mestre juvenil, confesso que ri dele. Mó cara de moscão, como se dizia na época. Candidatei-me a ser um de seus adversários. Sentei-me em frente ao tabuleiro com confiança sorridente, mas, já nos primeiros dois ou três movimentos, comecei a ficar aflito. Ele atacava com ferocidade, jogando aqueles bispos e cavalos para frente, espetando-me com seus peões, atirando-me para as fileiras de trás da minha defesa.

Eu olhava para ele, tentando adivinhar suas reações, mas ele jamais me encarou. Ficava fitando o tabuleiro fixamente, usando aqueles dedos gordinhos para mexer as peças com rapidez estonteante. Duvido que tivesse reparado no rosto de qualquer um de seus dez inimigos e, no caso, nós éramos inimigos mesmo, ele queria nos trucidar o quanto antes e com toda a crueldade possível. Enquanto ele amassava os outros, eu ficava tentando encontrar uma saída para a situação em que me encontrava, mas ele logo se punha na minha frente outra vez, não havia tempo, era uma angústia. Perdi, perdemos todos nós, em escassos minutos. Terminado o serviço, ele se foi sem nem dar tchau, nos deixando no chão, desmontados e despeitados.

Aquele rapazote era um tipo perigoso. Ou ele hoje é campeão de xadrez ou é assassino profissional.

É a tal energia agressiva de que falo. Essa energia existe em todos, mas principalmente nos homens. Oitenta por cento dos acidentes fatais, no trânsito, são causados por homens. Oitenta por cento dos crimes violentos são cometidos por homens. Homens, agora, se ofendem e se cospem por causa da política, no Brasil.

 É preciso canalizar essa energia para outras atividades. Um Michelangelo, um Picasso, um Leonardo ou um Freud canalizaram esse poder criando arte ou ciência. Hitler e Stalin canalizaram-no perseguindo seus semelhantes. No caso do Brasil, em que infelizmente não há muitos Michelangelos, mas felizmente também não há muitos Stalins, nós sempre sublimamos nossa energia jogando futebol. Como o futebol também faliu, restam-nos os jogos de tabuleiro. Larguem a internet, enrolem as bandeiras, parem de cuspir. Vamos jogar uma saudável e cruenta partidinha de xadrez.

Maio de 2016

A moça da Palestina

Conheço uma moça que é da Palestina. Ela é bem jovem, tem uns 20 anos. Há cerca de ano e meio, quando ainda morava perto da cidade três vezes santa de Jerusalém, o pai a chamou e comunicou que um rapaz havia lhe pedido a mão em casamento. Ela nunca o vira antes, mas, como o pai afiançou tratar-se de boa pessoa, o noivado foi acertado no mesmo dia. Casaram-se meses depois e, hoje, ela garante amar o marido com devoção.

Essas coisas do coração são realmente incontroláveis.

Os ocidentais sentem repulsa pelo velho sistema de casamentos arranjados por terceiros, mas esse critério não é inferior ao da paixão, tão incensada na literatura, na música e no cinema, cá nessa parte do mundo. É até o contrário: a escolha racional e impessoal de um cônjuge não sofre a interferência nociva de sentimentos inquietantes e pouco inteligentes, como o desejo sexual.

Tomar decisões com base no desejo quase sempre descamba em erro rotundo. É o que os consultores econômicos dizem sobre supermercados. Eles alertam: jamais, jamais!, vá ao supermercado com fome. Você acabará comprando o que não precisa.

O desejo é péssimo conselheiro.

Por isso, se você pretende se casar, não faça nenhum movimento antes de apagar-se o fogo da paixão, que arde sem se ver, mas arde. Lembre-se que nenhuma paixão dura mais do que um ano e meio. Se durar mais, é obsessão, é doença, pode procurar um analista.

Minha amiga palestina é muçulmana, como a maioria dos palestinos. Só que não é radical. Não usa burca, nem nada.

Ainda assim, seus cabelos estão sempre pudicamente envoltos por um lenço. Jamais vi um único fio de seu cabelo, embora, sou forçado a confessar, tente. Fico olhando para aquele lenço, mas ele está amarrado à perfeição na cabeça. Não faço ideia se ela é morena, loira ou ruiva.

Para os muçulmanos, os cabelos da mulher são de uma sensualidade perturbadora. E, pensando bem, eles têm razão. Uma cabeleira farta faz diferença. Imagine a Gisele Bündchen de cabelo Joãozinho. Como Sansão tosado por Dalila, ela perderia todo o seu poder. Por isso, sou contra o coque. O Temer deveria proibir o coque.

Quanto à minha amiga, pedi desculpas por minha ousadia e continuei a entrevistá-la. Cogitei se ela poderia usar o cabelo solto, se quisesse. A moça respondeu que sim, mas disse que não queria. Obviamente, quis saber por quê. E ela observou, com calma e candura:

— Porque esse é um presente que só dou ao meu marido.

Achei bonito. Sorri.

Então, pedi licença para fazer uma última pergunta. Ela acedeu: claro, sem problemas. Lembrei-lhe que os homens muçulmanos podem ter quatro esposas, se as puderem sustentar, e questionei:

— E se o seu marido quiser ter outra mulher? Ele pode?

Ela apertou os olhos. Virou a cabeça coberta para um lado. E falou bem baixinho:

— Ele pode. Mas eu me separaria dele.

Pisquei, entre surpreso e admirado. Essas coisas do coração são mesmo incontroláveis.

Abril de 2016

O tempero do bife

Esses dias fui a Vermont. Lugar lindíssimo, no alto das montanhas. Chega-se lá através de estradas lisas e desimpedidas, você roda durante quatro horas e parece que foi ali na esquina. E o pedágio é até engraçado: 1 dólar na ida, 1 dólar na volta.
Foi em Vermont que se estabeleceu a Família Trapp. Você provavelmente conhece a Família Trapp de tanto assistir ao filme *A noviça rebelde*, na Sessão da Tarde.
O patriarca da verdadeira Família Trapp, o barão Von Trapp, era austríaco. Consagrou-se como herói da Primeira Guerra Mundial, conhecido como um invencível comandante de submarinos. Às vezes, antes de afundar um navio, Von Trapp subia ao tombadilho e, com um megafone, avisava à tripulação inimiga para correr aos botes salva-vidas. Por fim, dava instruções sobre como remar até a praia e, em seguida, disparava o torpedo.
Quando Hitler anexou a Áustria, porém, Von Trapp decidiu que preferia o exílio a lutar em nome daquele homem. Pegou os sete filhos e a babá que cuidava deles (sua mulher já havia morrido de escarlatina), cruzou a fronteira a pé e homiziou-se nos Estados Unidos. Escolheu Vermont porque a paisagem é parecida com a da Áustria. Construiu, com suas próprias mãos, uma grande casa da qual se vê todo o vale no entorno, teve mais três filhos com a babá, que é a tal noviça rebelde, e ficou famoso como o chefe da família cantora retratada no filme, que, você sabe, é estrelado por Julie Andrews no auge do frescor juvenil.
Hoje, a mansão dos Trapp foi transformada em um belo hotel, frequentado sobretudo por quem gosta de esquiar. Há várias pistas de esqui na região. Os Trapp ainda estão lá,

ou o que resta deles, enterrado num pequeno cemitério familiar que foi plantado ao lado da casa.

Vermont seria, talvez, um Vale dos Vinhedos multiplicado por dez. Com uma diferença básica: no Vale dos Vinhedos a comida é muito melhor.

Esse é um grave defeito dos Estados Unidos. Os americanos não sabem cozinhar. Ah, você já veio aos Estados Unidos e comeu muito bem. Óbvio: esse é um país continental, formado por gente do mundo inteiro, inclusive os melhores cozinheiros italianos, franceses, espanhóis, portugueses, alemães e brasileiros. Mas eles, os americanos, eles não conseguem. Ou eles exageram no molho, ou a comida sai insossa.

Falta-lhes mão, entende?

Mão é tudo.

Pegue, por exemplo, os 20 elementos químicos essenciais para a vida: carbono, oxigênio, hidrogênio etc. Se você os juntar em quantidades exatas, não conseguirá criar um ser vivo. O que lhe faltou?

Mão. No caso, a mão de Deus.

Assim é a comida. Você pode seguir a receita direitinho e não vai sair tão bom. Por quê? Porque você não tem mão.

No Brasil, você chega a um boteco com balcão de fórmica e cadeira de plástico. Pede lá um completo. E o que vem é uma refeição perfeita como a Dieckmann, o feijão cremoso, o arroz soltinho, a batata frita enxuta, o contrafilé macio e, dominando tudo, a gema amarela do ovo reluzindo como um farol.

Quanto custa essa maravilha?

Dez reais.

Hoje talvez 15.

Os americanos têm gênio para tantas coisas, eles mandam o homem à lua, eles inventam a internet, o celular, o rock'n'roll e o blues, eles têm estradas escorreitas e recantos de paraíso, como Vermont, mas falta-lhes a centelha criativa para temperar um bom bife. É impossível ter tudo na vida.

Abril de 2016

O Ken humano

Uma das coisas fascinantes que descobri acerca do mundo é que sobre sua superfície existem vários Kens humanos.

Esse Ken, caso você não saiba, é um boneco que namora a Barbie, que também é uma boneca, e essa você deve conhecer, porque ela é bem famosa.

O Ken, na verdade, é um coadjuvante, porque meninas não gostam de brincar com bonecos, só com bonecas. Quem brinca com bonecos são os meninos, mas não com o Ken, que é um boneco mesmo, todo arrumadinho e com o cabelo armado. Meninos brincam com soldadinhos ou super-heróis ou transformers ou, para os meninos antigos, o Falcon. Alguém aí se lembra do Falcon? "E os cabelos parecem reais!"

Essa história de bonecos versus bonecas me faz pensar que há teorias modernas sobre gênero completamente furadas. Qualquer pessoa que conhece criança sabe disso. Meninos são diferentes de meninas praticamente desde o nascimento. Com exceções, claro. Mas, quando você trata diferentes como iguais, comete erros e injustiças. Ou gera graves distorções.

Aqui, na Nova Inglaterra, na fronteira com o Canadá, está engastado o Maine, um estado que tem como lema um slogan que significa, mais ou menos, "mantenha-se esquisito". É um estado bicho-grilo. Por lá há gente que não usa energia elétrica, alimenta-se apenas com grãos e vota em Bernie Sanders.

Alguns casais do Maine criam os filhos sem distinção de gênero. Os nomes são neutros, o tratamento é neutro, tudo é neutro. Pobres criancinhas. Elas olham para a natureza e veem grandes leões com juba e leoas menores sem juba, veem cadelas parindo e cachorros se comportando com mais agressividade, veem galinhas botando ovos e galos com crista cantando ao alvorecer, o mundo, sobretudo o mundo dos mamíferos, está dividido entre o que é masculino e o que é feminino. E elas, o que são? Não são nada. Nem uma coisa, nem outra. É evidente que suas personalidades sofrerão fraturas importantes até a adolescência.

Mas os terráqueos realmente são estranhos. E aí volto ao Ken humano.

Vi fotos dos Kens humanos. Vi fotos do original também, o boneco de pano e plástico, do qual só me lembrava pela ótima ponta que fez no filme *Toy Story*. O Ken humano que mais se parecia com o não humano era um brasileiro que morreu aos 20 anos de idade, de câncer. Fiquei sabendo que esse Ken brigou com outro Ken. Ambos queriam ser o verdadeiro Ken, e por essa razão discutiram bastante nas redes sociais, até que uma emissora de TV promoveu o encontro dos dois e eles fizeram as pazes. Gostaria de ter visto esse programa. Sobre o que conversariam dois Kens? Moda? Casinhas? Trocariam intimidades a respeito da Barbie?

Kens devem ser pessoas intrigantes. Afinal, os bonecos, em geral, são feitos à imagem e semelhança dos seres humanos. Lembrem-se do Falcon: "E os cabelos parecem reais!". Mas os Kens são o contrário: eles são humanos que tentam se parecer com bonecos, que foram concebidos para ser parecidos com humanos.

Na disputa dos Kens, um queria ser mais originalmente falso do que o outro. Eu sou menos humano do que você, era o que argumentavam.

Por que essa ânsia?

Para ter uma personalidade. O homem passa a vida tentando ser um indivíduo, tentando ser diferente da multidão, tentando ser reconhecido pelas outras pessoas. Nem que seja como uma imitação de uma falsidade. É isso que importa. O que importa é ser um.

Abril de 2016

De que cor é o presidente?

Se você prestar atenção, vai reparar que Barack Obama é negro. Mas vai ter de olhar bem, porque, no caso dele, essa peculiaridade, ainda que esteja à flor da pele, torna-se irrelevante.

Deveria ser coisa meio que gritante. A questão racial é, de longe, o principal problema dos Estados Unidos. No entanto, jamais vi alguém que mora aqui dizer que Obama faz ou deixa de fazer algo por ser negro. E ele, Obama, nunca se apresentou como um "presidente negro". Em nenhum momento, nem durante os graves conflitos de Ferguson, em 2014, Obama disse ou insinuou que ele é o "presidente dos negros".

Por quê?

Em primeiro lugar, porque não precisa. Ele É negro.

Em segundo, porque, se Obama fizesse isso, estaria alijando o resto do país. Além de ser contraproducente, em termos políticos. Nos Estados Unidos, os negros são cerca de 12% da população. Ou seja: seria impossível um presidente se eleger apenas com os votos dos negros. Logo, foram outras pessoas, com outros tons de pele, que elegeram Obama.

Mas a origem ou a natureza do voto também são irrelevantes, neste caso. Um presidente é diferente de um congressista. Um congressista tem compromissos mais estreitos com seus eleitores específicos. Se ele é um deputado, tem de pensar como pensa sua base eleitoral. Se ele é um senador, tem de agir em defesa do seu Estado.

Com o presidente não é assim.

O presidente não faz parte do Legislativo; ele é o chefe do Executivo. Quer dizer: foi eleito para administrar toda a nação. Tem de atender inclusive quem não votou nele. Embora ele, em tese, deva seguir o programa que apresentou em campanha, sua missão é governar para todos, de forma neutra e imparcial.

Tomando exemplos brasileiros: Jean Willys é um legítimo representante da causa LGBT, Jair Bolsonaro é um legítimo representante das causas ultraconservadoras. Eles foram eleitos com essas intenções. A ideia de uma Câmara de Deputados é que a sociedade esteja representada com certa fidelidade naqueles quinhentos e poucos parlamentares. Se um extrato da sociedade tem alguma importância, deve estar lá.

Há muitas críticas ao nosso sistema representativo, mas, não tenho dúvidas, funciona. Nesse sentido, pelo menos, funciona muito bem. O Congresso é um espelho da sociedade.

O problema é a fragmentação partidária e os superpoderes do Executivo, que levam à negociação espúria de cargos que deviam ser ocupados por profissionais de carreira.

Mas o que quero ressaltar, aqui, é que um presidente da República precisa ter em mente que ele é o presidente de todos, e não apenas dos seus eventuais eleitores.

Outro dia estava vendo na TV uma matéria que mostrava Obama e Michelle recebendo, na Casa Branca, uma velhinha com mais de cem anos de idade. Ela era negra, pequena, magrinha, mas parecia dispor ainda de muita energia. Dançou com Obama, imagine, e, a certo momento, o abraçou e murmurou:

– Um presidente negro...

É um orgulho para os negros que Obama seja presidente. Mas eles não dizem que Obama é um presidente DOS negros. Porque ele não é. Ele é presidente dos cidadãos americanos.

Obama toma tanto cuidado com essa questão específica que chega a exagerar. Houve conflitos raciais, nos Estados Unidos, que mereciam mais firmeza da parte dele. Mas ele contemporizou, acalmou os ânimos e esperou que as instituições agissem.

Agora farei uma comparação com o Brasil.

✦ ✦ ✦

Obama é negro, sempre será negro, morrerá negro, a não ser que se transforme em um Michael Jackson. Mas ele sabe que não pode ser, não é, nem nunca será, o presidente dos negros.

Lula foi pobre, não é mais, provavelmente jamais voltará a ser, mas repete a todo momento que seu governo foi o governo dos pobres.

Antes de se eleger, na campanha de 2002, não dizia isso. Lula chegou a afirmar em carta que seria o presidente de todos os brasileiros, e muito por causa disso foi eleito.

O discurso de que os governos do PT são governos "a favor dos pobres", sendo, evidentemente, "contra os ricos", é mais estratégico do que realista. Os governos do PT, de fato, criaram alguns bons programas sociais, mas estruturalmente não foram diferentes dos governos anteriores, da sua presuntiva nêmesis, o PSDB.

Ao contrário: estruturalmente, os "ricos" se beneficiaram mais com o chamado "governo dos pobres" do que os pobres.

O discurso de governo dos pobres, que, de alguma forma, permeava o partido e seus apoiadores, só foi assumido pelo ladino Lula a partir de 2005, devido aos escândalos do Mensalão, como estratégia de defesa.

Esse discurso, precisamente esse discurso, é a causa do clima belicoso do país, nestes últimos anos. Os petistas reclamam do ódio que grande parte do Brasil sente por eles. A origem do ódio está aí.

Quando um petista repete que o governo do PT é perseguido por ser "o governo dos pobres" está retroalimentando o ódio do qual se queixa.

Um governo, qualquer governo, tem de ser o governo de todos, não de alguns. Um governo tem de ser governo das maiorias e das minorias. Tem de administrar a nação e prestar um bom serviço público ao conjunto dos cidadãos, não a uma classe.

No Brasil e nos Estados Unidos há negros, brancos, pobres, ricos, há de um tudo. Um governante negro tem de governar para negros e brancos, e um governante rico tem de governar para ricos e pobres.

É claro que a tarefa do Estado é dar proteção a quem mais necessita. Esse é o papel dos programas e das intervenções pontuais dos governos na correção de injustiças e graves desigualdades. Mas, sistematicamente, o Estado tem de garantir condições para que a todos os cidadãos sejam dadas oportunidades iguais.

Esse detalhe é fundamental: o Estado não tem de garantir igualdade entre os cidadãos, porque as pessoas são diferentes umas das outras; tem de garantir igualdade de condições e de oportunidades.

Pegue um programa bem-intencionado do governo como exemplo: as cotas raciais nas universidades.

Esse programa foi inspirado em iniciativas idênticas que existem nos Estados Unidos. Começa aí o equívoco. Nos Estados Unidos, a história e a condição dos negros são diferentes das do Brasil. Nos Estados Unidos, a minoria negra sempre viveu oprimida pelos demais extratos sociais. Eram os 12% de negros embaixo e o resto em cima. No Brasil, os oprimidos são os pobres. Negros e brancos pobres se igualam na desgraça. Assim, quando você privilegia um negro pobre está cometendo injustiça contra um branco pobre.

Como resolver esse problema?

Assegurando aos pobres escolas públicas tão boas ou até melhores do que as privadas. Desta forma, negros e brancos pobres chegariam à universidade em iguais condições com os ricos.

É muitíssimo mais fácil, porém, estabelecer um sistema de cotas. Dá menos trabalho, menos incomodação e ainda garante ao governo o rótulo de defensor dos negros. Mais: quem critica o sistema de cotas ganha também o seu próprio rótulo de defensor do status quo, de inimigo da igualdade racial e até de racista.

É uma bela cilada. Há outras.

✶ ✶ ✶

Imagine os 204 milhões de brasileiros reunidos em alguma imensa planície, digamos, do Planalto Central. O locutor que comanda o evento grita, e sua voz ecoa pelo potente sistema de som:

– Quem aí é racista, levante a mão!

Ninguém se mexe.

– Agora, quem é contra os pobres!

Todos imóveis.

– Agora os homofóbicos!

Nada.

As pessoas até podem admitir que cultivam certos preconceitos, mas ninguém admite fazer discriminações.

É feio fazer discriminações.

Ouvi frase idêntica saída das bocas de Marco Feliciano e Jair Bolsonaro:

"Eu não sou homofóbico!".

Sei...

Esse conceito a respeito dos preconceitos se desenvolveu a partir da Segunda Guerra Mundial, quando a democracia passou a ser vista, no Ocidente, como um bem em si mesmo. A democracia da Inglaterra e dos Estados Unidos venceu os regimes totalitários. A democracia era boa. Então, os valores pregados pela Revolução Francesa, "liberdade, igualdade e fraternidade", tornaram-se valores universais do homem ocidental. Passaram a ser ideais de vida, não apenas ideais políticos.

Tudo isso é ótimo, só que amplia as possibilidades de demagogia em várias frentes.

O exame que as pessoas fazem de qualquer questão em geral é superficial, até porque as pessoas estão preocupadas com seus próprios assuntos, o filho que joga muito videogame, o preço do aluguel, aquela morena do escritório que anda se insinuando.

Assim, tudo que você fizer ou disser que pareça a favor de negros, pobres, mulheres e homossexuais será considerado bom, e se outra pessoa traçar qualquer ressalva a respeito disso, a ressalva será considerada ruim, e a pessoa será considerada preconceituosa.

É esquemático e fácil de entender.

É uma cilada demagógica.

Os governos do PT usaram essa estratégia com fartura.

Se você fizer uma ponderação a respeito das cotas raciais nas universidades ou a respeito do programa Mais Médicos, os governistas jogarão na sua cara o argumento de que você é contra os negros e contra os pobres. Aí você tem de fazer um longo arrazoado se explicando, e ninguém tem paciência para ler ou ouvir tudo aquilo.

É muito engenhoso.

E também muito útil. Se você quiser parecer bonzinho ou defensor das minorias, basta ser óbvio. Diga ou escreva platitudes como:

"No Brasil, o racismo é disfarçado, o que talvez seja pior do que o racismo escancarado".

"Existe muita violência contra a mulher, e às vezes a violência está dentro do próprio lar. Às vezes, ela dorme com o inimigo."

Zzzzzz...

O problema desse discurso banal é que, com o tempo, as pessoas vão não exatamente identificando, mas sentindo as contradições. Porque, mesmo que você seja uma mulher negra, pobre e homossexual, você, em algum momento, estará do outro lado. Você perceberá alguma demagogia e, ao contestá-la, ouvirá o contra-argumento surrado: "Você é preconceituoso". E então você verá que tem algo ainda mais errado em todo esse sistema.

Haveria um momento em que a "elite branca" reagiria. O homem que trabalha duro, que sustenta sua família com um salário, que tenta fazer as coisas certas, cansou de ouvir que, por não concordar com alguma ação do governo, é preconceituoso, é contra os pobres, é machista, é racista, é homofóbico. E aí, de raiva, ele até pode se tornar tudo isso.

Essa postura demagógica e completamente equivocada dos governos do PT teve outra consequência importante para o Brasil.

✶ ✶ ✶

Fala-se muito hoje, no Brasil, no surgimento da "nova direita". O que pressupõe que tivesse existido uma "velha direita".

Qual era a velha direita?

A direita, ao contrário da esquerda, nunca foi orgânica, no Brasil. Antes de Getúlio, nas três décadas da jovem República tão precocemente golpeada, esses conceitos de esquerda e direita eram muito vagos no país. O debate, no começo do século XX, era entre os novos republicanos e os saudosos da monarquia. Depois, as disputas eram mais estaduais do que propriamente ideológicas. Getúlio só foi se definir como um populista de esquerda nos anos 40, quando o Ocidente convergia para a garantia de direitos dos trabalhadores.

A UDN de Jânio certamente era de direita, mas não Jânio. Jânio não era coisa alguma. Ou antes: era um populista capaz de condecorar Che Guevara ao mesmo tempo em que proibia o uso do biquíni nas praias e piscinas de todo o território nacional, por considerar essa peça de roupa "indecente".

A ditadura militar também era de direita, só que a ditadura militar não tinha voto; tinha canhões. Quer dizer: não havia uma organização política, dogmática, de direita, como, sei lá, um Partido Conservador. Havia a ditadura e o partido que defendia a ditadura, a Arena, que se batia contra a oposição comportada à ditadura, o MDB.

Já a esquerda, mesmo restrita a organizações clandestinas, como o velho Partidão, era movida por uma doutrina, por um pensamento, por um método. A esquerda sempre foi institucional, a direita sempre foi oportunista.

Lula, quando surgiu, não era de direita nem de esquerda. O general Leônidas Pires Gonçalves, que era um homem muito inteligente, dizia que Lula sempre foi "intrassistêmico". Queria, com isso, dizer que Lula não era um "subversivo", como eles chamavam os mais ardorosos contestadores do regime.

Subversivos eram Prestes, José Dirceu, José Genoíno, Brizola, Miguel Arraes, Francisco Julião. Esses eram homens de esquerda, ideológicos, com retórica e formação.

A direita sempre foi disforme.

Um intelectual de direita, aliás brilhante, era Roberto Campos. Esse, sim, movia-se por um pensamento lógico. Roberto Campos dizia que nunca houve capitalismo de verdade no Brasil. Que o capitalismo brasileiro era patrimonialista. Isto é: protegia os donos do capital, enquanto que o verdadeiro capitalismo implica em correr riscos.

Mas Roberto Campos, como Simonsen e Delfim, era mais teórico do que político. Pensava muito e agia pouco. A direita sempre foi um exercício de alguns poucos intelectuais.

Agora, pela primeira vez, a direita se assume, no Brasil, e se torna um movimento popular. Há movimentos de direita explodindo por todo lugar, desde neoliberais na economia a ultraconservadores nos costumes.

De onde eles vieram?

Do PT.

O PT é responsável pelo estabelecimento da primeira direita orgânica e popular da história do Brasil. No momento em que o governo consagrou o discurso da elite branca versus pretos e pobres, jogou grande parte do país no outro lado. É a terceira lei de Newton, de ação e reação. Um governo que se diz de uma classe só pode encontrar resistência nas demais classes. O PT não dividiu o país, porque o país não está dividido: está unido. Contra o PT.

Cada vez que um petista mia que o partido é perseguido por defender os pobres, solidifica a união contra o partido. O PT pode aprender com Obama: um presidente negro não deve ser um presidente dos negros. Deve ser presidente de todos.

Abril de 2016

Isso vai mudar

Os bostonianos usam uma expressão da qual gosto muito, quando alguém reclama do clima. É bem simples, mas faz pensar.

Clima é assunto importante por aqui. Pode-se dizer que se trata de uma das atrações da região. A cidade passa por mutações radicais a cada estação, e as pessoas também.

O outono é considerado por muitos a temporada mais bonita. Nas White Mountains, bem perto, ocorre o fenômeno da "foliage": as folhas das árvores ficam amarelas, cor de laranja e vermelhas. Isso se dá em toda parte, na Nova Inglaterra, mas lá, com as montanhas com seus picos nevados ao fundo, parece mais exuberante. Então, as pessoas sentem-se levemente românticas. Elas se cruzam nas ruas e sorriem umas para as outras, e a vida dá a impressão de ser feita só de coisas boas.

Depois vem o inverno, e o inverno pode ser duro. Anoitece às quatro e meia da tarde e, com temperaturas que desabam 20 graus abaixo de zero, permanecer mais de 15 minutos na rua é uma temeridade. Mas há algo especial no inverno: a neve. Sobretudo a primeira neve. Você vai dormir e, quando acorda, abre a janela e depara com a paisagem branca. É uma emoção. E, quando para de nevar, os dias são lindíssimos: o céu se abre inteiramente de azul, não resta uma única nuvem lá em cima e, assim, o sol se esparrama pela terra, deixando as longas manhãs e as breves tardes com uma claridade que nunca vi igual. Já as pessoas, no inverno, tornam-se mais velozes, mais afanosas. Não há tempo a perder, a neve dá trabalho, há de se fugir do frio.

A primavera é curta e inacreditavelmente brusca. A minha rua é margeada por árvores. Numa manhã de primavera, saí de casa e, surpresa!, estavam todas, todas!, com as copas em tons de lilás e roxo. Era como se tivessem sido pintadas durante a noite. Cheguei a levar um susto com a cena.

Mas a primavera dura uns 15 ou 20 dias e logo chega o verão e os dias encompridam e as pessoas continuam até tarde na rua e vestem roupas leves e gargalham por qualquer motivo. Há uma ânsia pelo verão, uma necessidade de viver ao ar livre. Os bares colocam mesas nas calçadas, os parques se enchem de gente tomando banho de sol e as mulheres se põem em biquínis como se estivessem nas areias da Praia Brava. A quantidade de eventos a céu aberto é estonteante: concertos, filmes, shows, peças de teatro, feiras, festivais, todo dia tem algo para usufruir em algum lugar.

Ah: e o meu vizinho, o velho Jim, vai para a varanda, faz churrasco todas as tardes e recebe as amigas para convescotes animados. Como o Jim deve esperar pelos dias de verão...

É uma cidade renovada a cada estação, e as pessoas se renovam junto com ela.

Donde, a filosófica expressão de que os bostonianos se valem, ante comentários sobre o clima:

– It'll change.

Pronuncia-se "iriltchendg".

Isso vai mudar.

Ou, como dizia o Eclesiastes, tudo passa.

Pois passa. Os verões sucedem as primaveras, como as noites sucedem os dias. Tudo parece sempre igual, mas tudo, na verdade, está sempre se transformando. Nós, brasileiros, estamos nos transformando. O Brasil está se transformando. Talvez para melhor.

Hoje está ruim, mas, acredite: isso vai mudar.

Abril de 2016

A neve é bonita

Nevou em abril. Não é comum, especialmente depois de um inverno pouco agressivo, como foi o deste ano.

Sabia que ia nevar, a previsão do tempo não erra, mas, ainda assim, a primeira visão que tive da rua, ao abrir a cortina do quarto logo de manhã, arrancou-me do peito um ah de surpresa.

A neve branca cobrindo o solo, o céu muito azul e o amarelo do sol se derramando por tudo. Bonito.

Schopenhauer dizia que o que um homem sente ou deixa de sentir não depende do mundo exterior: depende do que lhe vai na alma.

E é verdade.

Duas pessoas passando por situações absolutamente idênticas podem ter reações totalmente distintas.

Então, o que importa não é o que está fora; é o que está dentro. Mas o que está fora bem pode ajudar o que está dentro.

Lembro-me de uma vez em que me reuni com um cronista político de Santa Catarina num restaurante da Beira-Mar Norte, na Ilha. Era um homem grave, que pouco ria. Jamais o vi fazendo alguma gracinha. Durante o almoço, em meio à conversa, ele de repente olhou para fora, para o mar que rosnava do outro lado da rua, e murmurou, mais para si mesmo do que para mim:

– É um privilégio...

O inesperado do comentário deixou-me levemente atônito. Seguimos com o assunto. Minutos depois, entre uma garfada e outra na tainha, ele mais uma vez ergueu o olhar para o horizonte e repetiu:

– É um privilégio...
Isso aconteceu umas quatro vezes.

Aquele deslumbramento com uma paisagem que ele provavelmente via todos os dias era algo de certa forma enternecedor. Um homem tão sério se deixava comover pelo mar que ia e vinha sem parar, por uma manifestação comum da natureza. Foi um depoimento a favor dele.

Essas grandes empresas, aqui dos Estados Unidos, em geral mantêm suas sedes em imensos arranha-céus. A hierarquia do funcionário da empresa é medida pelo andar que ele ocupa. Quanto mais alto o andar, mais alto o cargo do funcionário. O presidente fica lá em cima, no topo, na chamada penthouse.

Por que isso?

Porque, em tese, quem está no andar superior tem o "privilégio", como diria o cronista catarinense, de contemplar, quando quiser, a mais bela vista.

Só que, não raro, as mesas dos chefões estão viradas de costas para a janela. Ou seja: ele olha para a porta e quem se encanta com a vista é seu visitante.

A vista, portanto, serve mais para impressionar quem chega do que para embevecer quem está.

Um homem de costas para a janela, vigiando a porta. Eis um homem de espírito armado.

No domingo, admirando essa neve que provavelmente será a última até que o ano termine, cogitei se ainda é possível contar aos meus compatriotas sobre as amenidades de um belo dia cheio de luz, cheio de cores e suavemente frio. Será que os brasileiros, tão ocupados com suas próprias dores, tão atentos à porta e não à paisagem, não acharão banal se eu disser que a neve é bonita?

Decerto que sim. E talvez seja mesmo banal. Mas hoje achei importante dizer isso para você: estou olhando para a neve. E a neve é bonita.

Abril de 2016

Informação demais

Os americanos usam no dia a dia uma expressão que é bem ilustrativa de sua cultura. Quando alguém começa a falar muito sobre si mesmo, eles se cutucam e comentam à sorrelfa:
– TMI...
Diz-se "ti êm ai". Sigla para Too Much Information. Ou: informação demais.
Nós, brasileiros, reclamamos quanto há informação de menos, eles reclamam quando há informação demais.
Isso não significa que os americanos prefiram alienar-se a enfrentar as vicissitudes da vida. O que eles não gostam é de enrolação. Você quer algo? Diga claramente, sem explicações em demasia. Se você tiver direito, eles dirão: "Claro!". Se não tiver, eles pedirão desculpas e dirão não. É simples: se pode, pode; se não pode, não pode. Fim. Não vai adiantar contar história.
Brasileiro suburbano que sou, confesso que esse comportamento me causou certa estranheza no início. O brasileiro, quando tem alguma reivindicação a fazer, sabe que terá de ser persuasivo para ser atendido. Ele precisará "convencer" alguém a lhe dar o que quer.
Ou terá de brigar.
Eis outro ponto interessante. Você decerto está farto de ouvir uma crítica ao comportamento dos brasileiros: "O brasileiro não reclama de nada!". É justamente o contrário: o brasileiro reclama de tudo.
Outra noite, estava em um trem e, em determinada estação, os vagões pararam e o condutor avisou pelo sistema de som: "Desculpem, mas o carro está com defeito e todos terão de descer aqui". O que aconteceu em seguida foi algo

inverossímil para um brasileiro: os passageiros desembarcaram calmamente, em ordem, sem que ninguém, NINGUÉM!, sequer tivesse feito um muxoxo de protesto.

Tenho observado idêntico comportamento em outras situações do gênero. Uma fila demorada, um atendimento atrapalhado, pequenas confusões que fariam brasileiros dar discurso a respeito dos seus direitos são encaradas com paciência e naturalidade pelos americanos.

Por que isso?

Porque os americanos sabem que não estão sendo enganados.

O brasileiro grita, espeta o dedo no nariz do outro, reclama de tudo porque a todo momento e em todo lugar há alguém tentando enganá-lo. O brasileiro é um desconfiado porque é um sofrido. Ele sabe que só se dará bem na vida se puder contar com os favores de pessoas mais poderosas ou que gozam de certa influência. Donde, a necessidade de dar explicações e contar histórias tristes. De fornecer informação em excesso. O brasileiro sabe que precisa COMOVER o outro para ter o seu direito assegurado.

"O senhor me desculpa, mas preciso disso porque minha mãe está muito doente, apareceram uns tumores horríveis no pescoço dela, ela fica toda inchada e as pústulas estouram e o cheiro é podre e..."

Se um americano ouve, sai correndo. Ele dispensa essas intimidades, porque ele também não pretende expor suas intimidades. TMI.

Essa é a origem do jeitinho brasileiro. E do nosso cinismo. Quando tudo depende da boa vontade alheia, você sabe que em tudo pode haver logro e dissimulação. E você deixa para lá, porque, afinal, "é assim mesmo..."

Por que os governos cometem irregularidades? Porque sempre cometeram. Por que não devem ser punidos? Porque nunca foram.

Não importa o que está na lei, importa se é "justo", e o que é justo depende do que eu acho, do que você acha e, sobretudo, do que quem manda acha. No Brasil temos todos de falar demais, argumentar demais, dar informação demais. Porque o que pode às vezes não pode. E o que não pode, sabe-se lá, talvez possa.

Abril de 2016

O mal da liberdade

Outro dia eu falava de liberdade. A liberdade é uma desgraça. Os homens acham que ser livre é ser feliz. Ao contrário: ao buscar a liberdade, o homem encontra a aflição.

O Eclesiástico recomenda o seguinte, acerca do que denomina "jugo suave" da sabedoria.

"Bota teu pé nos seus grilhões
E o teu pescoço na sua coleira.
Sujeita teu ombro e carrega-a,
E não te impacientes com suas correntes.
No fim, encontrarás nela teu descanso
E ela se transformará em teu contentamento".

Esse Eclesiástico não é o Eclesiastes. O Eclesiastes era o rei Salomão, que viveu com fausto, inteligência e 600 concubinas 10 séculos antes de Cristo. O Eclesiástico respirou o ar da Palestina 800 anos depois de Salomão. Como Cristo, também se chamava Jesus. Jesus Ben Sirac.

Gosto dessa passagem que citei acima: o homem encontrando remanso na submissão. E, se a submissão é à sabedoria, tanto melhor. Feliz do homem que pode escolher de quem será escravo.

Mas até essa forma de liberdade, a liberdade de fazer escolhas, faz mal. Você acha que poder tomar decisões é ser livre? Nada: ser livre é não ter opção. Você tem de ir por ali e pronto, está resolvido, não é preciso mais pensar no assunto.

Olhe para uma criança. Se você é pai e lhe dá opções, você lhe causa sofrimento e revolta. Bom pai é aquele que decide tudo pela criança. Você vai vestir isso aqui. Você vai comer o que está na mesa. Está na hora de dormir, vá para a cama.

A criança reclama, mas, no centro da sua alma, está se sentindo protegida.

E essa é a palavra, esse é o ponto: proteção. A segurança é o contrário da liberdade.

É uma fórmula matemática: quanto mais segurança, menos liberdade; quanto mais liberdade, menos segurança.

Era do que havia falado, dias atrás.

Às vezes, porém, esses dois conceitos não se opõem: fundem-se. Vou tomar como exemplo esses dois grandes países da América que conheço bem: o Brasil e os Estados Unidos.

Nos Estados Unidos, a lei é mais dura do que no Brasil. Os juízes, em geral, são Moros. Havendo crime, procuram o culpado; identificando o culpado, procuram condená-lo exemplarmente. A população carcerária é cinco vezes maior do que a do Brasil. São 2,5 milhões de pessoas "behind bars", como eles dizem. Um roubo trivial às vezes custa 10 anos de cadeia.

Se você desobedece ou simplesmente discute com um policial americano, ele o imobiliza, algema e o arrasta para uma cela de cadeia. Já vi policiais censurando cidadãos aos gritos por coisas sem importância, como atravessar fora da faixa de segurança. Meu Deus, que constrangimento. Dá medo dessa polícia daqui.

No Brasil, levar uma descompostura dessas dimensões de um policial é algo impensável, mesmo quando o cidadão erra flagrantemente. E um roubo comum não dá cadeia. O sujeito vai para a delegacia e, em poucas horas, está nas ruas de novo, para de novo roubar. É o tal prende-solta. Se contasse para um americano que no Brasil alguns tipos são detidos mais de 60 vezes, ele não conseguiria entender. Mas não conto. Tenho vergonha.

No Brasil, portanto, parece haver mais liberdade do que nos Estados Unidos.

Parece.

Na realidade, sinto-me mais livre nos Estados Unidos, porque aqui posso caminhar pelas ruas sem medo daquela turma que vem da outra calçada, vejo casas sem cerca, bancos sem vigilância, prédios sem porteiro. Aqui, não preciso tomar cuidado quando paro o carro debaixo do semáforo, nem tenho que dar dois reais para o flanelinha, porque não há flanelinha.

Essa questão é a seiva do nosso drama atual.

Março de 2016

Mande em mim!

Você consegue se imaginar pedindo para alguém: "Me oprima! Me submeta! Mande em mim!".

Consegue?

É o que imploram os que defendem a volta da ditadura.

Porque uma ditadura nada mais é do que uma pessoa decidindo tudo por você, a não ser que você seja o ditador. Como duvido que aquelas senhoras que andam com faixas clamando por intervenção militar tenham força e influência suficientes para se alçar ao poder, elas não vão mandar em ninguém; vão obedecer.

Essa ânsia de servidão parece ilógica.

Não é.

Faz parte do jogo de forças entre os valores da liberdade e da segurança. No Brasil de hoje, as pessoas se sentem inseguras. Elas olham para os lados e não veem ninguém capaz de protegê-las. É como se estivessem boiando no espaço, sem ter onde se apoiar.

É uma desagradável sensação de excesso de liberdade, algo bem próximo do desespero.

Então, as pessoas procuram proteção. Alguns a encontram naquela igreja que faz promessas concretas: aumento de salário, emprego novo, amor verdadeiro. Outros a encontram naquele candidato que é macho alfa, fala alto e está sempre brandindo o punho fechado: Bolsonaro, Trump... E há os radicais, os que preferem viver sob uma ditadura a enfrentar as contradições da democracia.

Ser livre dá trabalho.

O equilíbrio entre a segurança e a liberdade é uma construção sofisticada. Os brasileiros, desacostumados com a democracia, acham que, com democracia, tudo pode. A democracia lhes garante direitos, nunca lhes obriga a deveres.

Mas não é assim.

Democracia é o cumprimento da lei.

E a lei existe para regular a liberdade.

Liberdade total seria pegar o que você tivesse vontade de pegar, seria eliminar quem o incomodasse, seria fazer o que você bem entendesse, quando quisesse, como quisesse.

Aí seria impossível viver em sociedade. Foi para poder viver na companhia de outras pessoas que o homem inventou a lei.

Só que a lei também é suscetível a interpretações, e dança ora para o lado da segurança, ora para o lado da liberdade.

O juiz Sérgio Moro, maior personagem da República nos últimos dois anos, defende uma Justiça que prioriza a segurança da sociedade em detrimento de certas liberdades individuais. É uma necessidade que vem sentindo o brasileiro desamparado. É uma tendência do país.

No entanto, o mesmo Sérgio Moro defende uma Justiça que permite ao cidadão a liberdade de conhecer as informações públicas das pessoas públicas. Moro é a favor de tornar público tudo que é de interesse público.

Curiosamente, aqueles que defendem uma Justiça mais tolerante, mais centrada no indivíduo e, em tese, uma Justiça que dê mais valor à liberdade, defendem também a não publicação de certas informações de interesse público. Mesmo jornalistas, que vivem da publicação de fatos a respeito de pessoas públicas, se posicionaram contra a divulgação, por exemplo, de detalhes de processos contra agentes públicos.

Tomando esse caso específico, o fascinante é que os dois lados, os que são contra a divulgação e os que são a favor, usam o mesmo argumento: eles estão ao lado da democracia.

Talvez ambos estejam certos. Existem diferentes tipos de democracia. Qual é a que queremos para nós?

Ainda não sabemos.
Ainda não sabemos quem somos.
Ainda temos de nos transformar em quem nós queremos ser.

Março de 2016

Precisa tanto dinheiro?

Certas frases repito para meu filho desde seus tempos de picolino. Mesmo que não entenda exatamente o significado, perpassa o sentido e, quando ele for maior, irá se lembrar e talvez conclua: "O velho estava certo...".

Uma das frases que lhe digo sempre é que as coisas importantes da vida, o dinheiro não compra.

O dinheiro é bem-vindo e até fundamental, óbvio, mas o amor, a amizade, a lealdade, a saúde, a paz de espírito, o equilíbrio, a alegria, nada disso é comprado com dinheiro. E o que há de mais precioso?

O dinheiro tem tanto prestígio entre os homens devido ao prestígio do prazer. As pessoas confundem prazer com felicidade. É um equívoco. Prazer em demasia é infelicidade na certa.

Alguém pode observar que essa é uma característica do capitalismo. Não é bem assim. Ninguém acredita mais no poder do dinheiro do que um socialista. Para o socialista, se todos forem iguais economicamente, todos serão felizes. Trata-se de uma tolice lustrosa.

Lula, por exemplo, vive a se jactar de que seu governo permitiu aos pobres adquirir carro, ir a restaurantes e viajar de avião. São bens materiais. Bens que você perde numa única crise econômica, como a de agora. Um filho numa ótima escola pública e segurança nas ruas são bens intangíveis, mas muito mais valiosos e duráveis.

Um homem que gosta muito de dinheiro em geral é um homem pouco confiável. Na política, é perigoso. Porque a política lida com o dinheiro público, que, muitas vezes, em vez de ser tratado como dinheiro de todos, é tratado como dinheiro de ninguém.

Não que todos os políticos tenham de ser como Olívio Dutra e Pepe Mujica. Esses são exceções entre os homens em geral, não apenas entre os políticos. Mujica vive numa chácara mínima, se desloca num Fusca azul-calcinha e afaga um cachorro com três pernas. Dia desses estava vendo duas moças turcas comentando sobre Mujica, e o que mais as encantava era esse último detalhe. Elas suspiravam:

– Ele tem um cachorro com três pernas... Se a Turquia tivesse um político assim...

Já Olívio mora no mesmo apartamento de seus tempos de bancário, na Assis Brasil, e anda de lotação, onde às vezes é assaltado.

Ambos, no entanto, são homens cultos, lidos e sofisticados intelectualmente.

Lula não é culto, não é lido, não é sofisticado intelectualmente, e se orgulha disso. Ele faz piada com a própria ignorância.

Mas falta de lustro cultural não significa despojamento. Lula parece precisar mais de dinheiro do que Olívio e Mujica. Sua empresa de palestras e seu instituto amealharam, juntos, R$ 56 milhões em quatro anos, a maior parte desta soma egressa de grandes empreiteiras. E, ainda assim, essas mesmas empreiteiras lhe prestaram favores quase mesquinhos, como pagamento de reformas e estoque de bens. Precisava?

Outros pares de Lula sentem igual necessidade. Alguém fala em Cunha, Renan, Pimentel, PP, PSDB e quejandos e você quase pode ouvir o tilintar das máquinas registradoras. As operações da PF citam milhões, centenas de milhões, bilhões.

Austeridade não é garantia de competência. Desapego não faz de ninguém bom político. Ambição não torna alguém desonesto. E o dinheiro, em si, não é ruim: é bom. Mas por que eles precisam de tanto?

É que eles não fazem o que fazem só pelo poder. É pelo dinheiro também. É mais vulgar do que a gente pensa.

Por isso, meu irmão, não se desgaste brigando em defesa deles e, sobretudo, não acredite neles. Em nenhum deles. Não é que sejam todos desonestos, não é tão simples. Mas as tentações que os cercam são tantas que eles têm de estar eternamente sob vigilância. Vote neles, faça até campanha para eles, se quiser, mas desconfie. Desconfie sempre. Quando há muita oferta, é muito fácil ceder.

Março de 2016

O amor por Gabriela

Acho que amo Gabriela Pugliesi. Não sabe quem é? Vá ao Google. Também amo o Google. Não é a primeira mulher que não conheço pessoalmente que amo. A única de quem levei retrato na carteira, para admirá-la onde estivesse e de seus olhos d'água retirar consolo quando precisasse, a única foi a inglesa Jacqueline Bisset. Mas por motivos diferentes do meu afeto por Gabi. Bisset tinha à sua volta uma aragem de tristeza que me comovia. Ela era uma mulher que não ria. No máximo, sorria com condescendência das ridicularias masculinas.

Naquele tempo, eu era mais iludido com as mulheres. Hoje continuo iludido, mas nem tanto. Hoje sei que muitas mulheres não riem porque não entenderam a piada.

Com Gabriela, não me iludo. Gabriela é um animal dos trópicos. Da areia e do mar. Sua pele e seus cabelos são da cor do ouro que o sol neles derrama todos os dias. O brilho de seus dentes ofusca, tão brancos são. Tudo nela grita: é verão! Verão, verão!

Com Gabriela, a temperatura sempre tem dois dígitos.

O corpo irretorquível de Gabriela nunca foi coberto por mais de 28 centímetros de tecido. Seus shorts são menores do que os das alunas do Anchieta.

Verdade que ela tem tatuagens em demasia. Não precisava tanto. Só aquela na coxa. Mas o abdômen minimalista compensa o excesso de decoração epidérmica. O abdômen de Gabriela, se você lhe bater com o dedo, quebrará o dedo. Adeus, falange. Adeus, falanginha. Adeus, falangeta. É um abdômen pétreo, construído em camadas, como um Lego.

O médico que deu o nó no umbigo de Gabriela não é um médico, é um Michelangelo.
O que Gabriela faz da vida?
Nada.
Ou antes: tudo. Gabriela cuida de seu corpo, que é o melhor que poderia fazer. Pratica exercícios com a máxima concentração, alimenta-se com frugalidades, ri, salta na areia, roça-se com o namorado.
Sim, Gabriela tem namorado, e isso não me traz dor. Ao contrário: traz regozijo. Como poderia Gabriela não ter namorado? A lógica estaria corrompida, se não tivesse.
Gabriela, repito, tem namorado, ou marido, sei lá, e volta e meia aparece pendurada em seu pescoço. Pouco importa, para o que sinto. Para o que sinto importa é o que Gabriela representa: a alegria de viver.
Para Gabriela, tudo está e estará sempre bem. Ela só precisa de um vasto mar azul, trilhões de grãos de areia branca e quase nenhuma roupa. E, claro, algumas dezenas de abdominais.
O que ela pensa? Qual a sua opinião sobre a corrupção, o governo do PT, o desastre da Samarco, a alta do dólar, o zika vírus, a homofobia, os preconceitos, o racismo? Não sei, nem quero saber. Se Gabriela militar em algo, se fizer desabafos no Facebook, se estiver revoltada com seja lá o que for, deixarei de amá-la. Estou farto de opiniões definitivas.
Para Gabriela, basta existir, respirar e pisar na carne do mundo. Como aquela nuvem solitária que navega no céu de azul profundo da Nova Inglaterra, como um colibri beijando uma flor no sul do Brasil, como o gato que caminha com elegância felina sobre a calha da casa, como uma grande árvore que lança os braços verdes ao firmamento. Assim são as boas e eternas coisas da vida. Elas são. Por que se há de querer mais?

Fevereiro de 2016

O vestido de Charlize

Acho que amo Charlize Theron.
Você me chamará de volúvel, lembrará que, não faz nem três dias, declarei de público meu amor por Gabriela Pugliesi. Mas é assim mesmo. A fila anda.
Você viu Charlize na cerimônia do Oscar? Jesus amado. Ela surgiu levitando dentro de um vestido longo vermelho de rainha malvada. Ainda é "longuinho" que se chama?
Seja.
O longuinho era rasgado por um decote que descia em V até o polo sul do umbigo de Charlize. Fiquei observando aquele umbigo, para tentar encontrar funflas.
A funfla, segundo o Verissimo, é a sujeirinha do umbigo. Não é impossível que o umbigo de Charlize tenha funflas. Li, certa feita, que ela não é adepta de banhos. Deve ser mentira. Muitas mulheres certamente invejam Charlize. E, puxa, ela parece tão... impoluta...
No Oscar, Charlize apareceu ao lado de outra atriz, Emily Blunt, que até é bem bonita, desde que não esteja ao lado de Charlize. Não deviam ter feito isso com Emily. Perto de Charlize, ela parecia o Batatinha.
Fiquei pensando em Charlize e seu longuinho por causa de um protesto que as mulheres fizeram no Oscar do ano passado. Os atores americanos adoram fazer protesto no Oscar. Neste ano, você sabe, os negros reclamaram que só brancos haviam sido indicados. Na década de 70, Marlon Brando recusou o prêmio e mandou uma índia para discursar em seu lugar. Brando queria mais índios nos filmes.
Pois em 2015 as mulheres exigiram que os repórteres não perguntassem sobre as roupas que estavam usando. Cada coisa... Ao ver Charlize caminhando como se mal tocasse o

chão, compreendi como essa reivindicação é injusta. Uma mulher se veste como Charlize se vestiu, passa o dia inteiro se maquiando com critério para fazer o que os americanos chamam de "smokey eyes", surge num vestido mais caro do que o vinho do Lula, e aí ninguém olha nem comenta nada. Que falta de sensibilidade!

Perguntas sobre a vida profissional? Quem se interessa por isso, olhando para Charlize? Vá perguntar sobre a vida profissional para aquela mulher que ganhou o Oscar de melhor figurino. Você viu? Ela foi receber o Oscar com a mesma roupa com que comprou massa de tomate no súper. Deve ter deixado as sacolas na porta de entrada.

O que estou dizendo é que a aparência também tem a sua importância. Certamente não é o mais importante, mas é importante.

Agora, fim de semana passado, um amigo americano disse achar estranho a vaidade ser considerada mérito, no Brasil. De acordo com ele, aqui, na Nova Inglaterra, uma pessoa por demais vaidosa passa a impressão de que pretende se colocar acima dos valores da comunidade. Isso explica o que vejo nas ruas: eles se vestem com o primeiro pano que encontraram pela frente, de manhã. Vez em quando vejo uns de pijama até dentro do trem.

Mas note como isso demonstra, exatamente, a importância da aparência. O relaxamento dos americanos da Nova Inglaterra com o vestuário também tem seu significado.

Se você vai à cerimônia do Oscar vestido como se estivesse atendendo na quitanda, como aquela mulher que, por ironia, ganhou o prêmio de melhor figurino, quando você faz isso, você desrespeita as pessoas que vão homenageá-lo. É falta de educação. E uma rebeldia adolescente.

Isso vale para o Oscar, para a igreja, para a escola, para o trabalho e até para a casa da mãe. Charlize estava certa. A tal do figurino, errada. Viva a elegância. Viva o movimento "Vai ter longuinho, sim!"

Março de 2016

Mistério na Beals Street

A rua em que o presidente Kennedy morava em Boston, até os cinco anos de idade, chama-se Beals Street. É rua de beleza plácida e suburbana, começando numa praça e terminando numa avenida, sem vicinais, formada inteiramente por sobrados de madeira. Em suas margens enfileiram-se grandes árvores de caules tão poderosos que quatro homens de mãos dadas não conseguiriam abraçá-los.

A casa em que os Kennedy moraram ainda está lá. Nos anos 60, a família a recomprou e fez dela um pequeno museu. Pequeno mesmo. A casa é surpreendentemente modesta para ter sido o lar de uma família tão rica. Rose, a matriarca, era filha do prefeito de Boston. Joseph, ou "Joe", o pai, foi embaixador na Inglaterra. Era rico, amigo de Roosevelt, maçom, illuminati, ambicioso e, às vezes, cruel.

A mando de Joe, sua filha, Rosemary, foi submetida a uma lobotomia quando tinha 23 anos de idade. Tudo porque, dizem, ela apresentava "problemas comportamentais". Depois do procedimento, Rosemary, que era uma bela moça, tornou-se mental e fisicamente incapaz. Acabou internada num asilo, de onde nunca mais saiu, até morrer.

Cada vez que passo na frente da casa dos Kennedy lembro dessa história terrível. Fico imaginando a pequena Rosemary correndo por ali, brincando, sem saber do triste e violento destino que a aguardava. Fico imaginando o velho e grave Joe a observá-la, pensativo. Fico imaginando os irmãos com os quais brincava e que, mais tarde, seriam personagens importantes da história dos Estados Unidos e do mundo.

Noite dessas, tarde já, passei por essa rua. Havia trabalhado durante o dia inteiro, das seis da manhã às nove da noite, e estava quase com cabin fever. É sério esse negócio de cabin fever. Por causa do frio e da neve, as pessoas ficam muito tempo presas dentro de casa, então lhes dá UM TROÇO, como dizem no Alegrete. A coisa é tão grave que a prefeitura disponibiliza assistência psicológica para quem está tendo problemas do gênero no inverno. Quer um exemplo clássico de cabin fever? Assista a um dos três maiores filmes de terror de todos os tempos, *O iluminado*, de Stanley Kubrick, baseado em um livro de um escritor que é daqui dessa região da Nova Inglaterra, Stephen King. Mesmo que você não goste de filmes de terror (eu tenho medo), você deve ver esse filme.

    Jack Nicholson entra para a história do cinema ao interpretar o personagem principal. Ele tem de cuidar de um hotel isolado nas montanhas, que fica fechado durante o inverno. São apenas ele, a mulher e o filho no prédio enorme e vazio. Os dias vão transcorrendo e a pressão do confinamento começa a aumentar. A mulher de Jack (o personagem também se chama Jack) percebe que o comportamento dele anda estranho. Ele é escritor e atravessa os dias dedilhando ferozmente na máquina datilográfica. Há uma pilha de quatro dedos de altura de papéis escritos por ele em sua mesa. Um dia, quando Jack está em outra parte do hotel, ela decide ler a história. E depara com as páginas, todas as centenas de páginas, preenchidas com uma única frase repetida sem cessar. Trata-se de um provérbio inglês, que pode ser traduzido assim:

    "Muito trabalho e nenhuma diversão fazem de Jack um bobão".

    A mulher de Jack compreende que algo está muito errado. E está mesmo.

    Bem.

    Estava me sentindo um bobão naquele dia de muito trabalho e nenhuma diversão, por isso resolvi dar uma volta pela cidade. Saí caminhando e, de repente, estava na Beals Street, a rua dos Kennedy. Que, além de linda, é definitivamente sombria. Não por acaso, essa é uma das ruas em que é festejado o Halloween todos os anos. Olhei para a rua escura. Deserta. E decidi enveredar por ela. Então... então...

✷ ✷ ✷

Fazia uns cinco graus negativos, era por volta das dez da noite e a rua estava deserta. Essa rua, a Beals Street, é ainda mais escura à noite por causa das árvores que a defendem da luz da lua. Se estivesse no Brasil, jamais andaria por um lugar assim àquela hora, até porque não havia necessidade: eu apenas caminhava sem rumo, só para espairecer. Mas, por algum motivo, decidi ir por ali.

A casa em que morava Kennedy fica na outra ponta da rua. Pensei de imediato nele e em sua irmã Rosemary, submetida à força a uma lobotomia arranjada pelo próprio pai, o magnata Joe Kennedy. Alguns historiadores afirmam que esse Joe planejou às minúcias todo o futuro dos filhos. Queria que os Kennedy fossem uma espécie de família real dos Estados Unidos. De certa forma, conseguiu.

Já li muito sobre os Kennedy e de sua época fascinante. Vou indicar dois grandes livros para você saber mais a respeito. O primeiro, mais fácil de encontrar, de ficção: *Tabloide americano*, de James Ellroy. É um livro alentado, mas que você não consegue parar de ler, de tão intenso. O outro é um livro jornalístico, escrito por repórteres que cobriram a eleição de 1968: *Um melodrama americano*.

Em *Tabloide americano*, Ellroy conta, por exemplo, da relação dos irmãos Kennedy com Marilyn Monroe. John tinha um assessor encarregado apenas de conseguir mulheres para ele. John PRECISAVA se repoltrear com, no mínimo, uma mulher por dia. Sofria de priapismo. Mas com ele tudo era muito objetivo: gastava de dois a três minutos numa relação, botava as calças e ia embora.

Mas não era em John que pensava, ao ingressar naquela rua. Era em sua infeliz irmã Rosemary. Faz mais de dez anos que ela morreu. Vi fotos suas. Era uma moça bonita. Li um depoimento de alguém que assistiu à lobotomia. É de arrepiar.

As casas da rua Beals também são de arrepiar. Belas, mas assustadoras. Poderiam ser locações de filmes de terror. Numa delas, lá em cima, na água-furtada, vi que havia alguém espiando pelo vidro da janela. Era uma mulher. Lembrei-me da minha infância na casa do meu avô, na Rua Dona Margarida. Em frente à casa dele estava plantado um sobrado parecido com esses da Beals. Lá vivia uma família misteriosa, que nunca era vista na rua. Mas a mais misteriosa de todas era uma menina loira que, às vezes, surgia assim, na janela, sempre à noite. Eram dela os gritos apavorantes que ouvíamos frequentemente. Por que gritava? A vizinhança dizia que era louca. Seria como Rosemary?

Senti certo incômodo ao recordar essa história e ver a mulher que me observava lá de cima.

Foi então que, uns 50 metros adiante, eu a vi: havia uma mulher parada bem em frente à antiga casa dos Kennedy. Confesso que fiquei um pouco apreensivo. O museu fecha nos invernos e, ainda que não fechasse, não estaria funcionando àquela hora. O que aquela mulher estaria fazendo ali, nas sombras, olhando fixamente para a casa?

Continuei andando. Pensei: se acreditasse em fantasmas, diria que aquela era a alma penada da desafortunada Rosemary, ainda revoltada com a desgraça que lhe impôs o próprio pai, esperando que ele surgisse à porta do sobrado para gritar:

– Por quê? Por quê?

Imaginando isso, hesitei. Não acredito em espíritos, não mesmo, mas, como diz aquele ditado espanhol, pero que las hay, las hay.

"Não!", disse para mim mesmo. "Não acredito nessas coisas!"

E avancei bravamente. Aí ela se virou. Olhou-me.

Entenda... achei realmente parecida com as fotos que vi de Rosemary. Estremeci. Então, ela girou o corpo e caminhou para o fim da rua. Aquilo me deu coragem. Apressei-me. Agora queria alcançá-la. Vou ver se é Rosemary! Vou ver!

Cheguei à frente da casa. Ela já ia bem na frente. Estuguei o passo. Ela dobrou a esquina. Dei uma pequena corrida. Dez metros. Cinco. Dois.

Virei a esquina.

E não havia ninguém. Nada. Rua vazia. Pisquei. Levei as mãos à cintura. Dei meia-volta e fui para casa, repetindo: não, não, eu não acredito nessas coisas.

Fevereiro de 2016

Um herói de quem ninguém se lembra

Volta e meia me pego pensando nas delícias de ser presidente. Não que as tenha provado. Jamais fui presidente de qualquer coisa, o que é uma lástima. Mesmo assim, tenho certeza de que ser presidente é bom demais.

Aqui, nos Estados Unidos, existe o "President's Day". O Dia do Presidente. Homenageia todos os presidentes, vivos e mortos, até o Bush. É feriado nacional.

Os americanos adoram um presidente. Você não vai se lembrar, nem o Ticiano Osório, que é especialista em quadrinhos, haverá de saber, mas havia um super-herói americano chamado "Super-Presidente". O cara tinha mais poderes do que o Super-Homem, virava inclusive ácido, se quisesse. E ainda era presidente da República. O único que conhecia a identidade secreta dele era um assessor da Casa Branca. Eu assistia àquele desenho e ficava intrigado com um detalhe: se o herói se chamava Super-Presidente, como é que as pessoas não desconfiavam que ele era, justamente, o presidente?

Imagine uma heroína brasileira que se veste de capa e tailleur vermelhos, grita "pelos poderes da mandioca!" e que se apresenta como Super-Presidenta. Quem você acha que é? Ahn? É claro que descobriríamos.

Os americanos são muito ingênuos.

Ser presidente é tão bom que quem é não quer deixar de ser. Veja como se esforçam Dilma e Cunha para continuar em suas respectivas presidências. Para eles, nada mais importa, o Brasil, o povo, nada, desde que fiquem presidentes.

O Fernando Henrique, quando estava nos últimos dias da sua presidência, cantou, com antecipada nostalgia, uma canção do Roberto Carlos:

"Já está chegando a hora de ir
Venho aqui me despedir e dizer:
Em qualquer lugar por onde eu andar
Vou lembrar de você...".

Ele já suspirava de saudade. Afastava-se do poder com certa relutância resignada, como o namorado viajante que solta um a um os dedinhos da amada ao entrar no trem. Posso ver Fernando Henrique no vagão que segue rumo à vida pedestre dos não presidentes, lançando um último olhar para a estação que se distancia e levando as mãos em concha ao rosto, para sentir o odor adocicado daquilo que não é mais dele.

É bonito ser presidente.

Mas nosso super-presidente não seria Fernando Henrique. Ele é muito... normal para ser súper. Nem Dilma, que é meio atrapalhada.

Seria Lula.

Sem dúvida.

Tive certeza disso ao entrevistarmos ontem, no programa *Timeline* da Rádio Gaúcha, o deputado Elvino Bohn Gass. Naquele momento, ele e outros deputados petistas estavam no Instituto Lula, prestando apoio a ele, Lula, que não queria (e não foi) prestar depoimento ao Ministério Público de São Paulo.

O deputado repetiu todos os clichês dos petistas menos requintados, aquilo de que Lula é perseguido porque salvou os pobres etc. Surpreendeu-me um pouco a falta de refinamento na argumentação. Afinal, trata-se de um deputado. Mas o que de fato me espantou foi constatar que ele ACREDITA mesmo naquilo. Pela emoção quase soluçante na voz do deputado, percebi que ele acha, de fato, que Lula é um santo e que, por causa dele, não existem mais miseráveis no Brasil. Para arrematar, Bohn Gass fez questão de encerrar a entrevista com uma espécie de slogan que é tão pungente, tão patético, tão compassivo, que me comoveu:

– Mexeu com Lula, mexeu comigo!

Fiquei com dó. Espero que não prendam Lula, o Pai dos Pobres, o messias, o Super-Presidente. Não é agradável de se ver o espetáculo das ilusões despedaçadas.

Fevereiro de 2016

Os ovos cozidos do príncipe

Li que o príncipe Charles, depois de suas caçadas, gosta de comer um ovo cozido. Um só. Mas o ovo tem de estar no ponto exato, clara dura, gema mole, ou ele se irrita, e dizem que o príncipe Charles, irritado, torna-se desagradável.

Assim, o ponto do ovo cozido do príncipe transformou-se em obsessão para os serviçais do palácio. Como é extremamente difícil atingir a perfeição exigida pelo monarca, os cozinheiros resolveram o problema da seguinte forma: eles preparam não um, mas SETE ovos, e os deixam todos quentinhos em seus suportes de prata, à espera do príncipe que chega esbaforido do nobre desporto.

Charles, então, testa os ovos um a um. Rompe, com a colherinha, a casca do topo do ovo e observa o interior com seu olhar acurado. Em geral, basta o exame visual para rejeitar um ovo malfeito. Vez em quando, prova de um bocado. Se não está como ele quer, passa adiante, até encontrar o ovo ideal. Aí, sim... ah... o príncipe se compraz e suspira, reconfortado por aquele momento de civilidade, como têm de ser sempre os momentos dos príncipes.

Confesso que, ao tomar conhecimento dessa história, fiquei um pouco decepcionado com os cozinheiros dos palácios da Grã-Bretanha. Porque eu, que não passo de um cozinheiro plebeu, que nunca fiz nem jamais farei suflês ou musses, porque essas comidas aeradas de príncipes não são coisa de cozinheiro do IAPI, pois eu, assumidamente um cozinheiro baldio, sei fazer um ovo cozido no ponto principesco.

É assim: encha uma caneca de alumínio com três quartos d'água. Ponha para ferver. Quando tiver atingido cem graus Celsius e 212 graus Fahrenheit e a água começar a borbulhar, pegue o ovo e prenda-o amavelmente entre duas colheres de sopa. Em seguida, deposite-o com serenidade no fundo da caneca. Consulte o relógio e não tire mais os olhos dele durante precisos 2,5 minutos. Após esse período, não mais, nem menos, use outra vez as duas colheres para capturar o ovo da caneca e assestá-lo no recipiente apropriado para os ovos cozidos, que é aquela tacinha bonitinha em formato de meio ovo. Se for de prata, como em Buckingham, melhor, mas não precisa. Separe uma pitada de sal, apenas e tão somente uma pitada de sal, para temperá-lo.

Presto!

Qualquer coisa, já tenho emprego na Inglaterra.

Há quem critique Charles por esses e outros caprichos, como querer uma toalha dobrada sempre da mesma maneira, sobre a mesma cadeira, quando sai do banho. Eu não critico. Sei que o poder refina gostos e eleva padrões.

Veja aquele que não é nosso príncipe, mas nosso pequeno rei, Lula. Fui algumas vezes a São Bernardo, para fazer matéria sobre ele. Os antigos amigos contam que era um apreciador da mais brasileira das bebidas, a cachaça. Mais tarde, ao ser eleito presidente, festejou sorvendo uma taça de Romanée-Conti, néctar que custa cerca de R$ 80 mil, 10% de uma reforma de tríplex.

Imagino que o primeiro gole de Romanée-Conti produziu a mágica de requintar quase que de imediato o paladar do nosso Pai dos Pobres. Ele que, na intimidade de seus amigos empreiteiros era chamado, não sem carinho, de "Brahma", ele passou a apreciar vinhos de qualidade superior.

Conta o jornalista Cláudio Humberto, aquele que foi ministro de Collor, que Lula, ao deixar o Alvorada, levou com ele 1.403.417 (um milhão, quatrocentos e três mil e quatrocentos e dezessete) itens em 11 caminhões de mudança. Lembrancinhas. Entre elas, uma preciosa carga de vinhos, conduzida em um caminhão apropriadamente climatizado.

Trinta e sete dessas caixas de boa bebida, como se sabe, foram deixadas naquele sítio que não é de Lula, lá em Atibaia. Aprazível. Civilizado. Fidalgo. Como há de ser.

Charles e Lula provam: o poder sofistica. O poder faz bem.

Fevereiro de 2016

A senha perfeita

Resolvi anotar todas as minhas senhas num único caderno. Tratava-se de tarefa inadiável que sempre adiava. Mas, neste fim de semana, a temperatura despencou para 22 abaixo de zero, na Nova Inglaterra. Aí pensei: "Vinte e dois abaixo de zero é o clima ideal para enfim reunir todas as senhas num só lugar". Então, tomei coragem e saí a fim de comprar um caderno e dois tintos da Califórnia.

Não sou grande comprador de coisas, mas cadernos me entusiasmam (tintos também). Um caderno em branco é a coisa mais linda. Sempre penso que vou começar algo maravilhoso num caderno novo. Capricho muito na primeira folha. Nas seguintes, nem tanto.

Desta vez, você não vai acreditar, mas, desta vez, preenchi nada menos do que oito folhas do caderno, e o fiz com letra redonda e bem cuidada. Oito folhas de senhas!

Acho que isso prova, definitivamente, que sou importante. Afinal, o fato de possuir tantas senhas significa que tenho acesso a muitos lugares exclusivos, como o jogo de Minecraft do meu filho.

Significa, também, que a vida se tornou perigosa. Quando eu era guri, senha não passava de instrumento de soldados em guerra ou de bandidos em esconderijo. O soldado saía para uma missão e, na volta, no escuro da noite, ao se aproximar do quartel, ouvia o grito da sentinela no portão:

– A senha!

Se ele vacilasse, o outro ficava mais agressivo:

– A senha! A senha!

Mas o soldado não se lembrava. Como era mesmo?... E a sentinela, eriçada, apontava-lhe o rifle:

– A senha! Ou atiro!

Finalmente, a senha vinha à mente do soldado. Em geral um verso de Shakespeare:

– "Como voltar feliz ao meu trabalho, se a noite não me deu nenhum sossego?"

– Ah... Pode passar...

Ufa.

Meu avô nunca deve ter tido uma senha na vida. E eu possuo oito páginas de caderno cheias delas.

Alguém vai dizer que eu devia usar sempre a mesma senha. Já tentei. Não me deixam. Uns exigem só números, outros só letras, há os que querem números E letras, os que pedem letras em maiúsculas e minúsculas e os que demandam sinais como @#$%¨&*. Muitas senhas trocam sozinhas em determinado tempo, outras caducam e tenho de modificá-las.

Os piores são os críticos. Bolo uma senha e o cara lá do outro lado da internet desdenha: "Muito fraca". Como assim, "muito fraca"? Isso é problema meu, rapaz! Me deixa eu com a minha senha!

Mas eles não deixam. Assim, sou obrigado a ser criativo na invenção de senhas novas e "fortes".

E agora, escrevendo-as no meu caderno, percebi que elas revelam muito de mim. Não vou contar quais são, claro, ou você saberá todos os meus segredos, mas digo que algumas senhas causaram-me suave nostalgia.

Deparei com signos antigos, de um tempo que já se foi. Ali estava, naquele pequeno código, um desejo de uma época, um desejo que não me embala mais, mas que mostra quem fui. Noutra senha, tive a boa ideia de colocar a data querida de um acontecimento importante, importante só para mim, mas, ah, que ano foi aquele...

Finalmente, reencontrei uma senha que nunca mais usei e que tinha feito de um pedaço de nome de mulher. Uma senha que era um pouco a outra pessoa, uma costela que eu lhe tinha extraído e guardado para mim. Havia esquecido, havia esquecido... Mas a senha cumpriu sua função: me deu acesso a um lugar recôndito, um lugar que nem existe mais. Então, olhei para o céu muito azul e muito gelado da Nova Inglaterra. Tomei um gole do tinto da Califórnia. E deixei o passado lá atrás.

Fevereiro de 2016

O dia em que tudo mudou

Lembro-me do dia exato em que deixei de ser jovem. Estava sozinho em um quarto de hotel. Fitei o teto. Depois, fiz rolar vagarosamente o olhar, até encontrar minha imagem no espelho da penteadeira. Então, não é que tivesse avistado uma ruga mais profunda ou um novo cabelo branco. Não. Foram os olhos que me informaram. Os olhos, Jesus dizia, são as candeias do corpo. Os olhos, Poe dizia, são as janelas da alma. Os olhos me disseram, naquele dia, que não era mais jovem.

Foi assim de repente, de um minuto para outro.

Sempre conto da moça que vi ficar gorda bem na minha frente, no bar da redação de *Zero Hora*. Até aquele momento ela era considerada magra. Aí mordeu um quindim. O bar da redação vendia quindins grandes como tampas de chaleira, amarelos como a camisa da Seleção, de uma luminosidade cremosa que os tornava irresistíveis.

Ela não resistiu. Deu uma dentada voraz no quindim. E ali, naquele instante mágico, parecia que podia ver os lipídios borbulhando-lhe pelo corpo e explodindo em bolotas em seus culotes. Quando ela voltou para sua mesa na redação, já era uma gorda.

Foi lindo. Era a História se fazendo diante de mim, ainda que fosse uma história pessoal.

Na manhã de 11 de setembro de 2001, vi a História do mundo todo se fazendo diante de mim, e, ainda que tenha sido pela TV, vi ao vivo. Estava acontecendo, e eu estava assistindo.

Também vi o Brasil mudar, e não foi só uma vez.

Um ano que transformou o Brasil foi 1979. Naquele ano, exatamente naquele ano, o Brasil deixou de ser jovem.

Até então, o Brasil era um menino, como eu e meus amigos éramos, nos confins da Zona Norte de Porto Alegre.

Aí nos tornamos outros.

Em 1979, os muros de Porto Alegre eram pichados com uma frase que se situava entre o alvissareiro e o aliviado: "Deu pra ti, anos 70". Um ou dois anos depois, o Giba Assis Brasil lançaria um filme com esse título.

De fato, os anos 70 haviam acabado e, com eles, um tipo de brasileiro. O brasileiro, agora, era mais contestador, mas também mais reclamão; menos ingênuo, mas também mais cínico. O brasileiro, que antes aceitava viver sob o governo, como um inferior de nascença, passou a ver o governo não mais como seu superior, e sim como seu inimigo. E o governo era realmente inimigo, já que era um governo imposto. Só que, na cabeça do brasileiro, governo e Estado são a mesma coisa. Assim, o Estado virou inimigo, e isso é um problema, porque o Estado, afinal, somos todos nós.

Talvez esse último parágrafo tenha ficado um pouco confuso, só que foi exatamente isso que aconteceu, e isso tudo é muito confuso. Ainda vivemos nessa brumosa imprecisão que estourou precisamente naquele ano, 1979. Por que tudo mudou exatamente naquele naco de tempo entre janeiro e dezembro? Não sei. Diga-me você, que sabe mais do que eu.

Fevereiro de 2016

Nunca houve tanta igualdade no mundo

Alguns ex-guerrilheiros brasileiros escreveram ótimos livros quando voltaram do exílio. Vou citar dois dos melhores, dentre tantos que li: *Os carbonários*, de Alfredo Sirkis, e *O que é isso, companheiro?*, de Fernando Gabeira.

São tão bem escritos, tão interessantes, que tenho vontade de reler.

Em um desses dois, não lembro qual, o autor contou que, num "aparelho", como eram chamados os apartamentos ou casas em que se escondiam os guerrilheiros, uma "companheira" foi severamente censurada por ter fritado ovos na manteiga. Tratava-se, segundo os que a repreenderam, de um óbvio desperdício burguês, totalmente incompatível com os propósitos da Revolução. Óleo era proletário; manteiga, burguesa.

Naquele tempo, manteiga era mesmo artigo de luxo. Lá em casa, às vezes a gente comia pão com banha e sal, a fim de substituí-la. Você haverá de gemer um "argh" de repulsa ao pensar em pão com banha e sal, mas sabe que era bom? Experimente. Se bem que, hoje, ninguém mais usa banha para cozinhar. Uma lástima, não há feijão melhor do que o preparado com banha. E batata frita, então! Lá no Rio tem um bar que serve batata frita na banha, e é uma delícia. É o Manoel e Juaquim. Experimente.

Aliás, a batata frita era igualmente proibitiva, nos anos 70, porque gastava muito azeite. Era um evento, quando a mãe fazia batata frita. Outra coisa: camarão, bacalhau, peixes em geral. Para mim, essas criaturas do mar eram opulências de barões. Comida ostentação.

Jantar fora. Isso era algo que nunca fazíamos. Conta o Ivan Pinheiro Machado que o Millôr sempre dizia, diante de uma conta pesada:

– Ninguém quebra num jantar.

Pois a nós quebrava.

Imagina viajar de avião. O Lula vive dizendo que, no seu governo, o pobre começou a andar de avião. Na verdade, esse processo começou um pouco antes, nos anos 90, quando as pessoas "normais", por assim dizer, passaram a viajar. Foi fruto do plano Real, que emparelhou nosso dinheiro com o dólar, e do barateamento mundial das passagens aéreas. Até os anos 80, aeroporto era lugar de gente fina. As pessoas se arrumavam para ir ao Salgado Filho. As mulheres subiam naqueles saltos e passeavam empinadas pelo saguão luminoso. Tratava-se de algo requintado, até um pouco sensual. Quando um casal ia passar as férias no Rio, a coluna social do jornal noticiava. A gente ficava pensando: "Eles foram ao Rio...".

Estou falando de pessoas da classe média, de trabalhadores, não de miseráveis: minha mãe era professora de escola pública, meu avô era sapateiro. Hoje, pessoas nas mesmas condições têm mais acesso a quase todos os bens, de eletrodomésticos a serviços. Isso em todo o mundo. Ser pobre, na segunda década do século XXI, é mais fácil do que era há 40 anos.

Por quê?

Porque o capitalismo se modernizou. Tornou-se mais ágil, mais flexível. O capitalismo é inclusivo. Pesquisas apontam que aumentou a desigualdade. São falácias. Aumentou a diferença entre os mais ricos e os mais pobres, isso sim. Só que nunca houve tão poucos miseráveis no mundo. Nunca pessoas de baixa renda puderam adquirir tanto como agora. Nunca houve tanta igualdade no planeta. Graças ao capital. O capital está fazendo a sua parte. O Estado, nem sempre. O pobre sofre quando o Estado tira os impostos devidos do capital e não faz a sua parte. Caso do Brasil.

O Brasil é um exemplo clássico de tentativa de produção de igualdade desequilibrada. Quando o Estado produz igualdade? Quando presta, a todos, serviços de alta qualidade. Saneamento básico a todos garante saúde a todos; escolas primárias e secundárias de ótima qualidade dispensam cotas e ingresso facilitado em universidades; segurança pública evita o uso do automóvel, valoriza o transporte público, dispensa o shopping, favorece o pequeno comércio, entrega a cidade ao cidadão.

Comprar "coisas", hoje, é mais fácil do que jamais foi. Mas não é só de coisas que se pode comprar que um homem precisa para viver bem.

Janeiro de 2016

O João Carlos

João Carlos é o nome do nosso boneco de neve. Ele tem a minha altura, um metro e 82. Quem examina a obra pronta, isto é, quem olha para o João Carlos imponente, dominando o centro da praça, pensa o mesmo que pensam todos os que examinam obras prontas: não deve ter sido tão difícil.

Foi.

Em primeiro lugar, porque criar não é para muitos. Em segundo, porque a neve não é tão dócil ao manuseio quanto parece. A neve é gelada, lembre-se. É preciso trabalhar de luvas. E, uma vez socada e comprimida, rapidamente endurece e se torna avessa às tentativas de moldá-la.

Tivemos de trabalhar em equipe. Coordenação. Inteligência. Liderança. Noções de geometria, urbanismo e escultura. É o que é necessário para se compor um digno boneco de neve, e João Carlos, sim, é digno.

Claro que, esquematicamente, você pode resumir desta forma: uma bola grande de neve embaixo, uma menor no meio e outra menor ainda em cima. Pronto: temos cabeça e tronco. Os membros são dois finos galhos colhidos sob as árvores nuas do entorno.

Só que não é tão simples. Enquanto criava João Carlos, pensei em Michelangelo.

O *Moisés*. Michelangelo concebeu *Moisés* como concebi João Carlos. Para tanto, ele foi a Carrara a fim de escolher uma peça de mármore ideal. Nessa tarefa, o artista às vezes se demorava mais de meio ano. Depois, dizia que se empenhava em "libertar" a escultura da prisão de pedra. Um dia lhe perguntaram qual era a sua técnica. Ele respondeu:

– É fácil. Tiro do mármore tudo o que não é escultura.

O *Moisés*, dizem que, quando Michelangelo o concluiu, considerou-o tão perfeito que bateu com o cinzel em seu joelho e ordenou:

– Parla!

Como será que Michelangelo se viraria com um monte de neve?

Bem, pelo menos sei como se sentiu. Ao terminarmos o João Carlos, olhei-o, respirei fundo e mandei:

– Speak!

João Carlos não obedeceu. Continuou imóvel e frio, olhando sorridente para o horizonte. É um boneco de neve simpaticíssimo. Transeuntes o fotografam. Alguém botou uma cartola nele. E eu me afeiçoei. À noite, sonhei com João Carlos. Delinquentes juvenis o atacavam, amputavam-lhe os bracinhos de graveto, despojavam-no da gravata borboleta, humilhavam-no, às gargalhadas. Acordei sobressaltado quando um, mais malvado, atirou-lhe uma pedra, ferindo a cabeça branca. Desperto com o pesadelo, corri para a janela, olhei para a praça. Lá estava JC, impávido, reluzindo no escuro.

Ontem, meu dia foi esse. A cada naco de hora ia espiar o João Carlos. Preocupo-me com ele. Estou vigilante. Espero que não padeça pela mão humana. Espero que sua trajetória seja serena, como devem ser as trajetórias dos bonecos de neve: que resista íntegro no aprazível frio do inverno e que, com os primeiros calores da primavera, derreta lenta e gloriosamente, até se reinserir na Natureza sob outra forma, como preconizou Lavoisier.

Porque nós somos iguais, não é? Tudo o que vive cumpre o mesmo ciclo: nasce, viceja, decai e morre. E, se não tem tempo para vicejar e decair, é certo que, uma vez nascido, morrerá. Mas, se houver tempo, se o ciclo for completo, será também glorioso. Portanto, que seja assim até com os bonecos de neve. Que seja assim com todos nós. E tudo ficará bem.

Janeiro de 2016

Odeio a classe executiva

Odeio os caras da classe executiva. Quando passo por eles, em direção ao fundo sórdido do avião, passo rosnando entre dentes:
– Coxinhas... Coxinhas!
Você já olhou bem na cara deles? Blasés. É o que são. Ficam disfarçando distração com aqueles fones de ouvidos ou fazendo de conta que leem a *Veja*. Na verdade, no recôndito de suas entranhas onde fermentam suflês, riem-se à grande, enquanto nós, o povo, a gente oprimida que há 500 anos carrega sobre os ombros toda essa elite branca, nós vamos para a humilhação da cachorreira, para o navio negreiro.
Ah, eis a imagem perfeita! A classe econômica nada mais é do que a reprodução do navio negreiro, que trazia o povo pardo e pobre para ser explorado pela pérfida aristocracia de ascendência europeia. O que Castro Alves, nosso condoreiro maior, nosso poeta dos escravos, o que ele escreveria, se atravessasse o oceano na classe econômica?
"Estamos em pleno ar...
Doido no espaço brinca o luar..."
Imagino o infeliz Castro Alves sentindo os joelhos apertados contra a poltrona da frente, ouvindo, conformado e triste, a aeromoça ordenar que ele coloque o encosto na posição vertical, quando seu encosto JÁ ESTÁ na posição vertical. Castro suspirando de resignação ao ver a mesma aeromoça ocupar todo o corredor com aquele carrinho de "pasta ou chicken". Castro gemendo de inferioridade ao perceber o olhar de desprezo que ela faz ao fechar a cortininha da classe executiva.

Olhe bem para essa cortininha, meu bom Castro. Olhe. Um tecido leve, de qualidade inferior, mal preso à parede do avião por um botãozinho de metal que seria arrancado pelo safanão de uma criança de seis anos de idade. Olhe, Castro. Esse pano tênue é a separação de dois mundos. Aqui, nas profundezas, a gente simples do povo, das escolas públicas em eterna greve, do SUS que marca a consulta para o ano que vem, do subúrbio onde só se chega fazendo baldeação, do funk lascivo, do sertanejo choroso, do pão com mortadela, do vira-lata de olhar compassivo, do Faustão aos domingos, da cidra no Réveillon, do *Diário Gaúcho*, de Tramandaí, do Inter e do Corinthians.

Lá, atrás da cortininha, no convés espaçoso, a elite cheirosa do Anchieta, dos condomínios com segurança de quartel, da Bossa Nova sussurrada, dos intermináveis solos de jazz, do Netflix, das hamburguerias com sanduíche a 40 reais, das amenidades do *Saia Justa*, da borbulhância da champagne Crystal, dos articulistas da *Zero Hora*, de Punta del Este, do Grêmio e do São Paulo.

Olhe, Castro! Lá está a Gabriela Pugliesi com seu abdômen de aço! Deve estar viajando ao lado de seu personal de crossfit. Olhe. O que eles querem, além de camarões flambados e lençóis egípcios de dois mil fios comprados na Rio Nilo com Aristides Espíndola? O que eles querem?

O golpe! Malditos!

E nós, aqui atrás, Castro, o que somos nós?

Somos os filhos do deserto,

Onde a terra esposa a luz.

Onde vive em campo aberto

A tribo dos homens nus...

Somos os guerreiros ousados

Que com os tigres mosqueados

Combatemos na solidão.

Ontem simples, fortes, bravos.

Hoje míseros escravos,
Sem luz, sem ar, sem razão...

Sim, Castro, sim, eu odeio a classe executiva.

Janeiro de 2016

Darwin e as minhocas

Darwin, às vezes, tocava piano para as minhocas. É sério isso. Darwin adorava a minhoca. Considerava-a um dos seres mais importantes para a humanidade, devido ao trabalho silencioso que ela faz ao arejar a terra, escavando-a sem parar e, assim, tornando-a fértil.

Essa feliz particularidade da minhoca hoje é conhecida e louvada por todos os admiradores da agricultura, mas, no século XIX, poucos ligavam para as atividades dos vermes das profundezas da terra. Darwin, sim. Darwin escreveu um livro clássico sobre a minhoca. O título é: *A formação de humo vegetal pela ação das minhocas*. Não li. Só cogitarei de ler após enfrentar *Ulisses*, de Joyce. Mas sei que, naquela época, esse livro se tornou mais popular do que *A origem das espécies*.

Mas não foi devido ao sucesso do livro que Darwin tocava piano para as minhocas. Quer dizer: não foi em agradecimento, nem para deixá-las animadas. Foi para estudar a reação que o som causava nelas, se é que causava, já disse que não li o livro.

Darwin era um homem que prestava atenção aos menores movimentos da Natureza. Foi assim que mudou a filosofia, a história, a ciência e nossa compreensão de quem somos. Ou de quem fomos. Darwin reconhecia o valor dos detalhes.

Em sua viagem de navio de quase cinco anos ao redor do mundo, Darwin reparava, exatamente, na consistência da terra sob seus pés e na espessura das nuvens sobre sua cabeça, colhia do chão pequenos animais para examiná-los com vagar, fascinava-se com caracóis, insetos, besouros e miríades de plantas.

Em certo momento da viagem, Darwin chegou ao Brasil. Passou por Fernando de Noronha e desceu até o Rio de Janeiro, onde vivia nosso imperador Pedro. O relato que ele fez de sua estada no Rio é emocionante, porque descreve um Brasil que nascia como nação.

Darwin embrenhou-se no interior, para visitar uma fazenda. Então, encantou-se com a natureza que descobriu pelo caminho. Deixou-se fascinar com o clima quente e úmido, como sempre é o clima dos trópicos, com a fauna viçosa, com chuvaradas que desabavam densas como cascatas e produziam um som que ele jamais ouvira antes.

Darwin talvez tenha amado o Brasil. Mas houve algo que o entristeceu: as pessoas. Eram os anos 30 do século XIX, a escravidão vicejava no país. O tratamento que os escravos recebiam o escandalizou. Darwin contou que, ao conversar com um negro, levantou a mão para gesticular e o homem se encolheu feito um cachorro, temendo ser espancado. O episódio encheu seu coração de constrangimento.

Mas o comportamento dos homens livres igualmente o embaraçou. Um dia, ao parar numa estalagem, sentindo-se esfomeado, Darwin perguntou ao proprietário quando o almoço seria servido. A resposta do homem:

– A comida estará pronta quando estiver.

Darwin se calou.

Imagino como deve ter ficado impressionada uma alma sensível como aquela em meio aos homens abrutalhados do Brasil de século e meio atrás. Mas o que realmente gosto de imaginar é o mesmo Darwin, com a mesma alma sensível, aportando hoje no Rio de Janeiro. Quais seriam suas impressões? Será que veria idêntica rudeza nos brasileiros simples? O que veria nos mais sofisticados? O que pensaria dos descendentes dos escravos que o comoveram no tempo do império? Será que acharia que tudo melhorou? Queria que um Darwin, distante e perceptivo, nos contasse quem realmente somos.

Janeiro de 2016

Meus dias no inferno

Nesses dias em que estive fora, conheci, um por um, os nove círculos do inferno descritos por Dante. Tive de passar por uma operação considerada "grande" pelo cirurgião, e quando ele me disse isso me assustei, e depois vi que tinha razão de me assustar.

Não foi recidiva do câncer que há quatro anos queria me devorar, não comemorem os odiadores. Foi algo que já existia e que devia ser extirpado e o foi. Em tese, estou com saúde íntegra, embora não se possa dizer que inteiro. Foram-se saudosos pedaços de três costelas, substituídos por algo feito de um material que não sei o que é, nem pretendo descobrir o que seja.

Digo "em tese" porque, entre o nascimento e a morte, fatos sobre os quais não temos controle algum, acontecem uma série de outros fatos sobre os quais acreditamos ter algum controle, mas não temos também. Ou seja: nada na vida é definitivo, tudo é "em tese".

Mas vou contar um pouco do que passei, porque saber da dor do outros às vezes nos ajuda a suportar a própria dor. Além disso, gostaria de mostrar como funciona um hospital por aqui.

É interessante.

Em primeiro lugar, os profissionais de um hospital americano têm obsessão por não errar. Pudera: um processo judicial pode ser uma catástrofe para quem perde. Assim, tudo é feito dentro de um protocolo, que precisa ser cumprido em pormenores. Porque, quando um erro é cometido, o primeiro ato dos investigadores é saber se o protocolo foi cumprido. Se alguém não o cumpriu, será responsabilizado. E punido.

Por exemplo: já na maca, na antessala de cirurgia, perguntaram-me três vezes se sabia o que o cirurgião ia fazer comigo. Na última, brinquei:
– Sei. Mudança de sexo.

A moça, primeiro, ficou perplexa, depois caiu na gargalhada. E, finalmente, me fez responder o que já havia respondido duas vezes antes.

Esse é o padrão. Uma sequência de confirmações e reconfirmações, acompanhada de informações e esclarecimentos às vezes até em excesso. Vamos tirar logo essas costelas, pô!

Tirei. Tiraram. Sofri. Acordei com dor e com dor prossegui por dias. Um troço chamado ataque espasmódico de dor, ou coisa que o valha, entrou para a minha lista de horrores, junto com os goleiros reservas do Grêmio e os políticos brasileiros que juram amar os pobres.

Esse acesso de dor é como uma cãibra absoluta. Seu corpo todo se repuxa e treme, e você se transforma absolutamente em dor. Não é um ponto que dói. Não são pontos. "Você" dói. Você é dor.

Essa história de que hoje em dia os médicos conseguem controlar a dor é balela. Não conseguem. Mas tentam. Deram-me todo tipo de droga, sobretudo as baseadas em opioides, como a morfina.

A droga que mais usei foi o Oxycodone, aquela em que o Doctor House é viciado. Você toma aquilo e começa a sentir um sono irresistível. Você precisa fechar os olhos. No exato instante em que os fecha, começam as alucinações. Nada de 72 huris de olhar modesto e nenhum pelo dançando na sua frente, nada de elefantes voadores, não. Eram extensões bizarras da realidade que me provocavam mais angústia do que encantamento. Porque eu sabia que estava delirando. Sabia que, se abrisse os olhos, aquela fantasia cessaria. Só que não queria abrir os olhos devido ao sono e à própria realidade dolorosa. Ao mesmo tempo, queria abri-los, porque aqueles "sonhos" eram aflitivos. Então, depois de um tempo que calculava ser,

sei lá, uma ou duas horas, abria-os. Bem na frente da minha cama havia um relógio. Era a primeira coisa que via. Tinha se passado um minuto.
Um minuto.
E toda uma novela das nove acontecera na minha cabeça.
Não sei como o Doctor House gosta disso.
Aliás, os doctors aparecem só de vez em quando, para dar uma olhadinha em você. Mas nem precisa, devido à categoria dos enfermeiros.
Aí outra diferença em relação ao Brasil. Existe uma classe de enfermeiros, num hospital americano, que simplesmente não há no nosso país varonil. Não que os americanos sejam melhores que os brasileiros. É o tipo de enfermeiro que há cá e não há lá. Enfermeiros com autoridade e vasto conhecimento, que tomam decisões, fazem prescrições. Na prática, atuam como médicos, lidando com o paciente no momento mais delicado do procedimento. O médico titular é informado de tudo por computador.
Fiquei amigo dos quatro que se revezaram para me atender, um deles meu xará. Esse David é um negão maior do que o Paulão do Inter. Sabe tudo do seu ofício, é inteligente, sério e atencioso. Tornou-se meu amigo no xadrez on-line e no Facebook. Um dia, quando eu sofria com prisão de ventre, causada pelos remédios, ele parou diante da minha cama, lançou-me um olhar consternado e sussurrou:
– Só há uma forma de resolvermos isso...
Olhei nos olhos dele e entendi. Gaguejei:
– Sup... Sssssup... Suppository?
Ele baixou a cabeça:
– Yes. Tudo bem?
E me mostrou um supositório do tamanho de uma banana nanica.
Não sei o que foi que fiz, sinceramente, para passar por tamanhas provações.

Os médicos, em geral, não ganham "por empreitada", como no Brasil. Eles recebem salário do hospital. Então, pouco importa se o paciente é do SUS, do plano de saúde privado, se está pagando com dinheiro próprio ou se nem pagou. A relação comercial é com o hospital, não com o médico. Os pacientes são todos iguais.

O que me valeu, neste tempo, foram os meus suportes. Dos amigos, alguns se oferecendo para vir para cá. Da família, sempre presente. Da RBS, que não é uma empresa, é uma mãe. Vários chefes me ligaram, todos dizendo a mesma frase: "Fica tranquilo, nós te apoiamos". Numa hora dessas, trata-se de bem mais do que um alívio.

Bem. Depois de cinco dias sem comer nada, sem ver o sol ou o céu, voltei ao mundo exterior. Sentia-me saindo do presídio. Respirei o ar fresco da primavera bostoniana e me deu vontade de chorar.

Não chorei. Estava com raiva. Estava revoltado.

Continuei revoltado nos dias seguintes, até que, meio vacilante, levei meu filho para brincar na praça aqui perto. Sentei-me em um banco de madeira. Olhei em volta. Olhei para cima. No carvalho plantado a quatro metros de distância, vi um esquilo entrando em sua toca no grosso galho que se espreguiçava em diagonal, na direção do céu. Fiquei observando-o. Ele sumiu no buraco e, em alguns segundos, voltou, carregando algo na boca. Era um filhotinho. Tratava-se de uma mãe com sua cria. Com o bichinho preso nos dentes, ela caminhou pelo galho e deu um salto espetacular rumo ao caule. Escalou até um buraco mais acima, onde entrou. Esperei. Após um minuto, ela voltou, desceu pelo caule e pulou de novo até o galho. Retornou à toca antiga, entrou e saiu de lá com outro filhote. Fez isso mais uma vez. Por que estaria se mudando? Examinei as tocas e percebi que, na velha, a abertura era para cima. Na nova, para a lateral. Seria pressentimento de chuva? O dia estava tão bonito...

    Aquela cena se fixou na minha mente. Voltei para casa e fiz o que havia algum tempo não fazia: um mate. Sentei-me na sacada. Notei que, ao longe, o horizonte escurecia. O tempo foi mudando. O céu escureceu. Logo, começou a chover. A esquila estava certa, pensei, enquanto voltava para a sala e fechava as janelas. Sorri, pensando nela, segura em sua toca aconchegante, com seus três filhotinhos e suas deliciosas bolotas de carvalho. Aquela ideia me fez bem. Senti que não estava mais com raiva. Não estava mais revoltado. É a vida, afinal, pensei. É a vida.

Abril de 2017

Impressão e Acabamento:
Eskenazi Indústria Gráfica Ltda.